中國語言文字研究輯刊

二二編

許學仁 主編

第9冊

楚國文字構形演變研究（修訂本）

林清源 著

花木蘭文化事業有限公司

國家圖書館出版品預行編目資料

楚國文字構形演變研究（修訂本）／林清源 著 -- 初版 -- 新北市：花木蘭文化事業有限公司，2022〔民 111〕

目 4+258 面；21×29.7 公分

（中國語言文字研究輯刊　二二編；第 9 冊）

ISBN 978-986-518-835-1（精裝）

1.CST：中國文字　2.CST：古文字學　3.CST：文字形態學

802.08　　　　　　　　　　　　　　　　　110022445

ISBN-978-986-518-835-1
9 789865 188351

中國語言文字研究輯刊

二二編　　第 九 冊　　　　ISBN：978-986-518-835-1

楚國文字構形演變研究（修訂本）

作　　者	林清源
主　　編	許學仁
總 編 輯	杜潔祥
副總編輯	楊嘉樂
編輯主任	許郁翎
編　　輯	張雅淋、潘玟靜、劉子瑄　美術編輯　陳逸婷
出　　版	花木蘭文化事業有限公司
發 行 人	高小娟
聯絡地址	235 新北市中和區中安街七二號十三樓 電話：02-2923-1455／傳真：02-2923-1452
網　　址	http://www.huamulan.tw 信箱 service@huamulans.com
印　　刷	普羅文化出版廣告事業
初　　版	2022 年 3 月
定　　價	二二編 28 冊（精裝）　台幣 92,000 元

楚國文字構形演變研究（修訂本）

林清源 著

作者簡介

林清源，1960 年生，臺灣彰化人。1979 年考入淡江大學中文系，1981 年轉學東海大學中文系，於東海大學求學期間，先後獲頒學士、碩士、博士學位。歷任中臺醫專共同科講師、中央研究院歷史語言研究所研究助理、暨南國際大學中文系副教授，現職中興大學中文系榮譽特聘教授，服務中興大學期間，曾兼任通識教育中心主任、文學院院長。長期從事商周青銅器銘文、戰國秦漢簡牘帛書、古文字構形演變、傳鈔古文構形疏證等課題之研究，著有《兩周青銅句兵銘文彙考》、《楚國文字構形演變研究》、《簡牘帛書標題格式研究》等書，並陸續於國內、外重要期刊發表論文四十餘篇。

提　要

　　本書聚焦於楚國文字構形演變現象之考察，不包括楚系其他國家文字在內。第一章簡介楚國金文書體風格演變歷程，以及楚國文字所見隸變現象。第二至第四章分別從簡化、繁化、變異三個面向切入，談同一個字各種異體因時間推移而產生的構形變化。第五章再由類化、別嫌二個面向切入，談字際互動對文字構形演變產生的影響。這四章末尾各有一個專節，嘗試運用歸納所得的構形演變條例，針對有爭議的楚國文字考釋問題提出個人看法。第六章「構形演變的時代特徵」，全面考察十八個楚國常用字的各式構形，從中篩選出形成年代明確的新構形，再仿效「標準器斷代法」的觀念，進一步運用那些「標準構形」，來為包括欒書缶在內八件鑄造背景不詳的傳世器，進行分域、斷代與銘文釋讀等攻堅任務。書末附錄有兩個資料表，一是「楚國金文與簡帛資料分期簡表」，另一是「疑似楚國金文資料分期簡表」，並擇要說明所收資料涉及的分域、斷代、辨偽等問題。此次修訂，主要為錯誤訂正、文字潤飾、摹文更換成截圖等項，內容基本維持不變。

目

次

凡 例
徵引書目簡稱表
第一章 緒 論 ··· 1
　第一節　楚國文字資料特色 ················· 1
　第二節　楚國金文書體風格演變歷程 ··· 7
　第三節　楚國文字所見隸變現象 ········· 14
　第四節　研究現況述評 ······················· 19
第二章 構形演變的簡化現象 ··············· 27
　第一節　前言 ··································· 27
　第二節　省略義符 ····························· 28
　第三節　省略音符 ····························· 31
　第四節　省略同形 ····························· 32
　第五節　截取特徵 ····························· 34
　第六節　單字共用部件 ······················· 40
　第七節　合文共用部件 ······················· 42
　第八節　構形簡化條例的運用與限制 ····· 44
　第九節　結語 ··································· 55
第三章 構形演變的繁化現象 ··············· 59
　第一節　前言 ··································· 59
　第二節　增添義符 ····························· 60
　第三節　增添音符 ····························· 64

　第四節　增添同形 ……………………………………… 65
　第五節　增添贅旁 ……………………………………… 67
　第六節　增添贅筆 ……………………………………… 69
　第七節　構形繁化條例的運用與限制 ………………… 77
　第八節　結語 …………………………………………… 82

第四章　構形演變的變異現象 ………………………… 85
　第一節　前言 …………………………………………… 85
　第二節　義近替代 ……………………………………… 86
　第三節　形近訛混 ……………………………………… 89
　第四節　音近互換 ……………………………………… 90
　第五節　義異別構 ……………………………………… 94
　第六節　變形音化 ……………………………………… 96
　第七節　方位移動 ……………………………………… 99
　第八節　構形變異條例的運用與限制 ………………… 101
　第九節　結語 …………………………………………… 109

第五章　構形演變的類化與別嫌現象 ………………… 111
　第一節　前言 …………………………………………… 111
　第二節　類化 …………………………………………… 111
　第三節　別嫌 …………………………………………… 125
　第四節　構形類化、別嫌條例的運用與限制 ………… 133
　第五節　結語 …………………………………………… 140

第六章　構形演變的時代特徵 ………………………… 143
　第一節　前言 …………………………………………… 143
　第二節　時代特徵明確的特殊構形 …………………… 145
　第三節　構形演變與書寫工具的關係 ………………… 167
　第四節　特殊構形的分域斷代功能舉例 ……………… 171
　第五節　結語 …………………………………………… 184

第七章　結　論 ………………………………………… 187

附錄：楚國金文與簡帛資料分期簡表 ………………… 195

徵引書目 ………………………………………………… 219

圖版
　圖版一　楚公豪鐘　《集成》1.43 …………………… 229
　圖版二　楚季苹盤　《集成》16.10125 ……………… 230
　圖版三　楚嬴盤　《集成》16.10148 ………………… 230
　圖版四　申公彭宇匜　《集成》9.4611 ……………… 231

圖版五　　楚子瞁匜　　《集成》9.4576 ······················· 231

圖版六　　以鄧鼎　　《淅川》M8：8 ··························· 232

圖版七　　以鄧匜　　《淅川》M8：5 ··························· 232

圖版八　　佣鼎　　《淅川》M2：56 ···························· 233

圖版九　　佣匜　　《淅川》M1：44 ···························· 234

圖版十　　佣缶　　《淅川》M2：61 ···························· 234

圖版十一　　王子午鼎　　《淅川》M2：28 ················· 235

圖版十二　　王孫誥鐘　　《淅川》M2：1 ··················· 235

圖版十三　　王孫誥戟　　《淅川》M2：72 ················· 236

圖版十四　　楚王領鐘　　《集成》1.53 ····················· 236

圖版十五　　邵王之諻鼎　　《集成》4.2288 ··············· 237

圖版十六　　玄翏戈　　《集成》17.11138 ················· 237

圖版十七　　楚王孫漁戈　　《集成》17.11152 ··········· 238

圖版十八　　邚君戈　　《集成》17.11026 ················· 238

圖版十九　　楚王酓璋戈　　《集成》17.11381 ··········· 239

圖版二十　　鄂君啓節　　《集成》18.12110 ·············· 240

圖版二一　　陳□戟　　《集成》17.11251 ················· 241

圖版二二　　繁陽之金劍　　《集成》18.11582 ··········· 242

圖版二三　　邸客問量　　《集成》16.10373 ·············· 243

圖版二四　　楚帛書 ··· 243

圖版二五　　包山簡 ··· 244

圖版二六　　上海博物館藏簡 ··································· 245

圖版二七　　南君戈　　《江陵九店東周墓》一五〇：1·· 246

圖版二八　　中易鼎　　《湖南考古輯刊》第四輯 24 頁·· 247

圖版二九　　楚王酓肯匜　　《集成》9.4551 ·············· 248

圖版三十　　楚王酓肯盤　　《集成》16.10100 ··········· 249

圖版三一　　大腐鎬　　《中國青銅器全集》10：59········ 249

圖版三二　　鑄客為大句脰官鼎　　《集成》4.2395 ······ 250

圖版三三　　鑄客豆　　《集成》9.4676 ····················· 251

圖版三四　　鑄客豆　　《集成》9.4680 ····················· 252

圖版三五　　郲陵君王子申豆　　《集成》9.4695 ········· 253

凡　例

一、筆者親炙的師長，行文中尊稱為「師」，其他學者一律不加任何敬稱。

二、為了敘述方便，本論文經常以「△」暫代論證中的古文字。

三、本論文所謂的「部件」，既可以指有固定音義的偏旁，也可以指無固定音義的筆畫。例如，所謂的「人」形部件或「口」形部件等，是指形體類似「人」旁或「口」旁的筆畫組合，但未必具有「人」旁或「口」旁的音義，其餘依此類推。

四、「圖版」的排列，依照書後〈楚國金文與簡帛資料分期簡表〉的編號順序，也就是依照該資料書寫年代的先後排列。

五、「徵引書目」的排列，基本上依照作者姓名筆畫的多寡，同一個作者再按出版年代先後排列。習用古籍則依書名筆畫順序列於最前，已見於〈徵引書目簡稱表〉的甲金文著錄書不再重複。

徵引書目簡稱表

一、甲骨文著錄書

中國社會科學院歷史研究所《甲骨文合集》   《合集》

胡厚宣《甲骨續存》   《存》

胡厚宣《戰後京津新獲甲骨集》   《京津》

姬佛陀《戩壽堂所藏殷虛文字》   《戩》

商承祚《殷契佚存》   《佚》

郭沫若《殷契粹編》   《粹》

董作賓《殷虛文字甲編》   《甲》

董作賓《殷虛文字乙編》   《乙》

劉鶚《鐵雲藏龜》   《鐵》

羅振玉《殷虛書契前編》   《前》

羅振玉《殷虛書契後編》   《後》

羅振玉《殷虛書契菁華》   《菁》

二、金文著錄書

于省吾《商周金文錄遺》   《錄遺》

中國社會科學院考古研究所《殷周金文集成》　　《集成》

黃濬《尊古齋所見吉金圖初集》　　　　　　　《尊古》

羅振玉《三代吉金文存》　　　　　　　　　　《三代》

嚴一萍《金文總集》　　　　　　　　　　　　《總集》

三、常用古文字學論著

李零〈楚國銅器銘文編年匯釋〉　　　　　　　〈匯釋〉

汪慶正《中國歷代貨幣大系・先秦貨幣》　　　《貨系》

河南省文物研究所《淅川下寺春秋楚墓》　　　《淅川》

袁國華《包山楚簡研究》　　　　　　　　　　《包研》

張光裕等《包山楚簡文字編》　　　　　　　　《包92》

張守中《包山楚簡文字編》　　　　　　　　　《包96》

黃錫全《湖北出土商周文字輯證》　　　　　　《輯證》

劉彬徽《楚系青銅器研究》　　　　　　　　　《楚銅》

劉彬徽〈湖北出土兩周金文國別年代考述〉　　〈考述〉

劉彬徽等〈包山二號楚墓簡牘釋文與考釋〉　　〈包釋〉

滕壬生《楚系簡帛文字編》　　　　　　　　　《楚編》

羅福頤《古璽彙編》　　　　　　　　　　　　《璽彙》

第一章 緒 論

　　本論文研究範疇以楚國文字為限，並未包括楚系其他國家文字在內。研究主題的設定，以文字構形演變現象的歸納為主，書體風格演變歷程的考察為輔。基於這兩項考慮，就將論文題目定為「楚國文字構形演變研究」。

第一節　楚國文字資料特色

　　楚國原為商王朝的盟邦，西周早期歸附於周王朝，並受周成王冊封，居於丹陽。西周中晚期之際，楚國的君主熊渠基本上已經控制江漢之間廣大地區。根據《史記‧楚世家》的記載，楚國此時「甚得江漢間民和」，「不與中國之號諡」。春秋早期楚國的君主熊通，自號武王，國勢擴張迅速，先後兼併許多鄰近小國。傳至春秋中期的莊王，甚至打敗當時的盟主晉國，稱霸中原。悼王時，吳起變法失敗，國勢由盛轉衰，此後即飽受秦國威脅侵擾。到了戰國中晚期之際，懷王客死秦國，頃襄王、考烈王相繼遷都，以避秦兵。王負芻五年為秦所滅，時當公元前 223 年。楚國從受周成王冊封起算，直到被秦國吞滅為止，約有七、八百年歷史。〔註1〕

　　楚國歷史綿延七、八百年之久，見於著錄的文字資料相當龐雜。就資料來源而言，可以區分為歷代傳世品與近代出土品兩大類。就書寫質材而言，主要

〔註 1〕羅運環《楚國八百年》，武昌：武漢大學出版社，1992。

集中在銅器、簡帛、璽印與貨幣四大類，此外陶器、木器、竹器等類文物上也有少量發現。〔註2〕

　　茲根據資料來源與書寫質材的時代分佈狀況，將楚國文字資料約略劃分為三個階段。第一階段從楚國建國到春秋早期，第二階段從春秋中期到戰國早期，第三階段從戰國中期到楚國滅亡。藉由上述三個階段的劃分，一方面可以凸顯楚國文字資料的時代特色，另一方面還可以反映楚國文字書體風格的演變歷程。

一、從楚國建國到春秋早期

　　從楚國建國到春秋早期，已知的楚國文字資料，都集中在銅器銘文上。這個階段，楚國有銘銅器的數量不多，大約只有十餘件，而且多數是傳世品。在這批銅器中，有兩件標準器值得特別介紹一下，它們是楚公㝬戈與楚公逆鐘。

　　楚公㝬戈是由湖南省博物館揀選而得，此戈的真偽曾經遭到質疑，但現在大家都已承認它是真品。〔註3〕「楚公㝬」究竟是誰，眾說紛紜，其中以張振林釋為「家」的說法最可採信。張亞初贊同釋為「家」，並且認為「家」、「渠」二字都是魚部字，聲類的發音部位相同，應該可以通假，所以楚公㝬就是楚公熊渠。這個說法可以得到楚帛書與九店簡的證實，楚帛書云：「不可以㝬（嫁）女取（娶）臣妾」（丙8），九店簡云：「取（娶）妻㝬（嫁）女」（簡29），這兩個「㝬」字都必須釋為「家」、讀為「嫁」。楚公㝬在位年代，約當周夷王、厲王之時，也就是西周中晚期之際。〔註4〕楚公㝬流傳下來的器物，除了這把青銅戈之外，還有四件青銅鐘。由於這四件青銅鐘都已流散到國外，因此楚公㝬戈成為中國現藏年代最早的楚國有銘銅器，也是現存年代最早的楚國文字資料。

　　已知的楚公逆鐘共有兩件，其中一件著錄於王厚之《復齋鐘鼎款識》一書

〔註2〕何琳儀《戰國文字通論》（北京：中華書局，1989），頁135～146。

〔註3〕馮漢驥〈關於「楚公㝬」戈的真偽并略論四川「巴蜀」時期的兵器〉，《文物》1961年11期，頁32～34；商承祚〈「楚公㝬戈」真偽的我見〉，《文物》1962年6期，頁19～20；林清源《兩周青銅句兵銘文彙考》（台中：東海大學碩士論文，1987），頁172～175。

〔註4〕張振林〈試論銅器銘文形式上的時代標記〉，《古文字研究》第5輯（1981），頁83；張亞初〈論楚公㝬鐘和楚公逆鎛的年代〉，《江漢考古》1984年4期，頁95～96。

中，原器已佚，圖像無傳，銘文又翻刻失真。所幸 1992 年在山西省晉侯邦父墓地中又發現一套楚公逆編鐘，銘文內容長而新穎，不僅是研究楚史與楚國文字的珍貴資料，對於傳世楚公逆鐘的真偽、國別、銘文識讀也都有重大意義。〔註 5〕「楚公逆」的身份，根據孫詒讓考證，就是楚公熊鄂，他在位期間正當周宣王 29 至 37 年（前 799 至前 791），也就是西周晚期。〔註 6〕這一件楚公逆鐘，是目前科學考古挖掘所得年代最早的楚國文字資料。

二、從春秋中期到戰國早期

春秋中期到戰國早期的楚國文字資料，主要還是集中在銅器銘文上。在已見著錄的楚國璽印、貨幣文字中，其中一部份資料的年代也有可能屬於這個時期。〔註 7〕

這段期間，楚國已知有銘銅器相當豐富，而且多數是考古出土品。其中，河南淅川下寺春秋楚墓所出的銅器，製作精美，數量又多，最值得重視。根據《淅川》一書的記載，M8 的時代屬於春秋中期，M1、M2、M3 屬於春秋晚期。淅川所出有銘青銅器共 113 件，銘文總字數 4423 字。這些銅器銘文的書體，多表現出濃厚的美術風格，有些還添加鳥蟲形之類的裝飾部件，甚至經過錯金處理。因此，年代明確、數量龐大、書體富於變化，可以說是淅川下寺銅器銘文的三大特色。

在這個階段有銘銅器資料中，目前已經發現如下 46 件標準器：

（1）王子㠱鼎銘文的「王子㠱」，張政烺考證為《左傳》宣公 12 年（前 597）記載的楚公子側，也就是司馬子反。〔註 8〕

（2～3）王子嬰次盧（1 件）、鐘（1 件）等器，銘文中的「王子嬰次」，王

〔註 5〕山西省考古研究所、北京大學考古學系〈天馬——曲村遺址北趙晉侯墓地第四次發掘〉，《文物》1994 年 8 期，頁 4～21；黃錫全、于炳文〈山西晉侯墓地所出楚公逆鐘銘文初釋〉，《考古》1995 年 2 期，頁 170～178。

〔註 6〕孫詒讓《古籀拾遺‧中》，見《金文叢編》（香港：崇基書店，1968），頁 8～9。

〔註 7〕中國璽印的起源，根據《周禮‧職金》、《左傳‧襄公 29 年》的描述，最遲在春秋時期已有使用璽印的記錄，但目前所知可以確信的古璽實物，則以戰國璽印為最早。于省吾《雙劍誃古器物圖錄》一書，曾著錄三方商代古璽，但其真確年代仍有爭議。參閱裘錫圭〈淺談璽印文字的研究〉，《中國文物報》1989 年 1 月 20 日；李學勤〈中國璽印的起源〉，《中國文物報》1992 年 7 月 26 日。

〔註 8〕張政烺〈邵王之諄鼎及簋銘考證〉，《中央研究院歷史語言研究所集刊》第 8 本第 3 分（1939），頁 373。

國維考證為楚莊王之弟令尹子重，他最早的事蹟見於《左傳》宣公 12 年（前 597），卒於楚恭王 21 年（前 570）。〔註9〕

（4）楚王畲審盞銘文的「楚王畲審」，李學勤考證為楚恭王，他在位年代為前 590～前 560 年。〔註10〕

（5～30）倗鼎（11 件）、簠（1 件）、臣（2 件）、缶（8 件）、盤（1 件）、匜（1 件）、矛（1 件）、戈（1 件）等器，銘文中的「倗」或「鄔子倗」，李零考定就是文獻中的蓮子馮，此人於楚康王 9 年（前 551）任楚令尹，卒於公元前 548 年。〔註11〕

（31～39）王子午鼎（7 件）、戟（2 件）等器，銘文中的「王子午」，根據銘文互證可知，此人就是令尹子庚，子庚是楚莊王之子，他擔任令尹前後六年（前 558～前 552）。〔註12〕

（40～42）邵王之諻鼎（1 件）、簠（2 件）等器，銘文中的「邵王之諻」，張政烺考證就是楚昭王之母，器銘稱引昭王的諡號，證明應鑄於昭王死後繼位的惠王時期（前 488～前 432）。〔註13〕

（43～46）楚王畲章鐘（2 件）、鎛（1 件）、劍（1 件）等器，銘文中的「楚王畲章」，史籍寫作「熊章」，也就是楚惠王。楚惠王在位五十七年（前 488～前 432），鐘銘既云：「隹王五十又六祀」，表示此鐘是他死前一年（前 433）所鑄。〔註14〕

因此，標準器的數量多，可以說是這個階段有銘銅器資料的主要特色。

三、從戰國中期到楚國滅亡

這個階段的楚國文字資料，主要散佈在銅器、簡帛、璽印、貨幣等四類質材中，其餘陶器、木器、竹器等類文字只有少量發現。

〔註9〕王國維〈王子嬰次盧跋〉，《觀堂集林》（台北：世界書局，1983），卷 18，頁 899。

〔註10〕李學勤〈楚王畲審盞及有關問題〉，《中國文物報》1990 年 5 月 31 日。

〔註11〕河南省文物研究所等《淅川》，頁 315～319；李零〈楚叔之孫倗究竟是誰？〉，《中原文物》1981 年 4 期，頁 36～37。

〔註12〕趙世綱、劉笑春〈王子午鼎銘文試釋〉，《文物》1980 年 10 期，頁 27～30。

〔註13〕張政烺〈邵王之 鼎及簠銘考證〉，《中央研究院歷史語言研究所集刊》第 8 本第 3 分（1939），頁 371～378。

〔註14〕劉節〈壽縣所出楚器考釋〉，見《古史存考》（北京：人民出版社，1958），頁 108～140。

第三階段的楚國金文資料，以安徽壽縣楚幽王墓所出銅器群為代表。此墓在 1933 年遭到盜掘，出土銅器數量，根據劉彬徽《楚銅》一書的陳述，可能多達一千餘件。〔註15〕該墓所出銅器銘文多有楚王名號，年代確切無疑，而且多種書體風格並行，字形結構又富於變化，可說是研究楚國文字構形演變的絕佳材料。

在這個階段的楚國金文資料中，尚有七件標準器值得介紹：

（1～2）曾姬無卹壺銘文的「聖（聲）趄之夫人」，根據劉節考證，就是楚聲王夫人，也就是楚宣王的祖母，壺銘既云「隹王廿又六年」，表示此器鑄於楚宣王 26 年（前 344），這個說法應該已成定論。〔註16〕

（3）楚王酓璋戈銘文的「楚王酓璋」，李家浩考證為楚威王熊商，並指出戈銘記載楚威王滅越之事，其年代應該在公元前 333 年左右。〔註17〕

（4～7）鄂君啟節銘文的「大司馬昭陽敗晉師於襄陵之歲」，根據《史記·楚世家》記載，發生於楚懷王 6 年（前 323），其用於大事紀年，應該是在下一年（前 322），這也就是銅節的鑄造年代。〔註18〕

本論文「附錄」列有九批戰國楚簡，其出土地點主要集中在湖南、湖北與河南等三省。〔註19〕除此之外，根據簡報刊載，湖北江陵馬山 M1、湖北江陵范家坡 M27、湖南常德德山夕陽坡 M2、湖南臨澧九里 M1、湖北江陵雞公山 M48、湖北老河口市戰國墓、湖北黃州市湖北荊門郭店 M1 等地，也陸續有楚簡出土，但這些資料還在整理中，尚未正式發表。〔註20〕

〔註15〕劉彬徽《楚銅》，頁 9。

〔註16〕劉節〈壽縣所出楚器考釋〉，見《古史存考》，頁 108～140。

〔註17〕李家浩〈楚王酓璋戈與楚滅越的年代〉，《文史》第 24 輯（1985），頁 15～21。

〔註18〕王紅星〈包山簡牘所反映的楚國曆法問題〉，見《包山楚墓》（北京：文物出版社，1991），頁 528；劉彬徽〈從包山楚簡紀時材料論及楚國紀年與楚曆〉，見《包山楚墓》，頁 535。

〔註19〕本論文「附錄」所列的楚簡資料，有信陽簡、望山簡、包山簡、九店簡、仰天湖簡、五里牌簡、石板村簡、藤店簡、天星觀簡等九批，其中前六批資料已經完全公佈，後三批資料在調查簡報中只刊載少數幾支竹簡，完整的考古報告迄今尚未公佈，所以本論文在引用後三批資料時，只能根據滕壬生《楚編》的摹文。

〔註20〕上列八批楚簡，本論文「附錄」所以沒有收錄，是因為這些竹簡尚未正式公佈。其中，前三批資料的部份字形，已收入滕壬生《楚編》一書中。中間四批資料的概況，參閱陳振裕〈湖北楚簡概述〉一文，見《簡帛研究》第 1 輯（北京：法律出版社，1993），頁 4～11。荊門簡的概況，參閱湖北省荊門市博物館〈荊門郭店一號楚墓〉，《文物》1997 年 1 期，頁 35～48。

　　此外，上海博物館最近曾從香港購回一批楚簡，據說已經委請李零等人進行整理。在該館「中國歷代書法館」的簡介資料中，選錄了其中兩支竹簡的照片。核對兩支竹簡的內容，發現可以跟今本《禮記》互證。由於筆者不知該批竹簡的出土地點，只好暫時稱之為「上海博物館藏簡」。

　　已知的楚國簡帛資料，書寫年代集中在戰國中期晚段至戰國晚期，累積的字數相當可觀。例如：楚帛書約有九百五十多字，望山簡約有二千字，九店簡約有二千七百多字，包山簡約有一萬二千四百多字，荊門簡更高達一萬六千多字。所累積的字頭，根據滕壬生《楚編》一書的統計，在包括曾侯乙墓簡，但尚未包括石板村簡、九店簡與荊門簡的情況下，總數就已經達到 2228 字之多。〔註 21〕如此大量的手寫體資料，遠非東土其他國家文字資料所能比擬，對於楚國文字書體與構形的研究而言，可以說是一個取之不盡的寶庫。

　　已知的楚國璽印，多數收錄在羅福頤主編的《璽彙》一書中。戰國璽印的分域工作，雖然尚未十分成熟，但是藉著楚國特有官名、地名、字形結構等各種可靠特徵的鑑定，累積至今，學者已經辨認出不少楚國璽印，其中光是官璽部份就有七十枚以上。〔註 22〕楚國官璽的鈕式以壇鈕為主，印文多數作陰文，印面大小並無固定規格，但多有邊框，有些還在印面中間作十字形界格。〔註 23〕楚璽文字的構形特徵，多跟戰國中晚期的銅器、簡帛文字相合，因而可以確定其中必有一大部份屬於這個階段的作品。

　　在著錄楚國貨幣的眾多書籍當中，以汪慶正主編的《貨系》一書最為齊備，涵蓋布幣、銅貝、金版三大類。此外，近年還出土一種楚國銅錢牌，形制比較罕見。〔註 24〕關於楚國各類貨幣的始鑄年代，學者間仍有許多爭議。雖然如此，對於楚國在戰國中晚期曾經通行這些貨幣，則有高度共識。楚國已見著錄的貨幣數量，至少上百件，但因銘文多出於范鑄，內容千篇一律，對於文字構形研究而言，所能夠提供的訊息，遠不及其他幾類質材文字。

〔註21〕由於資料殘缺不齊、文字考釋意見不一、字頭分合標準不同，種種不確定因素的干擾，對於這類字數統計數據，不宜太過執著。參閱滕壬生《楚編》，〈序言〉，頁 12。

〔註22〕湯餘惠曾將歷來學者辨認出的楚璽資料彙合在一起，其中官璽有 71 枚，私名璽 56 枚，吉語璽與箴言璽 32 枚。參閱湯餘惠〈略論戰國文字形體研究中的幾個問題〉，《古文字研究》第 15 輯（1986），頁 75～78。

〔註23〕曹錦炎《古璽通論》（上海：上海書畫出版社，1995），頁 91。

〔註24〕費世華〈湖北陽新出土良金銅錢牌〉，《中國錢幣》1990 年 3 期，頁 35。

　　綜觀整個已見著錄的楚國文字資料，可以歸納出如下幾項特色：（一）肯定屬於楚國的有銘銅器約有二百六十件左右，其中將近五分之一為絕對年代明確可知的標準器，其餘諸器多得之於田野考古，相對年代也大致可以推論得知。（二）手寫體的簡帛資料多達十幾批，其中包山簡的絕對年代已經證實為楚懷王 13 年，其他幾批資料的相對年代也都可以考證得知。（三）在年代可以確切考知的楚國文字資料中，時代最早的為西周中晚期之際的楚公豪諸器，最晚的為戰國晚期楚幽王諸器，前後大約七百年左右，跟楚國歷史相去不遠。（四）更難能可貴的是，在楚國每一個歷史階段，都已發現相當數量的文字資料，並未出現明顯的時代缺環。總之，楚國文字資料數量龐大，時間跨度長，時代序列大致完整，更擁有大量手寫體的竹簡帛書，這些特色都是其他區域文字資料無法望其項背的。

　　推動古文字研究的力量，主要來自考古發掘出新的資料。楚國位於多雨的南方，地下水位高，有的墓葬長年浸泡在水中，墓內隨葬品等於處在隔絕空氣的環境中。楚國地質多屬帶有弱酸性的黏質土，跟北方帶有鹼性的砂質土相比，前者密封效果比較好，對纖維物質的腐蝕性也比較小。許多楚墓更在木槨四周和槨頂之上，充填密度很高的膏泥，藉以增強密封效果。由於上述氣候、土質、水位和埋葬方法等因素的影響，楚國墓葬及其隨葬品的保存情形，一般說來，都比中原地區的墓葬好得多。〔註 25〕這種墓葬環境，對於銅器、簡帛等古文字資料的保存而言，提供了極為有利的條件。因此，我們可以樂觀預期，楚國文字資料將會源源不絕出土，帶動一波又一波的研究熱潮。

第二節　楚國金文書體風格演變歷程

　　文字書體風格的形成，正如繪畫風格或文學風格的形成一般，除了書手個人風格的展現之外，同時也會反映出當代整體的風格。書體風格隨時在變化之中，不同的時代往往會表現出不同的風格。本節所要討論的內容，正是楚國各個時期金文書體風格的演變歷程。

　　楚國簡帛資料的時代，目前都集中在戰國中期晚段至戰國晚期之間，缺乏時間縱深，難以從事書體演變歷程的考察。至於楚國璽印與貨幣等類文字資料，

〔註 25〕郭德維《楚系墓葬研究》（武漢：湖北教育出版社，1995），頁 8～11。

時代既不明確，書體有時又受印面、幣面佈局等因素的影響，也難以論述其書體風格演變歷程。基於上述考慮，本節考察對象將以金文資料為限。

關於楚國書體風格的演變歷程，劉彬徽主張劃分成三個階段：第一階段從楚國建國到春秋中期前段，書體風格與西周金文沒有明顯差異；第二階段從春秋中期後段到戰國中期前段，字體變得修長，筆畫富於變化，多作波折彎曲的美術書體；第三階段從戰國中期後段到戰國末年楚國滅亡之時，字體變得扁平，出現往隸書方向發展的趨勢。〔註26〕

本論文「附錄」按時代先後，將楚國金文與簡帛資料分期排列。「附錄」資料顯示，上述三個階段的劃分法，確實頗能突顯楚國金文書體演變的主要趨向。雖然如此，由於劉彬徽的論述太過簡略，這裏仍有必要略作補充說明。為了敘述方便，上述三個階段的書體風格，姑且分別稱之為「傳統風格」、「美術風格」與「草率風格」。

楚國從立國之初到春秋早期的金文書體風格，除了楚公豪鐘銘文比較雄放之外（圖版一），其餘諸如楚公豪戈、楚公逆鐘、楚季芈盤（圖版二）、楚嬴盤（圖版三）等器銘文，都是筆畫渾厚，間架方正，與西周金文沒有明顯差異，這個階段的金文書體風格，可以稱之為傳統風格。

到了春秋中期，楚國金文書體風格開始出現轉變的跡象，進入一個新的階段。譬如：申公彭宇臣（圖版四）、楚子暖臣（圖版五）等銘文，雖然間架體態依舊方正，但筆畫線條變得纖細婉柔，有些字形已經流露出明顯的美術化傾向。以楚子暖臣為例，「月」字作「」形，應該可以算是美術書體了。

從第一階段的傳統風格，轉變為第二階段的美術風格，時間大概是在春秋中晚期之際。這項假定，在淅川下寺所出的兩組銅器銘文對照之下，可以獲得證實。淅川下寺 M8 出土的以鄧鼎（圖版六）、以鄧匜（圖版七）等器，時代屬於春秋中期。M2 出土的佣鼎（圖版八）、王孫誥鐘（圖版十二）等器，時代屬於春秋晚期。這兩組銅器，雖然出自同一個墓葬區，但銘文書體風格卻有顯著的差異。發掘報告說：

第一期中的青銅器銘文書體渾厚道勁，筆畫波磔分明，有些帶有西周時期的銘文書體風格；第二期的銘文書體變得細瘦俏麗，筆畫粗

〔註26〕張正明《楚文化志》（武漢：湖北人民出版社，1988），頁 261～262。據該書〈序言〉聲明，第十二章〈文字〉是由劉彬徽撰寫。

細一致，不分波磔，並出現鳥篆與錯金銘文。〔註27〕

這個現象說明，在春秋中晚期之際，楚國金文書體風格已經呈現明顯的美術化傾向。

　　進入春秋晚期之後，楚國金文書體的美術化傾向日益彰顯，甚至發展出極為富麗堂皇的錯金鳥蟲書。這種美術化程度很高的書體，學者多稱之為「美術字體」或「美術書體」。〔註28〕為了具體說明楚國金文美術書體的演變歷程，我們篩選出二十件比較具有代表性的銘文，作為觀察的對象，詳見下文〈楚國美術書體資料簡表〉。然後，從中選錄出若干例字，製作成〈楚國美術書體特徵類型舉例簡表〉，以便觀察美術書體各種特徵類型的演變歷程。

▲楚國美術書體資料簡表

期　別	資料名稱	圖版	備　　　　註
春晚	佣臣	九	共二件，銘文內容相同，書體風格相近。
春晚	佣缶	十	共二件，銘文內容相同，書體風格相近。
春晚	王子午鼎	十一	共七件，銘文內容相同，書體風格相近。
春晚	王孫誥戟	十三	共二件，銘文內容相同，書體風格相近，皆有錯金。
戰早	玄鏐戈	十六	
戰早	楚王孫漁戈	十七	共二件，銘文內容相同，書體風格相近，皆有錯金。
戰早	邡君戈	十八	
戰中	楚王酓璋戈	十九	錯金。
戰中	繁陽之金劍	二二	錯紅銅。
戰晚	南君戈	二七	
戰晚	楚王酓肯盤	三十	

▲楚國美術書體特徵類型舉例簡表

器　名	筆畫屈曲	筆畫加粗	加飾鳥形	加飾圓點	加飾其他
佣臣					

〔註27〕河南省文物研究所等《淅川》，頁334。

〔註28〕春秋戰國時期美術書體的來龍去脈，林素清曾經做過深入的研究。參閱林素清〈春秋戰國美術字體研究〉，《中央研究院歷史語言研究所集刊》第61本第1分（1991），頁29～75。

佣缶					
王子午鼎					
王孫誥戟					
玄翏戈					
楚王孫漁戈					
邟君戈					
楚王酓璋戈					
繁陽之金劍					
南君戈					
楚王酓肯盤					

　　從上面兩個簡表觀察得知，楚國金文美術書體出現的情境，大致如下：就器類而言，包括兵器與彝器。就時代而言，起於春秋中晚期之際，止於戰國晚期。就字體的經營而言，間架格局都呈現修長婉曲的體態。就特徵類型而言，

可以區分為筆畫屈曲、筆畫加粗、添加裝飾部件等三種。所添加的裝飾部件，以鳥形為主，此外還有爪形、小圓點、羨畫等三種。

在楚國金文美術書體的演變過程中，筆畫屈曲的現象在每個時期都曾出現，可說是最主要的特徵。春秋時期楚國文字筆畫屈曲現象，包括兩種亞型：一種是以王子午鼎為代表，除了中豎畫與短橫畫之外，幾乎所有筆畫都帶有柔美的弧度，有些甚至故意屈曲盤繞，造型富於變化，並不刻意要求工整對稱。另一種是以佣匜為代表，體勢瘦長，筆畫平直，通常只在長豎畫中間刻意曲折，有時也在筆畫頭尾略微盤曲。這兩種亞型，在戰國時期都得到持續發展，但也都變得比較規整工穩。大致而言，繁陽之金劍、楚王酓肯盤屬於前一種亞型，楚王孫漁戈、邟君戈、楚王酓璋戈屬於後一種亞型。朝著規整工穩方向演變的趨勢，以邟君戈的表現最為突出，戈銘不但在平直的筆畫中間刻意屈曲迴繞，甚至還在空隙處添加與原有筆畫形體相近的曲折筆畫，使得整個字形更加屈曲填滿，風格相當接近漢印常見的繆篆。〔註29〕

筆畫加粗現象，多半出現在曲畫轉折處、橫畫下方、豎畫中間或旁側、以及「田」字形筆畫的四個角落。整體而言，春秋時期筆畫粗細的變化，還不至於太過懸殊。到了戰國時期，筆畫加粗的現象分化出兩種亞型：第一種亞型係以誇張的手法，形成粗筆與細筆的強烈對比，繁陽之金劍、楚王酓肯盤的書體可為代表。這種類型的美術書體，有些學者稱之為「蚊腳書」，有些稱之為「垂露體」，名稱不一。〔註30〕第二種亞型係以含蓄的手法，在纖細勻稱的長豎畫一側，添加小圓點，使得筆畫線條與竹節造型有些相似，此類例子見於楚王酓璋戈與南君戈。

在筆畫空隙處填補小圓點的例子，從春秋時期的王子午鼎，到戰國時期的楚王孫漁戈、楚王酓璋戈、繁陽之金劍都可以發現。添加爪形部件的情況，目前只在王子午鼎銘文中發現，譬如鼎銘的「大」、「老」、「孝」、「考」、「壽」、

〔註29〕馬國權說：「形體屈曲填滿，而線條平直的是繆篆，整個字的筆畫都曲折回繞的則為蟲書。」參閱馬國權〈繆篆研究〉，《古文字研究》第 5 輯（1981），頁 267。

〔註30〕繁陽之金劍的書體，簡報認為與楚王酓肯盤書體相似，都屬於所謂的「蚊腳書」。楚王酓肯盤的書體，容庚、張維持稱為「蚊腳書」，湯餘惠則稱為「垂露體」。參閱洛陽博物館〈河南洛陽出土「繁陽之金」劍〉，《考古》1980 年 6 期，頁 492；容庚、張維持《殷周青銅器通論》（北京：科學出版社，1958），頁 100；湯餘惠〈略論戰國文字形體研究中的幾個問題〉，《古文字研究》第 15 輯（1986），頁 49。

「猷」、「趨」、「民」等字，在跟人體有關的偏旁上，都增添了爪形部件。至於添加其他羨畫的現象，見於邱君戈與楚王酓肯盤。

添加鳥形部件的文字，一般稱之為「鳥書」或「鳥篆」。董楚平認為宋國是東周鳥篆的發源地，吳國鳥篆可能是受宋國鳥篆影響的產物，因為宋公孌戈銘文是目前所知年代最早的鳥篆。〔註31〕董楚平上述說法，筆者認為還有商榷的餘地。因為宋公孌就是宋景公孌（前516至前451），其事蹟見於《左傳》昭公20年，而楚國在王子午鼎銘文中已經出現鳥篆，該鼎鑄於器主王子午擔任令尹期間（前558至前552），年代約當春秋晚期前段，比宋公孌戈的年代還要早一些。依照目前的資料來看，最早的鳥篆應該是王子午鼎銘文，所以不能單憑宋公孌戈銘文，就斷定鳥篆發源於宋國。

楚國鳥篆的型態，在春秋時期的王子午鼎銘文中，只見到「用」、「乎」二字，所添加的鳥形，還只是粗略的抽象勾勒。發展到戰國早期的玄翏戈、楚王孫漁戈，添加鳥蟲形部件的比例大幅提高。玄翏戈銘文七個字，其中六個字都有完整的鳥形部件，剩下的「之」字末端也有鳥爪形部件。此時所添加的鳥形部件，已經是相當精緻的具象描繪，鳥的眼睛、尖喙、雙翼與腳爪，清晰俱全。此類添加鳥形裝飾的銘文，有時還經過錯金處理，金碧輝煌，可說是美術書體發展到極致的表現。

總之，楚國金文美術書體形成與演變的歷程，可以簡單描述如下：楚國金文美術書體的形成，大概是在春秋中晚期之際，此時的風格活潑粗獷，變化多端，可以稱之為發展期。到了戰國早中期，線條佈局日趨精緻，並且出現錯金與加飾鳥蟲形部件的現象，每篇銘文各有獨特的風格，此時可說是楚國金文美術書體的鼎盛期。進入戰國晚期，受到下文所謂草率風格書體興起的影響，美術書體的數量急遽衰退，追求精緻與創新的精神也日趨式微。以南君戈銘文為例，雖然還具備一些美術書體的特徵，但已經不再用心經營，整體而言，反而讓人感覺草率突兀。種種跡象顯示，楚國金文美術書體此時已經邁入衰微期。從形成到衰微，楚國金文美術書體流行的時間，前後約略三百年左右。

第二階段的金文書體，雖然是以美術書體為代表，但仔細觀察這個時期的金文，不難發現其中還有不少例子，並沒有表現出明顯的美術化傾向，譬如：

〔註31〕董楚平〈金文鳥篆書新考〉，《故宮學術季刊》12卷1期（1994），頁31～71。

楚王領鐘（圖版十四）、卲王之諲鼎（圖版十五）、鄂君啟節（圖版二十）等等，除了筆畫比較纖細之外，整個字的間架體態，基本上仍然維持西周金文以來的傳統風格。

到了戰國中期，陸續出現陳生戟（圖版二一）、郾客問量（圖版二三）之類，刻鑄草率、體式扁平、解散篆體、破圓為方、接近古隸的銘文。這類銘文的出現，顯示此一時期金文書體又進入一個新的階段，有逐漸轉向草率風格發展的趨勢。

戰國晚期的楚國金文書體，風格最為多樣。安徽壽縣楚幽王墓所出的銅器群，可以說是最佳例證。該墓所出的銅器銘文，以草率風格的書體居多數，譬如：中易鼎（圖版二八）、大腐鎬（圖版三一）、郴陵君王子申豆（圖版三五）等銘文都是如此。除此之外，還有少數像楚王酓肯盤（圖版三十）之類典型的美術書體，以及楚王酓肯臣（圖版二九）之類的傳統風格書體。

這個時期的傳統風格書體及美術風格書體，都受草率風格書體的影響，相繼出現往草率風格發展的趨勢。以壽縣楚幽王墓所出鑄客諸器為例：鑄客為大句胅官鼎銘文（圖版三二），運筆圓潤，佈局嚴謹，理當可以認定為傳統風格書體，但其體式間架已經轉趨扁平，與西周金文的風格有所不同；至於鑄客豆銘文（圖版三三），筆畫僵硬，佈局潦草，體式扁平，可以認定為草率風格書體；另有一件鑄客豆銘文（圖版三四），其中「客」字作「」形、「為」字作「」形、「句」字作「」形，都各有一道筆畫特別引曳盤繞，書寫者似乎蓄意要將字形美化，但因並未用心經營，給人的整體觀感，不僅達不到美感效果，反而顯得突兀不協調。因此，整體考量的結果，第三階段的金文書體，應該是以筆畫僵硬、間架扁平、佈局草率的刻劃銘文為代表。

總結上文陳述的內容可知，楚國金文書體風格經歷了三個階段的演變歷程。第一階段從楚國立國到春秋早期，此時係以傳統風格書體為代表；第二階段從春秋中期到戰國早期，此時係以美術風格書體為代表；第三階段從戰國中期到楚國滅亡，此時係以草率風格書體為代表。這三種風格互異的書體，彼此交錯互動，時代越晚，關係越複雜，不是簡單的三分法可以表達清楚的。

在楚國金文書體風格演變過程中，不但前後兩個階段轉換之際會出現若干過渡現象，即使在同一個階段當中，也不難發現有多種風格的書體並存。淅川下寺銅器群銘文及壽縣朱家集銅器群銘文，就是多種書體風格並存的最

佳例證。因此，本論文雖然將楚國金文書體風格劃分為三個階段，但讀者千萬不要膠柱鼓瑟地理解，誤以為美術書體興起之後，楚國金文書體就會跟傳統風格書體一刀兩斷，或者誤以為在草率風格書體盛行的時代，就不可能再出現美術風格書體。

若從楚國社會變遷的觀點，審視楚國金文書體風格的演變歷程，可以發現二者演變的步調相當一致。楚國原本只是活動於長江中下游的小部族，整個社會都在周文化的籠罩下，此時金文的書體風格，與西周金文沒有顯著的差異。進入春秋中期之後，楚國勢力迅速擴張，真正具有地方特色的楚文化逐漸形成。到了春秋晚期，楚國國勢已經相當強盛，此時最能代表楚國金文書體特色的美術書體應運而生，尤其是金碧輝煌的鳥蟲書，更能襯顯當時楚國鼎盛繁榮的景象。戰國中期過後，楚國勢力由盛轉衰，此時美術書體跟著迅速衰退，代之而起的，則是草率風格書體，其字形往往解散篆體，破圓為方，表現出明顯的隸化傾向。楚國金文書體風格的演變，是否受楚國社會變遷的影響，應該是個值得繼續深究的課題。

第三節　楚國文字所見隸變現象

古文字由篆文演變為隸書的過程，一般稱之為「隸變」。趙平安在歸納秦系文字的隸變規律時，曾將跟表音表義無關的筆畫變形現象，概括為「直、減、連、拆、添、移、曲、延、縮」等九種型態。[註32] 簡單地說，秦系文字的隸變現象，主要表現在「用方折的筆法解散篆文的圓轉筆道」上。[註33]

根據現有的秦系文字資料來看，「解散篆體」、「破圓為方」的隸變現象，在睡虎地簡、青川木牘等資料中已經普遍出現。因此，秦隸形成的時間，目前已經可以上溯到戰國晚期早段。[註34] 自漢儒以來，秦始皇時程邈造隸書的傳說，已經不攻自破。[註35]

〔註32〕趙平安《隸變研究》（保定：河北大學出版社，1993），頁 52～63。
〔註33〕裘錫圭〈從馬王堆一號漢墓「遣冊」談關於古隸的一些問題〉，《考古》1974 年 1 期，頁 348～349。
〔註34〕裘錫圭《文字學概要》（台北：萬卷樓圖書有限公司，1994），頁 85～91；徐中舒、伍仕謙〈青川木牘簡論〉，《古文字研究》19 輯（1992），頁 288～289；陳昭容《秦系文字研究》（台中：東海大學博士論文，1996），頁 53。
〔註35〕程邈造隸書的說法，在許慎《說文・敘》、班固《漢書・藝文志》、蔡邕《聖皇篇》等書中都有記載。

　　戰國晚期秦國簡牘所見的隸書，還處於尚未完全成熟的狀態。為了要跟「八分」形成之後的成熟隸書有所區別，對於秦國簡牘所見尚未完全成熟的隸書，一般都稱之為「古隸」或「早期隸書」。

　　楚國文字的構形，在戰國中晚期之際，曾經發生比較激烈的變化。〔註36〕秦國文字在隸變過程中所經歷的各種筆畫變形現象，在戰國中晚期的楚國文字中也都普遍出現，例證不勝枚舉。因此，在討論隸書形成的空間背景時，不宜再侷限於西土的秦國文字，東土各國文字的隸化現象，也應該一併列入考慮。

　　楚帛書（圖版二四）公佈之初，郭沫若就已提出帛書「體勢簡略，形態扁平，接近於後代的隸書」的看法；〔註37〕李孝定師也認為帛書「已饒有分隸的意味」；〔註38〕饒宗頤更是明白指出「楚帛書已全作隸勢，結體扁衡，而分勢開張，刻意波發，實開後漢中郎分法之先河，孰謂隸書始於程邈哉？」〔註39〕

　　近年來楚簡陸續出土，有包山簡（圖版二五）、上海博物館藏簡（圖版二六）等多批資料。這些簡文書體，也都表現出強烈的隸化傾向。馬國權就認為秦國簡帛文字所見的早期隸書特徵，「在戰國中晚期的楚簡文字中，已孕育了雛形」。〔註40〕林素清在描述包山楚簡的書體風格時曾說：

> 包山楚簡書法不僅解散篆體，破圓為方，字體有明顯向右上挑起之
> 筆勢，其運筆流利，有輕重頓錯筆勢，充分發揮毛筆的彈性與趣味，
> 不僅已經「頗有古隸的規模」，而且已具備了「漢隸的美感」，這是
> 漢字書法史上極重要的轉捩點，是由篆到隸的醞釀與萌芽期。〔註41〕

林素清是從書法發展史的觀點出發，試圖為包山簡的書體尋求定位。除了包山簡之外，其他幾批戰國中晚期的楚簡文字書體，同樣也都表現出相當強烈的隸化傾向。

　　底下姑以簡帛文字為例，簡單列舉幾組例證，藉以略窺戰國中晚期之際楚

〔註36〕戰國中晚期之際，楚國文字構形的演變情況，參閱本論文第六章第二、三兩節。

〔註37〕郭沫若〈古代文字之辯證的發展〉，《考古》1972 年 3 期，頁 8。

〔註38〕李孝定師〈中國文字的原始與演變〉，見《漢字的起源與演變論叢》（台北：聯經出版事業公司，1986），頁 151。

〔註39〕饒宗頤〈楚帛書之書法藝術〉，見《楚帛書》（香港：中華書局，1985），頁 150。

〔註40〕馬國權〈戰國楚竹簡文字略說〉，《古文字研究》第 3 輯（1980），頁 158～159。

〔註41〕林素清〈探討包山楚簡在文字學上的幾個課題〉，《中央研究院歷史語言研究所集刊》第 66 本第 4 分（1995），頁 1125～1126。

國文字所發生的隸變現象。

天		信陽簡 1.25		包山簡 215
屯		鄂君啟節		信陽簡 2.24
登		以鄧鼎		包山簡 85
內		楚帛書		包山簡 7
屈		齊篙鐘		包山簡 87
晝		楚帛書		九店簡 56.71
民		王孫遺者鐘		上海博物館藏禮記簡
言		邵王之諻簋		包山簡 122
異		王孫遺者鐘		包山簡 33
救		齊篙鐘		包山簡 239
木		楚嬴盤		包山簡 140
穆		王孫誥鐘		雨台山竹律管
至		敬事天王鐘		包山簡 16
子		信陽簡 1.5		包山簡 237
巳		王孫誥鐘		包山簡 25

以上各例的兩種構形，相對而言，前者可以看做篆體，後者可以視為隸體。

楚國文字逐漸由篆體演變為隸體的現象，除了簡帛文字之外，在銅器、璽印、貨幣等類文字中，也都可以找到不少例證。譬如：

易		敬事天王鐘		鄂君啟節
龍		王孫誥鐘		鄝客問量
大		伵子固		東陵鼎蓋
共		楚王酓肯鼎		楚王酓忎鼎
競		剴篙鐘		襄城楚境尹戈
壽		䲷公彭宇固		壽春鼎
陳		永陳尊缶		鄝客問量
集		包山簡 1		鄂君啟節
益		包山簡 108		鈞益權
無		倗鼎		郪陵君王子申豆
朱		銅錢牌		郪陵君王子申豆
官		《璽彙》0141		《璽彙》0136
羕		子季嬴青固		羕陵金版

　　觀察上述各例的時代分佈狀況，可以清楚發現，戰國中晚期的楚國文字，實際上處於篆、隸夾雜的過渡狀態。篆、隸夾雜的現象，也見於睡虎地簡所代表的秦國隸書。裘錫圭考察睡虎地簡發現，簡文中很多字的寫法仍然接近正規篆文，另外有些字雖然已經產生跟成熟隸書相似的寫法，可是跟正規篆文相近的寫法依舊並行不廢。裘錫圭根據上述現象，認為戰國晚期的秦國隸書還只是一種尚未完全成熟的古隸。〔註42〕由此可知，戰國中晚期楚國文字所見的隸書，也應該是仍未達到成熟程度的「古隸」。

　　裘錫圭曾經指出，「戰國時代六國文字的簡率化傾向，比起秦國文字來是有過之而無不及的」，「可見古文字向隸書發展，是當時各國文字發展的普遍傾向」，「如果秦沒有統一全中國，六國文字的俗體遲早也是會演變成類似隸書的新字體的」，「我們雖然在原則上不同意隸書有一部份是承襲六國文字的說法，卻並不否定隸書所從出的篆文或篆文俗體以至隸書本身，曾受到東方國家文字的某些影響的可能性」。〔註43〕從戰國中晚期楚國文字所表現出的強烈隸化傾向來看，裘錫圭上述推論確實有其道理。

　　戰國中晚期的楚國文字，不僅表現出強烈的隸化傾向，在手寫體的簡帛文字中，偶而也會夾雜幾個接近草書意味的字。譬如：

　　信陽簡 2.20「五」字作「𠄡」形

　　包山簡 157「大」字作「𧚩」形

　　包山簡 257「室」字作「𡩄」形

　　望山簡 2.49「非」字作「非」形

類似例字還有不少，它們都有一個共同特徵，那就是草書常見的連筆現象。

　　裘錫圭在討論馬王堆遣策的古隸時，曾經指出古隸在使用過程中孕育了草書的新因素，並且認為「『草從篆生』的說法應該改為『草從古隸生』」。〔註44〕由楚國簡帛文字的連筆現象來看，裘錫圭所謂「草從古隸生」的說法，應該也可以在戰國時期的東土文字中找到許多線索。

〔註42〕裘錫圭《文字學概要》，頁 88～89。

〔註43〕裘錫圭〈從馬王堆一號漢墓「遣冊」談關於古隸的一些問題〉，見《古代文史研究新探》，頁 285～287；裘錫圭《文字學概要》，頁 88～91。

〔註44〕裘錫圭〈從馬王堆一號漢墓「遣策」談關於古隸的一些問題〉，《考古》1974 年 1 期，頁 349～350。

第四節　研究現況述評

本論文的研究主題，偏重在文字構形演變現象的考察。本節將針對這個主題現有的研究成果，以及這些論著的優缺點，詳加介紹與評論。在進行研究學史回顧的同時，也將把筆者撰寫本論文所遭遇的相關問題及其處理方式一併陳述出來，以供學者參考比較。

一、現有的研究成果

專門以楚國文字構形系統為主題的研究論著，就筆者知見所及，至少有如下幾種：1991 年，彭浩等人〈包山楚簡文字的幾個特點〉，《包山楚墓》（北京：文物出版社）；1992 年，陳月秋《楚系文字研究》，台中：東海大學碩士論文；1995 年，李運富《楚國簡帛文字構形系統研究》，北京：北京師範大學博士論文；1995 年，林素清〈探討包山楚簡在文字學上的幾個問題〉，《中央研究院歷史語言研究所集刊》第 66 本第 4 分；1995 年，滕壬生《楚系簡帛文字編·序言》，武漢：湖北教育出版社；1996 年，王仲翊《包山楚簡文字研究》，高雄：中山大學碩士論文；1997 年，黃靜吟《楚金文研究》，高雄：中山大學博士論文。其中，李運富《楚國簡帛文字構形系統研究》一書，尚未正式出版，該書內容綱要，原作者雖曾撰文介紹，但因筆者還沒有機會閱讀，不便表示意見，不列入本節評論範圍。〔註45〕

此外，還有多篇研究文字構形演變的論著，譬如：林素清《戰國文字研究》、何琳儀《戰國文字通論》、劉釗《古文字構形研究》等書，也都涉及楚國文字構形演變相關問題。〔註46〕這些著作的研究範疇，有些是設定在整個戰國文字，有些更將整個古文字都涵蓋在內，並不是以楚國文字為主要考察對象。在本節中，由於篇幅限制，也不準備對這類論著展開討論。

二、研究範疇的規劃

檢視上述楚國文字構形研究相關論著，黃靜吟只討論金文部份，彭浩、林素清與王仲翊只研究包山簡，李運富只處理楚國簡帛文字，滕壬生擴大到楚系

〔註45〕李運富〈楚國簡帛文字研究概觀〉，《江漢考古》1996 年 3 期，頁 65。
〔註46〕林素清《戰國文字研究》（台北：台灣大學博士論文，1984），第一章至第三章；何琳儀《戰國文字通論》（北京：中華書局，1989），第四章；劉釗《古文字構形研究》（長春：吉林大學博士論文，1991）。

簡帛，陳月秋則將整個楚系文字都納入。這些論著所劃定的研究範疇，雖然互有異同，但都不是以整個楚國文字資料為對象。

陳月秋《楚系文字研究》一書，以整個楚系文字為研究對象，這種作法的優點，在於方便歸納楚系各國文字的相同特徵，但是相對而來的缺點，就在於難免因而模糊楚系各國文字的相異特徵。

姑以曾國文字為例，曾國在戰國初期已經淪為楚國附庸，比較楚簡與曾侯乙墓簡的文字構形，確實可以發現二者有許多相同相似之處。〔註47〕雖然如此，二者相異之處也還不少，譬如：「馭」字楚簡都作「🖹」形（包山簡 69），而曾侯乙墓簡多從「五」旁作「🖹」形（簡 26）。「䡄」字楚簡都作「🖹」形（包山簡 6），而曾侯乙墓簡都從「戈」旁作「🖹」形（簡 12）。「翠」字楚簡都從「羽」旁作「翠」形（望山簡 2.13），而曾侯乙墓簡都從「鳥」旁作「🖹」形（簡 9）。曾侯乙墓簡這幾個字的構形從未見於楚國文字，可見曾、楚二國文字的構形仍有某種程度的差異。

從上述角度來看，在楚系諸國文字中曾經發生的構形演變現象，在楚國文字中不一定會發生相同的現象。反過來講，在楚國文字中曾經發生的構形演變現象，在楚系諸國文字中也未必會發生。因此，對於歸納楚國文字構形特徵而言，將研究範疇擴大到整個楚系文字，有時反而會造成負面的影響。

黃靜吟《楚金文研究》一書，列有專章討論楚國金文的構形演變。楚國金文資料時間跨度長，時代序列又大致完整，對於要瞭解楚國文字構形演變歷程而言，確實能夠提供許多有意義的訊息。但因楚國金文缺乏長篇銘文，而且內容多為固定的套語，有銘銅器的數量雖然不算少，但是總字數與總字頭卻不算多。因此，如果謹守著楚國金文這個範圍，而不去廣泛涉獵楚國其他文字資料，勢必無法深入探究楚國文字各種構形演變現象。

其餘各家的研究範疇，都限定在楚國簡帛文字資料上。楚國簡帛文字資料，內容豐富多樣，字數與字頭的數量都很龐大，而且又是手寫體文字，確實是觀察楚國異體字的絕佳資料。但因現有的楚國簡帛文字資料，書寫年代過度集中，幾乎都分佈在戰國中期晚段至戰國晚期早段之間，缺乏足夠的時間縱深，對於

〔註47〕裘錫圭〈談談隨現曾侯乙墓的文字資料〉，《文物》1979 年 1 期，頁 31～32；又見《古文字論集》（北京：中華書局，1992），頁 415～416。

研究文字構形演變的歷程而言，顯然有所不足。因此，這種類型的論著，多半著重文字構成方式的分析，性質上偏向靜態的分類陳述，比較缺乏歷史發展的關照，以致無法充分發揮楚國文字資料的特色。

本論文的研究對象，所以要設定在「楚國文字」這個範疇，而不擴大到整個「楚系文字」，一方面固然是因筆者的時間與論文的篇幅都難以負荷，另一方面是因楚國與楚系各國文字構形的關係仍然有待釐清。本論文的研究對象，雖然設定為「楚國文字」，但因楚國文字與楚系其他國家文字的關係確實相當密切，在論證的過程中，仍會引用相關的楚系文字資料做為佐證。

由於楚國金文與簡帛文字這兩項資料，就構形演變研究這個主題而言，都各自存在若干缺憾，必須將二者結合起來，才能達到相輔相成的效果，所以本論文在運用資料時，係以時代比較明確的金文與簡帛資料為主，再輔以璽印、貨幣等各類質材文字資料，以期能對楚國文字構形演變歷程有比較全面的認識。

三、研究方法的省思

所謂文字構形的簡化與繁化，是就同一個字在不同時期所發展出來的各種字形相互比較的結果而言的。後出字形與原有字形相比，構形較為簡省的稱為「簡化」，構形較為繁複的稱為「繁化」。這兩個文字學術語，實際上都蘊含了時間推移的概念在內，必須透過相互比較的方式，才能將其學術意義呈顯出來。

在分析例字的構形演變現象時，必須先從該字眾多異體寫法中，找到一個時代較早的字形，再以這個字形為基準，經過相互比較，才可給予這個字形適當的定位。基準字形的選擇是否合宜，往往決定構形演變分析的對錯。

黃靜吟《楚金文研究》一書，所謂的簡省與增繁等現象，係以《說文》小篆的字形為基準，構形比小篆簡單或繁複，就認定為簡化或繁化。〔註48〕這種研究方法，筆者認為還有再行商榷的必要。

《說文》成書於東漢，經過歷代傳抄，字形難免失真，原本就難以完全憑信，加上該書小篆所反映的時代，基本上都比楚國文字來得晚，所反映的區域

〔註48〕黃靜吟《楚金文研究》（高雄：中山大學博士論文，1997），頁91。

又是西土的秦系文字，時空背景都跟楚國文字相去頗遠。秦國居於宗周故地，文字構形猶有豐鎬之遺，相對於東土文字異體滋生的情形來講，無論是在演變方向或演變進度上，都有相當程度的差異。〔註49〕因此，《說文》所保存的小篆字形，實在不宜做為論定戰國時期東土文字構形繁簡的基準。

陳月秋《楚系文字研究》一書，選取基準字形的原則，係以春秋戰國文字為優先，其次是甲骨文與西周金文，再其次則是《說文》小篆。〔註50〕《說文》所保存的小篆字形，不宜做為論定楚系文字構形繁簡的基準，上文已經做過說明。這裏要提出來討論的，是殷商西周文字與春秋戰國文字優先順位的問題。

現有的楚系文字資料，除了楚公豪與楚公逆諸器銘文之外，其餘資料的年代都屬於春秋戰國時期。以殷商西周文字為基準，討論楚系文字的構形演變現象，可以說是極為恰當。以早期的楚系文字為基準，討論晚期的楚系文字，這種作法也可以說是十分允當。至於不分國別與時代，將整個春秋戰國時期文字混雜在一起，就難免發生時間順位錯亂的情形，如此一來，原本屬於簡化的現象，很可能就會被誤為繁化現象，反之亦然。何況各個區域文字構形演變情形往往相差甚遠，以甲國文字論證乙國文字，必然蘊含許多不確定因素在內，很容易造成結論的偏差。因此，陳書選取基準字形的原則，仍有可議之處。

其餘幾篇以楚國簡帛文字為範疇的論著，基本上都是以簡帛文字本身的異體字為基準。這種方法所得的結論，雖然可以反映出戰國中晚期之際楚國簡帛文字異形的複雜情況，但因缺乏不同時段字形的對照，還是不足以反映楚國文字構形的演變歷程。

本論文為了避免發生上述錯亂現象，所選用的基準字形，僅限於殷商西周文字，以及時代相對較早的楚國文字。當我們說 A1 與 A2 之間存在簡化或繁化的關係時，若未特別標明資料的時代國別，通常就表示 A1 與 A2 是楚國某一個字的異體，而且 A1 的時代早於 A2。當我們說 B1 與 B2 之間存在類化或別嫌關係時，若未特別聲明，通常就表示 B1 與 B2 是楚國具有互動關係的兩個字或兩個構形部件。

〔註49〕王國維〈戰國時秦用籀文六國用古文說〉，見《觀堂集林》（台北：世界書局，1983），頁305～307。
〔註50〕陳月秋《楚系文字研究》（台中：東海大學碩士論文，1992），頁87～88。

四、構形演變條例的分類

　　楚國文字構形演變條例的分類，學者多採用簡化、繁化與變異三大類的架構，但在每一大類之下，細目的劃分，彼此常互有出入。這些內容瑣碎又複雜，不必在此一一評論。整體來講，各家多未交代分類理由，使得讀者只知其然，而不知其所以然。

　　關於古文字構形演變現象，何琳儀曾經做過相當細膩的分類。〔註51〕本論文就以何琳儀的分類為基礎，參酌楚國文字實際情況，以及其他相關論著進行修訂，而將楚國文字常見的演變現象，概略劃分為簡化、繁化、變異、類化與別嫌等五大類。前三類是就一個字的異體所起的繁簡變化立論，後二類是就若干個形近字或形近部件相互影響所起的形體變化立論。〔註52〕

　　由於前三類篇幅過於龐大，必須分別各立一個專章。後二類內容比較少，可以合為一章。本論文在第二、三、四章的前言中，都會將何琳儀的分類細目列出，而後逐一說明筆者調整的理由。在每一節的前言中，還會就每一種演變現象的相關問題進行深入探討。

　　在文字構形演變過程中，各種類型的簡化、繁化與變異現象，經常交錯出現。一字之中，可能有些部件趨向簡化，另外一些部件卻趨向繁化；或者，原有的部件雖然有所刪減，卻又增添一些新的部件。種種情況，不一而足。因此，本論文在為例字歸類時，將某字安排在某種演變現象中，主要是因如此安排最能說明問題而已，並不表示該字只出現這種演變現象。

五、金文資料的處理方式

　　上述討論楚國簡帛文字的論著，基本上都是以簡帛證簡帛，很少涉及楚國其他各類文字資料。簡帛資料的國別與時代，向來沒有太多爭議，可以置而不論。因此，本段討論的焦點，將集中在陳月秋、黃靜吟二人處理金文資料的方式上。

　　陳月秋《楚系文字研究》一書，書後有附錄〈楚系文字編年表〉，扣除簡帛、漆書、石磬等類資料之後，該表總共收錄楚系銅器85組（一組銅器有時包含數

〔註51〕何琳儀《戰國文字通論》，頁184～242。
〔註52〕第五章第二節所謂的「自體類化」現象，是指一個字內部形近部件相互影響而引起的構形演變現象。

件同銘或同主的器物）。表中共分四欄，依序為「資料名稱」、「器物年代」、「主要著錄」與「內容隸定」。這些資料的名稱、分域、斷代與釋文，主要是根據劉彬徽〈楚國有銘銅器編年概述〉與李零〈匯釋〉二文的意見。器物的著錄出處，原則上只列《三代》等流通最廣的書為代表。〔註53〕

　　黃靜吟《楚金文研究》一書，在第二章〈楚金文的斷代與分期〉中，總共收錄楚國銅器 142 組，資料比陳月秋書來得豐富一些。該書處理這些資料時，共分「出土」、「銘文」與「說明」三項。對於這些資料的名稱、著錄、分域、斷代與釋文等問題，究竟是根據哪一家的意見而定，基本上不做交代。

　　本論文處理基本資料的方式，跟陳月秋、黃靜吟二人略有不同。首先，筆者將所有可能屬於楚國的文字資料，以及學者對這些資料的研究成果，彙集在一起。然後，評估各家所提的意見，依照可信度高低，把基本資料區分為兩大類，分別製作成兩個資料簡表，當作本論文的「附錄」。表一【楚國金文與簡帛資料分期簡表】，扣除簡帛資料之後，總共收錄楚國銅器 252 件。表二【疑似楚國金文資料分期簡表】，收錄疑似楚國銅器 58 件。資料簡表的製作格式，詳見「附錄」前言的說明。

　　筆者所以如此處理，一方面是為了防止國別判斷仍有爭議的資料摻雜其中，對下面各章的討論造成干擾誤導，因而採取比較嚴格的態度進行篩選；另一方面是為了避免因筆者個人主觀的見解，有意無意之間，遺漏了可能屬於楚國的文字資料，因而採取比較包容的態度大量收錄，留待識者抉擇。為了避免造成混淆，導致錯誤的結論，本文各章在論證取材時，僅採用表一的資料。至於表二的資料，原則上只在第六章討論「構形演變的時代特徵」時，做為複驗筆者論點之用。

　　文字構形所以產生變化，通常是經過長時間約定俗成的結果。在自然狀態下，文字構形不太可能三、五年內就發生重大變革。從這個角度考量，在觀察文字構形的演變歷程時，只要能推知資料的相對年代也就夠了，絕對年代的考證並不是那麼必要。因此，本論文在「附錄」的兩個資料簡表中，只列出各器的時代期別，至於年代考證等細節部份，依照各器實際情況，僅在註腳中簡單說明。

〔註53〕劉彬徽〈楚國有銘銅器編年概述〉，《古文字研究》第 9 輯（1984），頁 331～372。

六、構形演變研究的意義

本論文從第二章到第五章，分別討論楚國文字構形所見的簡化、繁化、變異、類化與別嫌等現象。這幾章的工作重點，並不在於強調楚國文字有哪些特殊的構形演變現象，而是著重如何運用那些經由歸納得知的演變條例，幫助我們理解楚國文字的特殊構形。換句話說，我們不僅希望知道某個構形就是某個字，更希望知道某個字為何會演變出這種構形，這是文字構形演變研究的第一層意義。

解決疑難文字的考釋問題，應該是文字構形演變研究的第二層意義。因此，在本論文第二章到第五章中，筆者都運用歸納所得的楚國文字構形演變條例，回頭檢討迄今仍然懸疑未決的楚國文字考釋問題，希望能夠從中得到若干啟發，進而解決這些疑難問題。

本論文的工作性質，基本上屬於區域文字發展史的研究。特定區域文字發展史的研究，必須描述該區域文字書體風格的演變歷程，並且歸納出該區域文字構形演變的各種條例，除此之外，還有一項重要的任務，那就是要篩選出罕見於其他區域文字的特殊構形，以及僅出現於特定時期的特殊構形。那些具有特定時空背景的構形，往往可以做為其他文字資料分域與斷代的重要參考，這項工作可說是文字構形演變研究的第三層意義。

本論文各章在選擇例證時，係以楚國文字的特殊構形為優先，並在各章的結語中，將這些特殊構形擇要列舉出來。在第六章第二節〈構形演變的時代特徵〉中，筆者又針對若干個楚國常用字，彙集這些字的各種構形，並且透過對比的方式，試圖尋找出僅出現於楚國特定時期的特殊構形。在第六章第四節中，筆者進一步運用那些具有特定時空背景的特殊構形，針對若干個鑄造時空背景不詳的有銘器物，進行分域、斷代與銘文通讀的攻堅任務。

【校按】本章第二節初稿，曾以〈楚國金文書體風格的演變歷程〉為題，發表於《南大語言文化學報》第 2 卷第 2 期，頁 69～90。

第二章　構形演變的簡化現象

第一節　前言

漢字偏旁形體的產生，多半來自對客觀事物的摹寫，因而早期漢字的形體往往帶有濃厚的圖畫意味。然而，越是接近圖畫性質的字形，越是不便書寫，在趨簡求易的心理要求下，先民逐漸將面狀的圖形改造成較易書寫的線條，此即所謂「線條化」，其後又將隨體詰詘的線條改造成橫、豎、撇、捺之類的筆畫，此即所謂的「筆畫化」，這兩種構形演化趨勢，論其本質，其實也是一種「簡化」。〔註1〕因此，也可以說，漢字在形成的同時，就已經開始往簡化的方向演變了。

何琳儀將戰國文字構形簡化現象，區分為如下十三類：（1）單筆簡化、（2）複筆簡化、（3）濃縮形體、（4）刪簡偏旁、（5）刪簡形符、（6）刪簡音符、（7）刪簡同形、（8）借用筆畫、（9）借用偏旁、（10）合文借用筆畫、（11）合文借用偏旁、（12）合文刪簡偏旁、（13）合文借用形體。〔註2〕

由於戰國文字形體訛變嚴重，往往任意刪減若干筆畫，既無規律可言，也無道理可說。上述第（1）、（2）、（3）類演變現象即是如此，對於這種類型的簡化現象，本論文不列入討論。

〔註1〕裘錫圭《文字學概要》（台北：萬卷樓圖書公司，1994），頁41～42。
〔註2〕何琳儀《戰國文字通論》（北京：中華書局，1989），頁185～194。

第（4）類「刪簡偏旁」的內容，可以分別歸入第（5）類「刪簡形符」及第（6）類「刪簡音符」中。第（8）、（9）兩類，都是指組成單字的幾個偏旁共用部件的現象，可以合併為「單字共用部件」。第（10）、（11）、（13）三類，都是指組成合文的幾個單字發生共用部件的現象，可以合併為「合文共用部件」。第（12）類「合文刪簡偏旁」，是指將合文中沒有發生共用情況的部份偏旁刪簡，此一現象在楚國文字中尚未發現。此外，還有一種其他區域文字比較罕見的簡化現象，筆者稱之為「截取特徵」。

筆者參考何琳儀的意見，以及楚國文字的實際情況，將楚國文字所見的簡化方式，概略區分為：「省略義符」、「省略音符」、「省略同形」、「截取特徵」、「單字共用部件」、「合文共用部件」六類。

第二節　省略義符

省略義符的現象，多數發生在由兩個以上偏旁所構成的合體字上。這些字原本就擁有多個偏旁，即使刪去其中一、二個，還不至於嚴重影響字義的表達。例如：第六章第二節所舉的「鑄」字，最繁的構形作「🔲」，最簡的構形作「𦥑」，就是一個典型的例證。

由兩個義符構成的會意字，按照常理來說，不該將其中任何一個義符整個省略；否則，勢必會跟獨體字混淆不清。但是，就實際古文字資料來看，在明確且固定辭例的制約下，或者在字形採取別嫌措施後，由兩個義符構成的會意字，偶而也可容許省略其中一個義符，還不至於因而引起誤解。

以《金文編》所收「吉」字為例，伯吉父鼎「初吉」一詞，番□匜「吉金」一詞，這兩個「吉」字都省「口」作「士」形，以致跟「士」字形體相同，雖然如此，但因「初吉」、「吉金」二詞都是常用詞語，可以藉由辭例輕易辨別，不會有發生岐義的疑慮。

本論文第五章第三節所揭舉的「安」字，省略「宀」旁作「𡞔」形，則是在別嫌措施的制約下，省略其中一個義符的例子。

例1、「地」字

「地」字《說文》籀文作「𡐊」，從阜、從土、彖聲。小篆省略阜旁，改為從土、也聲。侯馬盟書作「𡐆」，䇂壺作「𡑞」，都跟籀文相近。楚簡多作

「壁」（包山簡 140），也有少數作「圡」（包山簡 149），前者與籀文只有音符不同，後者與小篆完全相同，二者的差別僅在於是否從阜旁。籀文的時代早於小篆，假若《說文》「地」字所收的兩個形體可信，則楚簡「地」字的演變過程，應該是由「壁」簡化為「圡」。

例 2、「寡」字

「寡」字西周金文都從宀、從頁，作「窩」（毛公鼎）、「窩」（父辛卣）等形，藉著一個人獨處於屋中，表示「孤寡」之義。

「寡」字《說文》小篆作「寡」，戰國時期秦國文字多作「寡」（睡虎地秦簡），與西周金文構形大致相合，但在「頁」旁表示四肢身軀筆畫兩側，又各加一道短斜畫贅筆，使得「頁」旁形體變得近乎上下式結構的「頌」字。《說文》分析「寡」字的構形，認為「從宀、從頌」，大概就是根據訛變的秦國文字立說。

戰國時期束上所見「寡」字，天星觀簡作「窩」，中山王𩰫諸器作「窩」，跟西周金文相比，雖然少了「宀」旁，卻又多了「仌」形筆畫。「寡」字所從「仌」形筆畫，有學者認為是裝飾符號。[註3] 但是，「寡」字省略「宀」旁之後，勢必會跟「頁」字混淆不清，必須倚賴「仌」形筆畫才能分辨。從這個角度考慮，「仌」形筆畫應該具有別嫌功能，不會僅有裝飾功能而已。

「寡」字構形演變過程，根據上述資料推測，原本從宀、從頁作「窩」，發展到戰國時期，無論是東土或西土文字，多在「頁」旁兩側增添短斜畫贅筆。增添短斜畫贅筆之後，「寡」字即使省略「宀」旁，仍跟「頁」字有所區別，不致於發生混淆。東土中山國、楚國等地的「寡」字，所以常將「宀」旁省略，根本原因大概如此。

例 3、「秦」字

「秦」字籀文從二禾作「𥠕」，小篆從禾作「秦」，《說文》分析為「從禾、舂省」。甘肅禮縣新出的秦公鼎與秦公簋，學者斷定為春秋早期器，銘文「秦」字作「秦」，從「舂」不省，正好可以跟《說文》「秦」字構形分析

〔註 3〕林素清〈論戰國文字的增繁現象〉，《中國文字》新 13 期（1990），頁 24〜25。

互相印證。〔註4〕

戰國時期楚國所見「秦」字，多作「![字]」（包山簡263）、「![字]」（東陸鼎蓋）等形，都將「舂」旁所從的「廾」、「臼」兩個偏旁省略，只保留「午（杵）」旁。孤立的「午（杵）」旁，已經完全看不出跟「舂」旁的淵源關係，因而很容易引起誤解，導致形體訛變特別激烈。譬如：秦王鐘作「![字]」，天星觀簡作「![字]」，就訛變為「介」旁。天星觀簡作「![字]」，就訛變為「宀」旁。

例4、「游（遊）」字

「游」字殷墟卜辭作「![字]」（《京津》4457），西周金文作「![字]」（仲游父鼎），均象人執旗之形。到了春秋戰國時期，從旗帛飄動義，引申出水流漂動義、來回行走義，於是分化出「游」、「遊」二字。

《說文》以「游」字為小篆，「遊」字為古文。《說文》「遊」字古文，大徐本作「![字]」，小徐本作「![字]」。《集韻》則在「遊」字下，列出兩個或體，分別作「遟」與「迀」，前者應是由《說文》古文隸定而成。

楚國所見「遊」字，金文作「![字]」（鄂君啟節），楚簡多作「![字]」（包山簡35）。楚簡「遊」字所從的「放」旁，形體嚴重訛變。大概因為訛變過甚，義符功能已經喪失，所以有時會被省略。包山簡277「綮組之遊」，「遊」字作「![字]」，就將「放」旁省略。

楚簡「遊」字作「![字]」、「![字]」兩種構形，後者跟《集韻》或體「迀」相合，前者跟《說文》古文「![字]」有些相近。《六書通》引〈雲臺碑〉「遊」字作「![字]」，也可以跟楚簡互證。

例5、「春」字

戰國時期楚國「春」字，構形最繁的作「![字]」（包山簡200），有些省略「艸」旁作「![字]」（楚帛書）、「![字]」（壽春鼎）等形，有些省略「日」旁作「![字]」（包山簡203），唯有音符「屯」旁絕不省略。「春」字這三種構形，其實早在殷墟卜辭中都已出現，分別作「![字]」（《粹》1151）、「![字]」（《戩》22.2）、「![字]」（《乙》5319）等形。雖然如此，從楚國文字本身來看，後兩種構形不從「艸」

〔註4〕李朝遠〈上海博物館新獲秦公器研究〉，《上海博物館集刊》第7集（1996），頁23～33。

旁或「日」旁的現象，將之解釋為省略義符，似乎也無不可。

第三節 省略音符

音符是構成形聲字的必要部件，除非是在特殊條件的制約下，否則音符通常不可以省略。所謂的特殊條件，主要是指如下三種情況：其一、假若在既明確又固定的辭例制約下，同時又在特定的使用環境中，對於一個結構不完整的字，當地人依據經驗法則，仍然能夠輕易而且正確的識讀，不會產生混淆，這時候就有可能將音符省略。其二、該字構形特殊，即使省略音符，仍然不會與其他字混淆，這時候也有可能將音符省略。其三、形聲字所從的音符，本身也是個形聲字，當音符簡化時，偶而也會發生只保留音符所從的義符，而將最初音符刪去的不尋常現象。

第一種類型的音符省略現象，多見於璽印、貨幣文字中的地名用字。例如：「屈」字省略「出」聲作「𡰪」形，「陰」字省略「金」聲作「𣱱」形等等。〔註5〕西周金文所見的「召」字，多作「𥸮」（大盂鼎）、「𥸮」（伯憲盂）等形，但是召卣卻作「𣂰」，將音符「召」旁省略，這是上述第二種類型的音符省略現象。至於本節所舉的「躬」、「睘」、「袁」等字，都屬於第三種類型。在大量的楚國文字資料中，筆者只找到這幾個例子，由此可知省略音符的簡化方式確實非常罕見。

例1、「躬」字

《說文》：「躬，身也。從身、從呂。躬，躬或從弓。」李孝定師認為「躬」字所從「呂」旁，原本應作「呂」形，其實是「宮」字初文，「宮」旁功能與「弓」旁相同，都是當作音符使用。〔註6〕

類似「躬身尚毋（無）又（有）咎」的句子，在包山簡中經常出現，簡文所見「躬」字有多種構形：有些作「𣃟」（簡210），其結構正是從身、宮聲；有些簡省作「𣃟」（簡226），與《說文》小篆形體相合；有些甚至簡省作「𣃟」

〔註5〕古文字省略音符的現象，何琳儀、黃錫全都曾找到若干例證。參閱何琳儀《戰國文字通論》，頁188～189；黃錫全〈先秦貨幣文字形體特徵舉例〉，見《于省吾教授百年誕辰紀念文集》（長春：吉林大學出版社，1996），頁200。

〔註6〕李孝定師《讀說文記》（台北：中央研究院歷史語言研究所，1992），卷7，頁193。

（簡 228），將音符「宮」旁最初的音符「🔲」省略，只保留「宮」字的義符「宀」旁。

包山簡「🔲」、「🔲」這兩種形構，應該都可以視為從「宮」省聲。

例2、「睘」字與「袁」字

根據《說文》的分析，「睘」字從目、袁聲，「袁」字從衣、重省聲。關於這兩個字的構形分析，歷來說解紛紜，筆者以為應該都是從「〇」得聲。

西周金文所見的「睘」字與「袁」字，前者多作「🔲」（睘卣），後者多作「🔲」（克鼎），二字在「衣」旁中間都有「〇」形部件。「〇」形部件又見於「員」字，作「🔲」（員父尊）、「🔲」（上海博物館藏簡）等形。

「員」是「圓」字的初文，而「〇」又是「員」字的初文，所以《說文》認為「員」字從「〇」得聲。「員」字古音在匣紐、文部，而「睘」、「袁」二字都在匣紐、元部，二者聲同韻近，由此可見，「睘」、「袁」二字最初的音符應該都從「〇」聲。

楚簡所見的「睘」、「袁」二字，都有繁、簡兩種構形，繁體分別作「🔲」（望山簡 1.54）、「🔲」（天星觀簡）等形，簡體分別作「🔲」（望山簡 2.50）、「🔲」（天星觀簡）等形。此二字的簡體寫法，都將音符「〇」省略。楚簡所見「睘」、「袁」二字的構形，簡體所佔比例都遠高於繁體。

第四節　省略同形

一字之中，某些部件有時會重複出現。假如字義的表達，必須透過相同部件的重複才能完成，例如「林」、「品」等字，則這些重複部件都因具有實質功能，自然不容許省略。相反的，假如這個部件重複與否，既不會影響字義的表達，也不會造成字形的混淆，在這種情況下，其中有些重複的部件，在文字演變過程中，就很可能會被省略。這類例子，無論是在獨體字或合體字中，都可以經常看到，而所省略的同形部件，既可以是筆畫，也可以是偏旁。

例1、「能」字

「能」是個動物象形字，西周金文作「🔲」（毛公鼎），與熊的體態相似。《說文》云：「能，熊屬。足似鹿，從肉、以聲。」所謂「肉」旁，其實是口形

的訛變。所謂「以」聲，則是頭形的訛變。

望山簡的卜筮祭禱簡中，屢見「不能飲」句，「能」字多作「」（簡1.38），大致仍可表現出熊的象形。熊的前後腳，在文字中寫法完全相同，因而簡文有時又作「」（簡1.37），將其中一個（也可說是一對）熊足省略。

例2、「訓」字與「紃」字

「訓」字的構形，《說文》分析為「從言、川聲」。天星觀簡「訓至惠公」句，「訓」字既作「」，又作「」，後者所從的「川」旁，比前者簡省一筆。包山簡所見「訓」字，同樣也有上述繁、簡二體。從「川」得聲的「紃」字，同樣也曾出現繁、簡二體，繁體作「」（包山簡268），簡體作「」（望山簡2.6），簡化方式與「訓」字相同。

例3、「幾」字

「幾」字金文多作「」（祈伯簋）、「」（幾父壺）等形，都是從二「幺」。上海博物館藏的禮記簡〈孔子燕居〉章云：「幾（凱）弟君子，民之父母。」簡文「幾」字只從一「幺」作「」，這種構形也見於五里牌簡5。

例4、「器」字

西周金文「器」字多作「」（睘卣），從四個「口」形部件，中間從「犬」旁。「器」字的構形，《說文》分析為「象器之口，犬所以守之。」實在不知所云，歷代學者也多持懷疑態度。

楚國「器」字的構形，多與西周金文相同，從四個「口」形部件，作「」（包山簡251）、「」（大廥銅牛）等形。但是，也有少數例子作「」形（鑄□客甗），所從「口」形部件省為兩個。

例5、「善」字

《說文》「善」字，正文從二言作「」形，列為重文的小篆則從一言作「」形。西周金文皆從二言作「」（毛公鼎），與《說文》正文相合。楚簡都省從一言作「」（包山簡182），與《說文》篆文相合。

此外，戰國晚期楚國所見的「楚」字，多從「林」旁作「」（楚公彖鐘），但有時也改從「木」旁，作「」（楚王酓肯鼎）、「」（楚王酓肯盤）

等形。後一種構形，何琳儀採用省略同形的觀點詮釋。〔註7〕在現有的楚國文字資料中，「楚」字總共出現六十餘次，除了楚王酓肯鼎、盤兩見從「木」旁之外，其餘都是從「林」旁。從這個角度考慮，省略同形的說法是可以成立的。但是，「楚」字殷墟卜辭作「𣏟」（《合集》31139），春秋時期的侯馬盟書作「𣏟」，早就是從「木」、不從「林」，從這個角度來看，「楚」字從「木」旁的構形淵源已久，並非到了戰國晚期才發生簡化的現象。

第五節　截取特徵

本論文所謂的「截取特徵」，是指音義完整且無法再行拆解的偏旁或單字，在書寫時只截取其中一部份形體做為代表，其餘部份則省略不寫。

林澐在歸納古文字構形的簡化現象時，發現有些文字會把原有的字形截去一部份。對於這種特殊的構形演變現象，林澐稱之為「截除性簡化」。〔註8〕該文所舉例字，共有如下九個字：

「車」字由「𨊠」省作「車」
「馬」字由「𢒉」省作「𢒉」
「為」字由「𤑔」省作「𤑔」
「易」字由「𤓪」省作「𤓪」
「爾」字由「𠬞」省作「𠬞」
「以」字由「𠂤」省作「𠂤」
「官」字由「𨸏」省作「𨸏」
「陰」字由「𨸏」省作「𨸏」
「隥」字由「𨸏」省作「𨸏」

仔細觀察上述九個例字的簡化方式，實際上可以區分為如下兩種類型：（一）前面六個字，經過截取特徵之後，原有形體遭到嚴重破壞，只保留比較具有特徵的部份，因此很不容易辨認。（二）後面三個字都是合體字，「官」字省略「宀」旁，「陰」字省略「金」旁，「隥」字省略「𣥠」旁，不論是存留

〔註7〕何琳儀《戰國文字通論》，頁189。
〔註8〕林澐《古文字研究簡論》（長春：吉林大學出版社，1986），頁75～78。

的部份，或是省略的部份，仍然都是形體完整的偏旁，並未遭到任何破壞。

　　高明在討論漢字構形簡化規律時，也曾提出「截取原字的一部份代替本字」的現象。該文所列舉的例字，除了上面已經談過的「馬」、「為」、「易」三個字之外，還有如下八個例字：

「于」字由「𠀎」省作「于」

「聖」字由「聖」省作「𦔮」

「召」字由「召」省作「吉」

「鑄」字由「鑄」省作「鍇」

「法」字由「灋」省作「𣳖」

「其」字由「其」省作「六」

「寶」字由「寶」省作「𡧖」

「旅」字由「旅」省作「旅」

　　在上述例字中，除了「于」字的構形分析迄今仍無定論之外，其餘例字都屬於上面所說的第（二）種類型。〔註9〕

　　本文所謂的「截取特徵」，專指上述第（一）種類型簡化現象。至於第（二）種類型簡化現象，如果按照本論文的構形分類系統，應該分別歸屬於「省略義符」或「省略音符」兩類。由於筆者的觀念與分類，跟林澐、高明兩位都有相當程度的出入，為了避免發生混淆，本論文不採用他們的術語，而另行杜撰「截取特徵」一詞代替。

　　「截取特徵」簡化現象，所截取出來的形體，一般來說，都是比較具有代表性特徵的部件。以動物類象形字為例，一般都是截取頭部，而將表示軀幹四肢的部份省略。有些時候，書寫者還會以「＝」或「一」等簡單點畫，代替被省略的繁複筆畫。

　　「截取特徵」的簡化方式，在殷商西周時期極為罕見，但在楚國文字中卻經常出現。在楚國文字構形簡化現象中，「截取特徵」可以說是比較具有特色的一項，所以本節將多舉幾個例字加以說明。

〔註9〕高明《中國古文字學通論》（北京：文物出版社，1987），頁183～185。

例 1、「無」字

「無」字殷墟卜辭作「」（《粹》1312），西周金文作「」（般甗），均象人手持舞具跳舞之形，為「舞」字初文，「有無」義則是假借用法。

楚國「無」字，春秋時期多作「」（申公彭宇匜）、「」（佣鼎）等形。到了戰國中晚期，多作「」（曾姬無卹壺）、「」（無臭鼎）、「」（郦陵君王子申豆）、「」（包山簡 15）等形，所從「人」形部件表示身軀兩足的部份都被省略。〔註10〕

例 2、「歸」字

「歸」字所從的「帚」旁，殷墟卜辭作「」（《甲》944）、「」（《粹》1229）等形，金文寫法相同。「帚」字的寫法，正象札穗為帚之形，上象穗末，下端三岐表示穗梗之多，《說文》分析字形誤以為「從又持巾」。包山簡「歸」字，多作「」（簡 216），有時也省作「」（簡 225），後者只截取「帚」旁上半。

例 3、從「衣」旁諸字

「衣」是個象形字，殷墟卜辭作「」（《甲》335），西周金文作「」形（昌壺），皆象衣領與左右襟相掩之形，《說文》誤以為「象覆二人之形」。

楚簡所從的「衣」旁，往往簡省上半段象衣領的部份，而作「」或「」形。例如：

被		包山簡 214		包山簡 203
裘		包山簡 189		包山簡 16
裏		信陽簡 2.9		信陽簡 2.9
裯		信陽簡 2.21		信陽簡 2.19
襡		天星觀簡		信陽簡 2.19

〔註10〕楚國「無」字構形的演變歷程，詳見本論文第六章第二節。

　　包山 M2 所出簽牌記有「兩絔衣」等語，「衣」字作「」形，可能是目前僅見的獨體「衣」字簡省之例。

　　「衣」旁省作「」形的簡化現象，在殷墟卜辭與西周金文中並未發現，應該是春秋戰國時期才興起的寫法，而且主要集中出現在戰國中晚期的楚簡上。

　　楚國「衣」字簡體，從未見省略下半段部件的例子，筆者推測造成此一現象的原因，應該跟楚國「宀」旁常寫作「」形有關，因為「衣」字一旦省作「」形，勢必會跟「宀」旁發生混淆，造成不必要的困擾。

例 4、「皇」字

　　楚國「皇」字有繁、簡二體，繁體作「」（王孫遺者鐘）、「」（䣄陵君王子申豆）等形，簡體作「」（邵王之諻鼎）、「」（雨台山竹律管）等形。〔註11〕簡體的「皇」字，都省略「日」形部件，只保留「王」旁與頂端的豎畫。

　　信陽簡 2.25 云：「十△豆」，簡 2.26 云：「△脛二十又五」。△字作「」形，商承祚釋為「弄」，認為「弄豆」是一種賞玩器，「弄脛」是一種板俎。〔註12〕包山簡 266 云：「四皇豆」，望山簡 2.45 云：「四皇俎、四皇豆」，跟信陽簡 2.25 的辭例完全相同，簡文「皇」字作「」形，跟信陽簡△字相比，基本構形完全一致，應該是同一個字的異體。信陽簡「皇」字，上端豎畫只剩下兩道，這正是上一節所說的「省略同形」現象。

　　上述簡文所見「皇」字，〈包釋〉訓作「大也」，〈望釋〉認為是指器物上的鳳凰彩繪。楚簡表示器物大小的意思，都是直接用「大」、「小」二字形容。姑以望山 M2 所出的遣冊為例，就有「十大金」（簡 2.28）、「一大房」（簡 2.45）、「一大羽翣」（簡 2.47）、「一大竹翣」（簡 2.47）、「一大監（鑑）」（簡 2.48）、「一大冠」（簡 2.49）等例，以及「一小翣」（簡 2.47）、「一小雕羽翣」（簡 2.47）、「一小紡冠」（簡 2.61）等例。楚簡在記載絲織品時，常常會強調它的顏色與圖案。根據這些線索推論，上述簡文「皇」字的意涵，筆者傾向認定為器物上的鳳凰彩繪圖案。

〔註11〕楚國「皇」字構形的演變歷程，詳見本論文第六章第二節。
〔註12〕商承祚《戰國楚竹簡匯編》（濟南：齊魯書社，1995），頁 38。

例 5、「嘉」字

楚國「嘉」字，主要有「」、「」兩種構形，前者見於王孫誥鐘、王孫遺者鐘等處，後者見於鄔客問量、包山簡等處。後者所從的「禾」旁，來源於前者所從「壴」旁上半部，再經過訛變類化而成。侯馬盟書「嘉」字出現一百多種寫法，有「」（195：1）、「」（1：45）、「」（152：3）等形，從中即可看出「嘉」字截取特徵的演變過程。因此，「嘉」字所從的「禾」旁與「壴」旁，所以發生類似互用的現象，既不是因為字形相近，也不是因為字義相關，而是形體訛變所造成的結果。

例 6、「皆」字

「皆」字殷墟卜辭作「」（《屯》1092），大概是用兩個相同部件並列在一起，藉以表示「偕同」之義。殷墟卜辭「皆」字，有時也作「」（《合集》30453），省略其中一個虎形部件。〔註13〕中山王𰯼壺「皆」字作「」，可能是由殷墟卜辭的簡體演變而來。

楚帛書「皆」字作「」，可能是由殷墟卜辭的繁體省略其中一個虎形部件而來。楚簡多作「」（包山簡 123），更將「虍」頭省略，只截取該偏旁的下半部。這種簡體構形，其實在西周金文中已經出現，例如皆壺即作「」。

《說文》云：「皆，俱詞也。從比、從白。」根據上述「皆」字演變過程可知，《說文》的構形分析並不可信。

例 7、「則」字

「則」字的結構，小篆從刀、從貝作「」，籀文從刀、從鼎作「」。兩周金文「則」字，多從刀、從鼎作「」（何尊），或從刃、從鼎作「」（中山王𰯼壺）。

楚國所見「則」字，有如下幾種構形：鄂君啟節作「」，與西周金文寫法相合。楚帛書作「」，「刀」旁訛為「勿」旁，與《說文》古文「利」字作「」，訛變情形大致相似。信陽簡省作「」（簡 1.1），將「鼎」旁表示鼎足的部份省略，改以「＝」形部件代替。

〔註13〕劉釗《古文字構形研究》（長春：吉林大學博士論文，1991），頁 334～336。

例 8、「為」字

「為」字從爪、從象，取役象助勞之意。〔註 14〕殷墟卜辭作「」（《前》5.30.4），西周金文作「」（昌鼎），春秋金文作「」（鬻鎛）、「」（趙孟壺）等形，後者所從「象」旁的頭部與軀幹斷裂分離。

楚國「為」字的構形，有繁、簡二體。春秋晚期楚叔之孫途盉作「」，「象」旁形體仍然完整。戰國中期以後，多作「」（鄂君啟節）、「」（包山簡 16）等形，或加「＝」符作「」（包山簡 7），都將「象」旁表示身軀四肢的部份省略，只截取象頭部份。

綜上所述，簡體「為」字所從的「象」旁，形體演變過程大概如下：首先，「象」旁的頭部與軀幹分離為二（例如：趙孟壺）；其次，頭部與軀幹分離之後的「象」旁，由於隨體詰詘的特質遭到嚴重破壞，因而促使形體發生更激烈的演變；再次，到了春秋戰國之際，只截取象的頭部做為代表，而將表示身軀四肢的部份省略，並且常在整個字的下方或「象」旁的下方添加「＝」形符號，用以代替被簡省的部件。

例 9、「馬」字

「馬」是個象形字，殷墟卜辭作「」（《粹》1156），西周金文作「」（盂鼎）、「」（虢季子白盤）等形。

楚國金文多作「」（鄂君啟節）、「」（王命車馹虎節）等形，前者與西周金文相同，後者已將馬的頭部與軀幹分離為兩個部份。戰國中晚期的楚國簡帛文字，所見則有繁、簡二體。用於合體字偏旁時多作繁體，例如「騎」字作「」（包山簡 119）、「駕」字作「」（包山簡 38）。見於獨體字時，只有極少數仍作繁體，譬如包山簡木牘 1 作「」。〔註 15〕其餘絕大多數獨體「馬」字，都簡省作「」（包山簡 8）、「」（包山簡 200）等形，只截取馬的頭部，而將軀幹四肢部份省略，改以「＝」代替。楚國官璽所見「馬」字，皆採簡體作「」形，例如《璽彙》0024、0042、0268、5538 等都是如此。

〔註 14〕羅振玉《增訂殷虛書契考釋》（台北：藝文印書館，1975），卷中，頁 40。

〔註 15〕包山簡木牘 1「馬」字作「」形，可能是受簡體「馬」字寫作「」形的影響，也跟著在右下角添加「＝」形符號。

　　楚國簡體「馬」字的演變過程，跟上述「為」字情況大致相似，很可能都先經過頭部與軀幹分離的階段（例如：王命車馱虎節），而後再將表示軀幹四肢的部份省略，改以「＝」形符號代替。

第六節　單字共用部件

　　用以構成合體字的幾個偏旁，其中位置相近且形體相似的筆畫，經常發生彼此重疊的現象。這種簡化現象，學者常稱之為「借筆」，但因「借筆」一詞語意比較含糊，所以本論文改稱為「共用部件」。

　　吳振武在〈古文字中的借筆字〉一文中，總共收集了 362 個例證，另外還新考出十個共用部件的例字。該文資料豐富，論證翔實，是這個研究主題中一篇很重要的代表作。〔註16〕

　　在吳振武論文所舉例證中，屬於獨體字共用部件的例證，總共有如下八個：

「它」字作「中」形（馬王堆帛書）

「革」字作「革」形（漢印）

「衣」字作「衣」形（袁盤）

「中」字作「中」形（古陶）

「世」字作「世」形（漢印）

「戈」字作「戈」形（無重鼎）

「終」字作「終」形（古文四聲韻）

「臣」字作「臣」形（蛮壺）

　　上述這些例字，除了「革」字之外，都是由二或三道位置相當的短畫，透過筆畫延伸的方式，接合成為一道長畫。這種類型的構形演變，並未發生筆畫共用現象，不屬於本節所謂的「共用部件」。這種兩道筆畫接連成一筆的現象，可以稱之為「連筆」。至於漢印「革」字所以發生共用部件現象，可能跟「革」

〔註16〕吳振武〈古文字中的借筆字〉，「中國古文字研究會成立十週年學術研討會」論文（1988）。

字構形寫得類似從「口」旁的合體字有關。總之，共用部件現象幾乎都發生在合體字，獨體字共用部件現象極為罕見。

　　文字構形的共用部件現象，在楚國文字中相當發達。筆者希望以吳振武論文為基礎，補充一些新例證，為此一主題研究提供更多訊息。因此，在本節與下一節所舉例證中，除了「新」、「集」、「名」等三字外，其餘都不跟吳振武論文的例證重複。

例1、從「木」旁諸字

　　由於「木」字的中豎畫特別突出，當它被用作上下式結構合體字的偏旁時，假若另一個偏旁也有一道比較突出的長豎畫，在這種情況下，兩道豎畫很容易就會重疊連接在一起，形成筆畫共用現象。

　　楚國發生共用部件現象的從「木」旁諸字，「木」旁都在上下式結構合體字的下方。這裏先舉「新」字為例，用以說明從「木」諸字發生共用部件現象所必須具備的環境條件。

　　「新」字殷墟卜辭多作「」（《前》5.4.4），西周金文多作「」（頌壺），都是「辛」旁在上、「木」旁在下，二者共用中豎畫。

　　楚國「新」字的構形，根據是否發生共用部件現象，可以區分為兩種類型：（一）「辛」旁在上、「木」旁在下，二者共用中豎畫，例如「」（佣戈）、「」（包山簡35）等形。（二）「木」旁在上、「辛」旁在下，二者不共用中豎畫，例如「」（郼之新都戈）、「」（包山簡15反）等形。所以形成這種差異，關鍵在於「辛」旁上端為橫畫、下端為豎畫，只有「辛」旁位於「木」旁之上，二者才有可能發生共用中豎畫的現象。

　　除了「新」字之外，其餘從「木」旁的字，也經常發生共用部件現象。譬如：「集」字作「」（大麿鎬）、「」（鑄客為集口鼎）等形；「柔」字作「」（望山簡2.41）；「梟」字作「」（楚帛書）；「樣」字作「」（包山簡184）；「梌」字作「」（信陽簡2.14）。這些上下式結構的合體字，所從「木」旁都位於下半部。

例2、「善」字

　　楚簡「言」字多作「」，而「善」字皆作「」（包山簡168），所從「羊」旁與「言」旁共用中間二橫畫。

例 3、「名」字

「夕」、「月」二字若出現在上下式結構的合體字上方，而且下方偏旁的頂端是一橫畫，在這種情況下，書寫「夕」字與「月」字時，常會將外圍圓弧筆畫的末端引曳拉長，而與下方偏旁的橫畫重疊，形成共用部件現象。例如：包山簡「名」字多作「⿰」（簡 249 反），有時也可省作「⿰」（簡 32），後者「口」旁橫畫與「夕」旁弧畫末端共用一筆。

例 4、「胄」字

「胄」字的構形，《說文》分析為「從冃、由聲」，所錄或體從革、由聲作「⿱」。楚國「胄」字也都是從革、由聲，可跟《說文》或體相互印證。

包山簡「胄」字，都採左右式結構作「⿰」（牘 1）。天星觀簡「胄」字，則採上下式結構作「⿱」（遣冊）、「⿱」（遣冊）等形，「由」旁底部的形體，與「革」旁頂端的「口」形部件相似，因而經常共用「口」形部件。

例 5、「青」字

「青」字從生、從丹，西周金文作「⿱」（吳方彝）、「⿱」（牆盤）等形。楚國「青」字，多增飾「口」形部件，作「⿰」（子季嬴青匜）、「⿱」（信陽簡 2.1）等形，後者「生」旁與「丹」旁共用橫畫。

第七節　合文共用部件

每個漢字基本上都是一個獨立的構形單位，代表語言中的一個音節。但是有些詞組，尤其是數量詞，以及常用的專有名詞，常常會將兩個或兩個以上的字合寫在一起，使它們看起來好像只有一個構形單位，實際上卻記錄了兩個或兩個以上的音節，這種特殊的書寫型態，一般稱之為「合文」。〔註17〕春秋戰國時期的「合文」，幾乎都是二字合文，而且多半會在右下角添加合文符「＝」，以避免跟一般的單字產生混淆。〔註18〕

幾個字合寫在一起，其中一些形體相似、位置相近的部件，很容易產生重

〔註17〕由多字構成的合文，主要見於殷商甲骨文。參閱曹錦炎〈甲骨文合文研究〉，《古文字研究》第 19 輯（1992），頁 445～449。

〔註18〕古文字中的合文現象，以及「＝」符號的意義與用法，林素清曾經做過精闢的研究。參閱林素清〈論先秦文字中的「＝」符〉，《中央研究院歷史語言研究所集刊》第 56本第 4 分（1985），頁 801～826。

疊共用的情形，這種現象可稱為「合文共用部件」。楚國文字所見合文共用部件，多半發生在介於上下二字之間的橫畫上。至於未發生共用部件現象的合文，因其形體並未發生繁簡變化，不列入本節討論範圍。

「合文共用部件」的現象，常見於春秋戰國時期東土各國文字，而且同一組合文共用部件的方式也大致相同。為了節省篇幅，凡是見於吳振武〈古文字中的借筆字〉一文者，不再重複列舉。

例1、「之歲」合文

楚簡「歲」字多作「」（包山簡141），如果加上合文符「＝」，寫成「」（包山簡218），就表示「之歲」二字合文，其中「之」字的形體，整個包含於「歲」字之中。

例2、「孔子」合文

在上海博物館所藏竹簡中，有一段簡文出自《禮記‧孔子燕居》，其中「孔子」一詞，既見分書作「」、「」形，也見合書作「」形，後者的「子」字整個包含於「孔」字之中。

例3、「躬身」合文

楚簡「身」字作「」（包山簡213），「躬」字從「身」作「」（包山簡210）、「」（包山簡228）等形。「躬身」二字合文，則書作「」（望山簡1.24）、「」（包山簡197）等形，其中獨體的「身」字，同時又作為「躬」字的偏旁。

例4、「樹木」合文

九店簡有字作「」形（簡56.39下），從木、豎聲，下加合文符「＝」，李家浩釋為「樹木」二字合文。[註19] 古璽「豎」字作「」形（《璽彙》3181），與九店簡「樹」字所從相合，「豎」、「樹」音同，「木」字則兼作「樹」字的偏旁，李釋確不可易。

高明《古陶文彙編》一書，收錄「」（3.857）、「」（3.858）兩件單字

〔註19〕李家浩〈江陵九店五十六號墓竹簡釋文〉，見《江陵九店東周墓》（北京：科學出版社，1995），頁508。

陶片。高明在《古陶文字徵》一書中，把這兩個字當作存疑字，放在書後附錄中。[註20] 現在根據九店簡可知，這兩個字都應該釋為「樹」。

第八節　構形簡化條例的運用與限制

本節將運用上述各種構形簡化條例，針對若干個迄今仍然爭議未決的楚國文字考釋問題，進行比較深入的辨證。

一、省略義符

合體字所從的義符，有些可以省略，有些不可以省略。如果某個義符被省略之後，該字的字義表達不會因而受到嚴重影響，也不會因而跟其他字造成混淆，那麼這個義符就有可能被省略。

下文所舉「」字，應該釋為「嬰」，但是有些學者認為「與」字所從的「廾」旁不該省略，因而將此字誤釋為「遺」。其實，「與」、「貴」二字最主要的區別特徵，並不在於「廾」旁之有無，而是在於「臼」旁中間所從的部件究竟是「与」或「丨」。至於「與」字所從的「廾」旁，其實也是有可能被省略掉。

釋「嬰」

包山簡 276「」字，《包釋》釋為「遺」，《包 92》、《楚編》均沿用此說。何琳儀改釋為「嬰」，《包 96》採用此說。[註21]

楚簡「嬰」字相當常見，多從「舁」旁作「」（包山簡 141）、「」（包山簡 89）等形。「嬰」字還見於曾子嬰匜，作「」形。「與」旁所從的「与」形部件，本作「」形（中山王𰋀壺），戰國中晚期常省作「」（中山王𰋀鼎）、「」（中山王墓出土玉片）等形。楚簡所見的「与」形部件，有「」（包山簡 141）、「」（包山簡 240）、「」（包山簡 89）等三種寫法，基本形態為雙筆勾連形，從未見省作「丨」形的例子。

先秦「遺」字多從「臼」旁，作「」（旅作父戊鼎）、「」（中山王𰋀

〔註20〕高明《古陶文彙編》（北京：中華書局，1990），頁 256；高明《古陶文字徵》（北京：中華書局，1991），頁 309。

〔註21〕何琳儀《包山竹簡選釋》，《江漢考古》1993 年 4 期，頁 63。

壺）等形。楚國所見「遺」字，作「」（王孫遺者鐘）、「」（包山簡 18）等形，構形大致相同。「遺」字「臼」旁中間的部件，都作一道長豎畫，跟「與」字所從的「与」形部件，涇渭分明，絕不相混。由此可知，「𦤚」、「遺」二字所從的「與」、「貴」二旁，最主要的區別特徵不在於「廾」旁之有無，而是在於「臼」旁中間所從的部件，究竟是「与」或「丨」。

包山簡 276「」字，跟習見的「𦤚」字構形相比，少了「廾」旁，乍看之下，似乎跟「遺」字構形比較相似。但是，仔細比對即可發現，「」字「臼」旁中間所從的部件，雙筆勾連作「」形，可以確定應該釋為「𦤚」。

望山簡「𦤚禱」之「𦤚」，既作「」（簡 1.10），又作「」（簡 1.54），後者也省略「廾」旁，可以佐證。

二、省略音符

筆者曾在本章第二節指出，音符是構成形聲字的必要部件，除非是在特殊條件制約之下，否則音符通常不可以省略。下文所舉的「參」字，殷商時期本作「」，西周時期都增添「彡」聲，可是戰國時期的楚系文字有時又不從「彡」聲。「參（三）」字省作「」或「」形，在構形上已經足以表示數詞「三」的概念，「參（三）」字所以容許省略「彡」聲，或許跟構形性質特殊有關。

釋「參」

信陽簡 1.3 先說：「教著歲」，緊接著又說：「教言三歲」。「」字，劉雨〈信釋〉釋為「晶」。徐中舒《漢語古文字字形表》、高明《古文字類編》、商承祚《戰國楚竹簡匯編》都將「」字收錄在「晶」字條下。〔註22〕

簡文「教著歲」與「教言三歲」，劉雨認為前者可能是指用「晶歲」的時間教小孩子寫字記事，後者可能是指用三年的時間教小孩子言辭。「晶歲」一詞的涵義，劉雨雖未具體說明，但行文中似乎暗示「晶歲」與「三年」有別。

商承祚認為「晶」字其實是「星」字初文，簡文「晶歲」就是「星歲」。二

〔註22〕徐中舒《漢語古文字字形表》，成都：四川人民出版社，1980；高明《古文字類編》，北京：中華書局，1980；商承祚《戰國楚竹簡匯編》，濟南：齊魯書社，1995。

十八星宿每年十二月都會回到原來的位置，表示舊的一年即將結束，所以「晶歲」可以用來代表「一年」的意思。

信陽簡「晶」字，筆者認為其實是「參」字的簡省寫法，應該直接釋為「參」。舊釋為「晶」，反而迂曲。曾侯乙墓簡「驂」字，出現五十餘次，皆從「晶」作「驂」形。「驂」字古音在清紐、侵部，「晶」字古音在精紐、耕部，韻部相隔甚遠。由此可知，「驂」字所從的「晶」旁，以及信陽簡「晶」字，其實都是「參」字的簡省。

信陽簡「參」字，應該讀作「三」，「參歲」就是「三歲」。包山簡數見「參鈼」一詞，「參」字作「參」形（包山簡 13），〈包釋〉註 32 認為是指三合之璽。《湖南省博物館藏古璽印集》一書，收錄「大廄」（編號 10）、「菱邦□璽」（編號 1）兩組三合璽，證明楚國確實曾經流行三合璽。〔註23〕包山簡「參鈼」的「參」，應該讀作「三」。伽子受鐘銘文「參月」，讀作「三月」。信陽簡「參歲」的「參」，也是如此。簡文「三歲」又作「參歲」，大概是為了避免行文重複單調，故意變換用字。

「參」字殷商金文作「參」（父乙盉），西周金文作「參」（五祀衛鼎）、「參」（克鼎）等形，戰國金文作「參」（魚鼎匕）、「參」（中山王䜌鼎）等形。形聲字的音符，一般不可以省略。殷商時期「參」字不從「彡」旁，可能反映「彡」旁是後來才添加上去的。「參」字的構形，《說文》分析為「從晶、㐱聲」，這個說法引起不少學者懷疑，紛紛另提新說。

林義光分析為「從人、齊，彡聲」，林潔明已經指出，「齊」字金文多作「齊」形（䜌鎛），所從部件都作菱形，從未見作「〇」或「日」之例，「參」字從「齊」的說法應該不可採信。

朱芳圃認為「象參宿三星在人頭上、光芒下射之形」，林潔明認為「象參宿三星在人頭上、彡聲」。趙平安認為「象人頭上戴簪笄之形」，「彡」是後來為了字形美觀而增添的羨畫。〔註24〕

〔註23〕關於「菱邦□璽」的考釋，詳見林清源〈楚國官璽考釋（五篇）〉，《中國文字》新 22 期（1997），《中國文字》新 22 期（1997），頁 213～214。

〔註24〕趙平安〈釋參及相關諸字〉，《語言研究》1995 年 1 期，頁 168。林義光、朱芳圃、林潔明等三人的說法，轉引自周法高師《金文詁林》（香港：中文大學出版社，1974），頁 4281～4289。

根據殷商西周金文字形來看，所謂「參宿三星」，跟人形之間都有筆畫相連，除了後加的「彡」形部件之外，其餘是一個不可再行分割的獨體象形字，不能理解為「象參宿三星在人頭上」之形。如果「 𠂤 」不是「象參宿三星在人頭上」之形，那麼「彡」象「光芒下射之形」的說法也就無法成立。

趙平安的構形分析，雖可避免將獨體象形字再行分割的問題，但是「象人頭上戴簪笄之形」的假設，難以獲得證實，以「彡」為裝飾符號的說法，在西周金文中也缺乏充分的佐證資料。

基於上述考慮，「參」字所從的「彡」形部件，筆者比較傾向採用林義光、林潔明的意見，將之認定為音符。古音「參」字與「彡」字都在侵部，「參」字當可從「彡」得聲。

「彡」字在真部，侵部與真部雖然同屬陽聲韻，但聲韻關係仍有相當距離。筆者懷疑，「參」字本作「 𠂤 」形，西周時期才增添「彡」旁為音符。春秋戰國時期的東土文字，多省略「卩」形部件，只保留「○」或「⊙」形部件，以及音符「彡」旁。至於西土的秦國文字，「卩」形部件並未省略，後來並與「彡」旁結合，演變為「㐱」旁。《說文》「參」字小篆作「 曑 」，或體作「 曑 」，許慎分析為「從晶、㐱聲」，大概就是根據訛變已甚的篆文立說。

戰國時期楚系國家的「參」字，既作「 曑 」形（楚帛書），又作「 曑 」（包山簡12）、「 曑 」（信陽簡1.3）等形，後二形並未從「彡」聲。由於「彡」聲是西周時期才增添的，戰國楚系「參」字不從「彡」聲的現象，既可以解釋為尚未增添「彡」聲，也可以說是「彡」聲又被省略了。

根據《金文編》收錄的資料來看，西周金文「參」字似乎都從「彡」聲。西周金文既然都從「彡」聲，晚出的戰國文字反而不從「彡」聲，從這個角度考慮，筆者傾向採用後一種假設，認為「彡」聲在戰國時期有時會被省略。由於「參（三）」字省作「 曑 」或「 曑 」形，在構形上已經足以表示數詞「三」的概念，因而「參（三）」字所以容許省略「彡」聲，或許跟這個字構形特殊有關。

三、省略同形

「省略同形」的現象，在楚國文字中例證不少。下文所舉「昔」、「羽」二字，過去一直無法辨識，如今利用「省略同形」條例，已經可以考釋得知。

在考釋古文字時，對於「省略同形」之後，就會跟另一個偏旁或單字相混的例子，必須特別慎重考慮。因為異字同形現象，畢竟不是文字演變的常態。下文所舉的「㿽」字，近年來學者多釋為「盍」，他們所持的理由，主要就是「省略同形」條例。但是，這種說法是否妥當，仍然值得再行商榷。

釋「昔」

獨體的「昔」字，殷墟卜辭作「」（《甲》2913）、「」（《菁》6.1）等形，西周金文作「」（何尊）、「」（史昔鼎）等形，均從日、從。

在殷商西周文字中，「昔」字所從的「」形部件，筆畫數目以兩道為主，也有作三道的，但從未見只作一道的例子。可是，在戰國中晚期的楚簡文字中，「」形部件有時卻會簡省作「」形，將象水紋的相同筆畫簡省得只剩一道而已。譬如：包山簡當作祭品名的「䐜」字，多作「」（簡215），但也偶見省作「」（簡200），即是一個典型的例子。

包山簡99「」字，見於人名「番（潘）」，此字，〈包釋〉未釋，《包92》、《包96》二書列入存疑待考字，《楚編》釋為「昔」，周鳳五釋為「岳」，其餘諸家多存疑未釋。〔註25〕

九店簡56.44「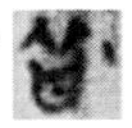」字，李家浩釋作「昔」。〔註26〕若採釋「昔」之說，則九店簡56.44云：「今日某將欲飤，……君昔受某之塑秫芳糧。」簡文「今」、「昔」對文，據此推敲得知，釋「昔」之說合理可從。「口」形部件與「甘」形部件，在楚國文字中經常互相代換。譬如：包山簡「周」字，作「」（簡12），又作「」（簡206）。〔註27〕包山簡99△字，跟九店簡56.44「昔」字相比，只有從「口」與從「甘」的差異，二者應是一字之異體，包山簡「」字也應釋為「昔」。

楚簡「戠」字，所從左旁多類化為「昔」，作「」（包山簡248）、「」（包山簡243）等形。〔註28〕所從類似「昔」的部件，有時也會簡省作「」（包山簡90），與前述「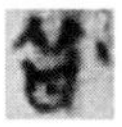」的構形完全相同。這個現象，也可以做為「」字字應該釋為「昔」的旁證。

〔註25〕周鳳五〈包山楚簡《集著》《集著言》析論〉，《中國文字》新21期（1996），頁30。

〔註26〕李家浩〈江陵九店五十六號墓竹簡釋文〉，見《江陵九店東周墓》，頁508。

〔註27〕「口」形部件與「甘」形部件互換的例子很多，詳見本論文第三章第六節。

〔註28〕楚簡「戠」字的構形演變，詳見本論文第五章第二節。

釋「攸」與「羽」

包山簡 269 云：「絑鄀一百 A 四十 A」，牘 1 云：「絑鄀一百 B 四十 C」，簡文 A 字作「![字]」，B 字作「![字]」，C 字作「![字]」，由文字構形及簡文辭例研判，A、B 二字都是從 C 字「![字]」得聲，A、B、C 三字讀音相同，當可記錄同一個詞。為了方便敘述，將以「![字]」代表 C 字及 A、B 二字所從的聲符。

包山簡「![字]」字，〈包釋〉未釋，《包 92》、《包研》、《包 96》等書也都存疑待考。湯餘惠釋為「色」，訓作「名目」，《楚編》採用此說。何琳儀釋為「攸」，讀為「條」。李家浩認為是「攸」字省文，在簡文中用作量詞。劉信芳釋為「子」，認為是「繫於旌首的信物」。〔註 29〕眾說紛紜，迄今仍無定論。

A 字左旁從「尸」作「![字]」形，C 字及 B 字右旁皆從「人」作「![字]」形。在楚國文字中，「人」旁與「尸」旁經常互換。譬如：望山簡「邵」字，既作「![字]」（簡 1.14），又作「![字]」（簡 1.10）。〔註 30〕因此，從文字構形的角度，也可以證明 A、B、C 三字同從「![字]」聲。

包山簡有字作「![字]」形（簡 80），湯餘惠釋為「筣」，認為就是簡札之「札」。〔註 31〕包山簡另有一字作「![字]」形（簡 122），周鳳五釋作「子」，認為就是「![字]」字的簡省。〔註 32〕劉信芳贊同上述二說，並且認為包山簡「![字]」也是「子」字異體。

包山簡「![字]」字，都接在「發」字或「諀（復）」字後面，結合成為詞組。但是包山簡「![字]」字，從未見類似用法。因此，「![字]」字與「![字]」字，在構形與辭例兩方面，都有相當程度的區別，是否確實為同一字的異體，仍有商榷的餘地。包山簡「![字]」字的構形，跟上面那兩個字相比，在構形與辭例兩方面，又有相當明顯的差異，因此不宜將這三個字混為一談。

〔註 29〕湯餘惠〈包山楚簡讀後記〉，《考古與文物》1993 年 2 期，頁 78；何琳儀〈包山竹簡選釋〉，《江漢考古》1993 年 4 期，頁 63；李家浩〈包山楚簡中的旌旆及其他〉，見《第二屆國際中國古文字學研討會論文集續編》（香港：香港中文大學中國語言及文學系，1995），頁 377～378；劉信芳〈楚簡文字考釋五則〉，見《于省吾教授百年誕辰紀念文集》，頁 189。

〔註 30〕楚國文字「人」旁與「尸」旁互換的現象，詳見本論文第四章第二節。

〔註 31〕湯餘惠〈包山楚簡讀後記〉，《考古與文物》1993 年 2 期，頁 70。

〔註 32〕周鳳五〈《螯罧命案文書》箋釋——包山楚簡司法文書研究之一〉，《台大文史哲學報》第 41 期（1994），頁 11～12。

　　「⿰」字所從的「人」旁，可以代換作「尸」旁；「⿰」、「⿰」二字，卻未見代換作「尸」旁的例子。此一現象說明，「⿰」字與後二字並不是同一個字。即使後二字確實是「子」字與「𥄂」字，仍然不足以證明「⿰」也是「子」字。按照湯餘惠與周鳳五的論證來看，「子」旁在那兩個字中都當作音符使用。「子」、「人」、「尸」三字，古音相差很遠，當作音符使用，不太可能相互代換。因此，從文字偏旁代換的角度考慮，「⿰」字應該不是「子」字。

　　楚簡所見「色」字，作「⿰」（信陽簡 1.1）、包山簡 261「儲」字左旁、「⿰」（包山簡 58「鍉」字左旁）、「⿰」（包山簡 167「鰡」字左旁）等形，所從「爪」旁都面向人體的正面。金文「印（抑）」字作「⿰」形（曾伯簠），「⿰（服）」字作「⿰」形（訧鐘），都是藉著爪旁與人體的相對位置示意。「色」字構形所以如此，大概是為了避免跟「抑」、「服」等字相混。相對而言，包山簡「⿰」字從不加「爪」旁，所以不可能是「色」字。

　　郯陵君三器「攸」字，左旁皆作「⿰」形，跟包山簡「⿰」字相比，除了人形寫法略有差別之外，基本結構完全一致。由此可知，「⿰」字原是「攸」字左旁，在簡文中就當作「攸」字簡體使用。

　　包山簡 A 字「⿰」的右旁作「⿰」形，何琳儀釋為「又」，因「又」旁、「攴」旁義近可通，認為「⿰」其實就是「攸」字。但是，楚簡「又」旁多作「⿰」（包山簡 158）、「⿰」（包山簡 44）、「⿰」（天星觀簡）等形，罕見作「⿰」形的例子。「⿰」字右半所從，其實不是「又」旁。

　　包山簡「車載截羽」的「羽」字，簡 269 作「⿰」，牘 1 則作「⿰」，後者簡省其中一個相同的部件。李家浩根據這個線索，認為包山簡「⿰」字的右旁，應該是「羽」字的簡省。楚國文字常見「省略同形」現象，李家浩此說確實很有道理。況且，B 字「⿰」左半從「糸」旁，「羽」旁與「糸」旁都可以用來表示物品的質材，所以根據「⿰」字從「糸」旁，也可以佐證「⿰」字的右旁應該是「羽」字。

　　綜上所述，筆者贊同李家浩的說法，將 A、B、C 三字分別隸定作「翁」、「緻」與「攸」。簡文「絑𦙾一百攸四十攸」，與包山簡 107「三十益（鎰）二益（鎰）」相比，二者句式完全相同，「益（鎰）」字為量詞，可知簡文「攸」字也應當作量詞使用。前述何琳儀將「攸」字讀為「條」，顯然也認為簡文「攸」

字是個量詞。

釋「盒」

仰天湖簡 17「」字，史樹青、陳直、朱德熙、裘錫圭等人釋為「盒」，中山大學古文字研究室、郭若愚等人釋為「蓋」，商承祚、《楚編》等人釋為「盍」。〔註33〕「盍」即是「蓋」的初文，這兩種釋文其實沒有太大差別。從這些論著出版的時間來看，「盒」字說雖然較早提出，但是近年來並未受到充分重視。

戰國時期楚國「盍」字，都是從去、從皿，作「」（楚王酓忎鼎）、「」（包山簡 254）等形。「去」字上從大、下從口，構形與「合」字相近。戰國時期楚國「合」字作「」（包山簡 266），上半作「ᐱ」形，而「去」字上半所從為兩個「ᐱ」上下重疊之形。在這種情形下，「盍」字所從的「去」旁，如果省略一個「ᐱ」形部件，勢必與「盒」字混淆。基於別嫌考慮，仰天湖簡「」字釋為「盒」，當比釋為「盍」來得合理一些。

仰天湖簡 17 云：「二蔡，皆又（有）」，「」字郭若愚認為就是《玉篇》訓為「箭也」的「鈚」字，但郭氏同時又說「此處是器物名，並有器蓋」，後一種訓解似乎只是就簡文立說，並無實證。其餘諸家對於這個字，態度也多含糊不清。

如果「」字確實應該釋為「鈚」，而且《玉篇》「箭也」的訓解也可採信，那麼仰天湖簡 17「」字，就應該釋為「盒」，不能釋為「蓋」，因為「箭」只能用「盒」盛裝，不能跟「器蓋」配套。

四、截取特徵

「截取特徵」的觀念，學者向來比較少去討論。但在分析戰國文字的構形時，這個觀念常常能夠切中問題核心，值得留意。姑以上文所舉的「嘉」字為例，有些從「壴」作「」，有些從「禾」作「」，「壴」旁與「禾」旁二

〔註33〕史樹青《長沙仰天湖出土楚簡研究》（上海：群聯出版社，1955），頁 29；陳直〈楚簡解要〉，《西北大學學報》1957 年 4 期，頁 44；朱德熙、裘錫圭〈戰國文字研究（六種）〉，《考古學報》1972 年 1 期，頁 75；中山大學古文字研究室《戰國楚簡研究》（廣州：中山大學，油印稿，1977），頁 13；郭若愚《戰國楚簡文字編》（上海：上海書畫出版社，1994），頁 125；商承祚《戰國楚竹簡匯編》，頁 69。

者，無論在字形、字義與字音三方面都不相近，很難以偏旁替換的觀念去詮釋，但若改用「截取特徵」的觀念來考慮，就能得到比較合理的解釋。下文所舉的「瘳」字，過去曾有多種考釋意見，如今運用「截取特徵」的觀念，已經能夠合理解釋「瘳」字簡體形成的過程。

釋「瘳」

包山簡「」（簡 189）、「」（簡 188）、「」（簡 171）等字，〈包釋〉分別隸定作「羿」與「瘞」，《包 92》、《包研》、《包 96》等書也都如此隸定。構形最簡單的「」字，黃錫全釋為「羿」，李天虹釋為「雪」，何琳儀釋為「翏」。從广旁的「」字，劉釗、何琳儀都釋為「瘳」。〔註34〕上述三個字，《楚編》都釋作「瘳」。

從广旁的「」字，也見於天星觀卜筮祭禱簡，作「」、「」、「」等形，由「」字的構形可知，這組字應釋為「瘳」，簡文「疾又（有）瘳」、「疾遲又（有）瘳」，意思是祈求疾病儘速痊癒。「瘳」字所從的「」旁，應釋為「翏」。

表示病瘳義的「瘳」字，望山簡作「」（簡 1.69），九店簡作「」（簡 56.67），都是假「翏」為「瘳」。比較這兩個字的構形可知，後者是截取前者的上半部，然後再以二橫畫「＝」代替被簡省的部件。

「瘳」字與「翏」字，在包山簡中都當作姓氏字。簡文中有一個名叫「亞夫」的人，他的姓既可以寫作「瘳」（簡 188），又可以寫作「翏」（簡 174），這兩種構形應是同一個姓氏的異寫，此一姓氏，劉釗讀作「鄝」，何琳儀讀作「廖」。包山簡中表示姓氏的「翏」字，既作「」（簡 169），又作「」（簡 168），後者是前者的簡省寫法。

楚簡「瘳」字構形演變歷程，還可以由「戮」字所從的「翏」旁得到證明。「飂（戮）」字中山王鼎作「」，信陽簡作「」（簡 1.01），楚帛書作「」。根據上述資料推測，「翏」字原本應如楚帛書作「」，但有時會增繁作「」，有時會簡省作「」。後者截取「翏」字上半部特徵，並以「＝」

〔註34〕黃錫全《輯證》，頁 191；李天虹〈《包山楚簡》釋文補正〉，《江漢考古》1993 年 3 期，頁 88；何琳儀〈包山竹簡選釋〉，《江漢考古》1993 年 4 期，頁 55；劉釗〈包山楚簡文字考釋〉，中國古文字研究會第九屆學術研討會論文（1992），頁 2。

代替下半部被省略的形體。

五、單字共用部件

一字之中，兩個相鄰的偏旁或部件，其中若干筆畫重疊共用，雖然是古文字構形簡化過程中常見的現象，但是依照常理推想，古人在使用這種簡化方式時，應該不致於漫無節制地濫用。觀察已知的共用部件例證，共用部件簡化之後的構形，都不會跟另一個字的構形發生混淆。如果某個字在共用部件簡化之後，會跟另一個字發生混淆，我們就應該回頭檢討該字釋文是否正確。底下所要討論的「冋」字，或說是「同」字的簡省寫法，就涉及上面所說的文字別嫌問題。

釋「冋」

楚帛書云：「出內（入）**㕯**同，乍亓下凶。日月皆亂，星辰不**㕯**。日月既亂，歲季乃**㕯**。時雨進退，亡有常恒。」帛書「**㕯**」字，就筆者知見所及，至少有「也」、「弋（忒）」、「公」、「同」、「冋」等五種釋文。「也」、「弋」、「公」三說出現較早，目前似乎已經沒有學者採用，可以存而不論。〔註35〕「同」、「冋」二說，各有學者贊同，迄今仍無共識。〔註36〕

《呂氏春秋・大樂》「日月星辰，或疾或徐，日月不同，以盡其行。」，高誘《注》：「不同，度有長短也。」主張「同」字說者，主要根據這段文獻立論。主張「冋」字說者，根據《說文》「炯，光也。」將「不冋」讀作「不炯」，訓為「失去光亮」。從字義訓解的角度考慮，「同」、「冋」二說都有道理。

「同」字與上文的「凶」字，古韻都在東部，可以押韻。「冋」字在耕部，與「凶」字不同部，聲韻關係較遠。雖然如此，並不能據以斷定「**㕯**」字應

〔註35〕安志敏、陳公柔〈長沙戰國繒書及其有關問題〉，《文物》1963 年 9 期，頁 55；商承祚〈戰國楚帛書述略〉，《文物》1964 年 9 期，頁 14；李學勤〈論楚帛書中的天象〉，《湖南考古輯刊》第一集（1982），頁 69；林巳奈夫〈長沙出土戰國帛書考〉，《東方學報》36 冊（1964），頁 69。

〔註36〕饒宗頤、曾憲通、滕壬生等人主張「同」字說，林巳奈夫、李零、高明、湯餘惠等人主張「冋」字說。何琳儀原先贊成「同」字說，後來改採「冋」字說。參閱饒宗頤、曾憲通《楚帛書》（香港：中華書局，1985），頁 263；滕壬生《楚編》，頁 632；林巳奈夫〈長沙出土戰國帛書考補正〉，《東方學報》37 冊（1966），頁 510；李零《長沙子彈庫戰國楚帛書研究》（北京：中華書局，1985），頁 59；高明〈楚繒書研究〉，《古文字研究》第 12 輯（1985），頁 386；湯餘惠《戰國銘文選》（長春：吉林大學出版社，1993），頁 168。

釋為「同」。關鍵在於下文「乃」後之字，根據上下文推敲，這個字應該也是韻腳，可惜殘泐過甚，無法釋讀。「呂」字很可能不跟「凶」字押韻，而跟「乃」後之字押韻。因此，從辭例押韻的角度考慮，還是只能「同」、「冋」二說並存。

西周金文「同」字多作「呂」（永盂），「冋」字多作「冋」（師奎父鼎），二者的差別在於二豎畫中間的橫畫數目，「同」字有兩橫，「冋」字只有一橫。帛書「呂」字的構形，跟「冋」字完全一致，而與「同」字有別。因此，從構形的角度考慮，「冋」字說顯然優於「同」字說。

「同」字說要能成立，至少必需符合如下兩項條件中的一項：（一）帛書「呂」字形體殘泐，其中一道橫畫，因而無法看出。（二）「同」字所從的「冂」形部件，與其下方的「口」形部件，共用一道橫畫。

筆者根據《楚帛書》放大 3.3 倍的照片仔細觀察，感覺「呂」字每道筆畫都很完整，不像有殘泐缺損，所以上述第（一）種假設不能成立。「同」字的「冂」形部件，若與其下方的「口」形部件共用橫畫，形體將與「冋」字相同，二者完全無法分辨，不符合文字構形要求別嫌的慣例，所以上述第（二）種假設也不能成立。因此，從構形分析的角度考慮，筆者贊成「冋」字說。

六、合文共用部件

平行二短畫「＝」，在古文字資料中經常出現，依照屬性的差異，可以將「＝」形符號區分為兩類：一類是標示符號，具有標示重文、合文或連文等多種功能；〔註37〕另一類是字形部件，除了表示字形簡省的功能之外，有些可能還具有裝飾功能。〔註38〕

具有標示功能的「＝」形符號，究竟是當作重文符、合文符或連文符，必須在具體辭例中才能正確判斷。下文所舉的《璽彙》0230，根據辭例判斷，應該讀作「權君之璽」，璽文中的「＝」形符號，屬於合文符性質。該璽「權君」二字的合文寫作「權」，必須從「合文共用部件」的角度考慮，構形分析才能獲得合理的解釋。

〔註37〕林素清〈論先秦文字中的「＝」〉，《中央研究院歷史語言研究所集刊》第 56 本第 4 分（1985），頁 801～825。
〔註38〕以「＝」為贅筆的現象，詳見本論文第三章第六節。

釋「雚君」合文

《璽彙》0230 著錄一枚圓形璽，根據「鉌」字所從「金」旁的連筆寫法，可以確定為楚國璽印。璽文首字作「」，連同此字下面的「＝」形符號則作「」形。《古璽文編》釋為「雚」，不認為是合文。何琳儀認為「雚」字應讀為「權」，其地在今湖北省荊門縣。[註39] 何浩釋為「雚（權）君」二字合文，認為「權君」是楚國封君，封地大約在今湖北省宜城、鐘祥、荊門之間。[註40]

楚簡「觀」字作「」（包山簡 185），所從「雚」旁都沒有「口」形部件。《璽彙》0431、0432、1342 等璽的「雚」字，構形跟《璽彙》0230 相同，全部都有「口」形部件。兩相對照可知，璽文「雚」字所從的「口」形部件，應該屬於裝飾性質。楚國「君」字常作「」形（敬事天王鐘），跟《璽彙》0230「雚」字下半段構形完全相同。

《璽彙》0230「雚」字下方，還有「＝」形符號。璽文所加的「＝」形符號，可以有重文符與合文符兩種解釋。從璽文通讀的角度考慮，若採重文方式，讀作「雚雚之璽」，內容無法理解。如果採用合文方式，讀作「權君之璽」，不僅文詞通順，而且還能跟楚國封君制度互相印證。

綜上所述，《璽彙》0230 應該讀作「權君之璽」，璽文「權君」二字合文，並且共用「口」形部件。

第九節　結　語

上述各種簡化方式，基本上也見於春秋戰國各系文字，可以說是古文字構形演變的通則，但是楚國文字在演變過程中，卻因而產生許多其他區域文字罕見的新構形。

茲將本章各節例字中比較特殊的構形擇要列舉如下：

「秦」字省略義符「廾」、「臼」旁作「」、「」。

「遊」字省略義符「放」旁作「」。

「躳」字省略音符「吕」旁作「」。

「睘」字省略音符「○」旁作「」。

[註39] 何琳儀《戰國文字通論》，頁 143。
[註40] 何浩〈楚國封君封邑地望續考〉，《江漢考古》1991 年 4 期，頁 68。

「袁」字省略音符「○」旁作「茓」。

「能」字省略同形作「䏻」。

「幾」字省略同形作「𢆶」。

「器」字省略同形作「𱡋」。

「羽」字省略同形作「习」。

「昔」字省略同形作「𡆥」、「𤇾」。

「無」字截取特徵作「𣞤」、「𣞤」、「㮉」。

「衣」旁截取特徵作「㐀」、「𠂹」。

「皇」字截取特徵作「𡴀」、「𡴀」。

「則」字截取特徵作「𧵨」。

「瘴」字截取特徵作「𤴁」。

「集」字共用部件作「雧」、「雧」。

「胄」字共用部件作「𩊚」。

「青」字共用部件作「𡼒」。

「之歲」合文共用部件作「𢆶」。

「孔子」合文共用部件作「𡥉」。

「躬身」合文共用部件作「𠤎」。

「樹木」合文共用部件作「𣡧」。

上述這些新構形，都罕見於其他區域文字，可以代表楚國文字的特色。

楚國文字經過簡化而產生的新構形，有些可以跟後代字書保存的字形相互印證。譬如：「遊」字作「𨒪」，跟《集韻》或體作「迁」形相合。「地」字作「墜」，跟《說文》籀文作「墬」，同樣都是既從「土」、又從「阜」，具有相同的構形特徵。「秦」字作「𥛐」，跟《說文》籀文作「𥛐」，同樣都是從二「禾」，具有相同的構形特徵。「胄」字作「𩊚」，跟《說文》或體作「𩊚」，同樣都是從「革」、不從「冃」，也具有相同的構形特徵。

對於楚國文字常見的簡化方式，有了比較深入的認識之後，再回頭檢討歷來爭議未決的文字考釋問題，往往可以找到一些新的線索，有助於問題的解決。茲將筆者做過比較詳細論證的例字，彙整列舉如下：

（1）包山簡 276「」字，舊有「遺」、「壂」兩說，筆者認為應該釋為「壂」。

（2）信陽簡 1.3「」字，舊有「晶」、「參」兩說，筆者認為應該釋為「參」。

（3）包山簡 90「」字，舊多未識，或者釋為「岳」，筆者認為應該釋為「昔」。

（4）包山簡牘 1「」字，舊多存疑，或者釋為「色」，或者釋為「攸」，筆者認為應該釋為「攸」。包山簡 269「」字，以及牘 1「」字，應該分別釋為「復」與「緻」。

（5）仰天湖簡 17「」字，舊有「盍」、「盒」兩說，筆者認為應該釋為「盒」。

（6）包山簡 189「」字，舊多存疑，或者釋為「羽」、「雪」、「翏」等字，筆者認為應該釋為「翏」。包山簡 188「」字，則應釋為「瘳」。

（7）楚帛書「」字，舊有「也」、「弋」、「公」「同」、「冋」等說，筆者認為應該釋為「冋」。

（8）《古陶文彙編》3.857「」字，以及 3.858「」字，原書存疑待考，筆者認為應該釋為「樹」。

（9）《璽彙》0230「」字，舊或釋為「萑（權）」字，或釋為「萑（權）君」二字合文，筆者認為應該採用後說。

第三章　構形演變的繁化現象

第一節　前　言

　　所謂「繁化」，是指一個字在既有構形之上，增添一些新的部件或偏旁，而該字所記錄的音義，並未因而產生任何變化，這種構形演變現象，就稱之為「繁化」。

　　漢字形體的演變趨向，雖然是以簡化為主，但同時也存在大量的繁化現象。繁化現象產生的原因相當複雜，依據功能的不同，可以概略區分為兩大類。其中一類，所增添的成分為義符、音符或別嫌符號等，這些新增的部件，對於文字音義的表達，能發揮澄清辨明或輔助說明的功用，具有實質意義。另外一類，大概是出於美觀的要求，或是莫名所以的書寫習慣，常常會重複原有部件，或者新增一些沒有表音、表義功能的部件，這些重複或新增的部件，對於文字音義的表達，並不造成任何影響。

　　何琳儀《戰國文字通論》第四章第三節，將戰國文字的繁化現象區分為四大類，底下又各自細分為若干小類，茲將其分類綱目彙錄如下：

　　一、增繁同形偏旁（1. 重疊形體、2. 重疊偏旁）；

　　二、增繁無義偏旁；

　　三、增繁標義偏旁（1. 象形標義、2. 會意標義、3. 形聲標義）

四、增繁標音偏旁（1. 象形標音、2. 會意標音、3. 形聲標音、4. 雙重標音）。

除了上述四大類之外，何琳儀在該章第六節〈特殊符號〉中，還介紹了「裝飾符號」與「裝飾圖案」。「裝飾符號」部份，也都是採用筆畫形式表達，就其性質來講，應該算是文字繁化現象，必須一併討論。至於「裝飾圖案」部份，所增添的是鳥蟲形之類的圖案，性質比較接近書法藝術的範疇，跟一般用以構成文字的筆畫有別，不宜納入文字繁化現象中。〔註1〕

筆者參考何琳儀上述意見，以及楚國文字的實際情況，將楚國文字的繁化現象，劃分為「增添義符」、「增添音符」、「增添同形」、「增添贅旁」、「增添贅筆」五大類型。前二種類型屬於有實質意義的繁化。後三種類型屬於無實質意義的繁化。至於戰國文字往往任意增添若干筆畫，對於這類漫無規律的繁化現象，暫時不列入討論。

第二節　增添義符

所謂「增添義符」，專指在既有文字的基礎上，再增添義符的繁化現象。既有文字增添義符的目的，通常是要使字義的表達更加完整明確。

楚國文字增添義符的例子，以器物名稱用字最常見，其用意主要在於標示器物的材質或功能，使文字的內涵更加清晰。這種類型的例子，除了下文所舉的「戶」、「缶」二字之外，還能找到不少例證，譬如：「盉」字增添「金」旁作「𨥏」（楚叔之孫途盉）、「鼎」字增添「皿」旁作「𥇒」（佣鼎）即是。

增添義符的例字，在尚未增繁之前，原字已經具備完整的音義，就字義表達的觀點來講，所增添的義符其實可有可無，並非不可或缺的必要成分，在文字趨向簡化的大趨勢下，這些構形繁複的寫法，大多遭遇淘汰的命運。本節所舉五個增添義符的例字，後來都歸於淘汰，根本原因在此。

例1、「戶」字

「戶」為象形字，殷墟卜辭作「𠃌」（《後》下.36.3）。楚簡「戶」字都從「木」作「𣏐」（包山・簽牌13），而《說文》古文作「𢨳」，二者可以互證。古代門戶多半出於木造，「戶」字增添「木」旁，大概用以表示門的材質。

〔註1〕楚國文字的「裝飾圖案」現象，詳見本論文第一章第二節。

例2、「缶」字

楚簡「缶」字多作「![缶]」（望山簡2.53）、「![缶]」（信陽簡2.14）等形，除此之外，有時又增添「土」旁作「![缶土]」（包山簡255），或增添「石」旁作「![缶石]」（包山簡255），或增添「木」旁作「![缶木]」（包山簡270），或增添「金」旁作「![缶金]」（欒書缶），所增添的「土」、「石」、「木」或「金」旁等，都是用以表示缶的材質。

例3、「彝」字

「彝」字西周金文多作「![彝]」（史頌簋），象持鳥為犧牲以祭祀鬼神之狀。《說文》古文作「![彝]」，構形大幅簡省，只剩鳥爪與縛繩兩項部件。

楚國金文「彝」字，基本構形跟《說文》古文大致相似，但還保留「廾」旁，除此之外，有時又會增添新的偏旁，作如下幾種構形：

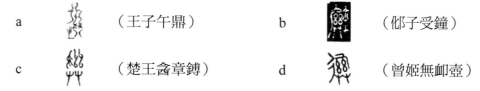

| a | ![彝a] | （王子午鼎） | b | ![彝b] | （仳子受鐘） |
| c | ![彝c] | （楚王畲章鎛） | d | ![彝d] | （曾姬無卹壺） |

其中，a式增添「辵」旁，b式增添「金」旁，d式增添「彳」旁。

「彝」字《說文》訓為「宗廟常器」，與兩周金文常見辭例用法相合。「彝」字增添「金」旁，應該是藉以表示彝器的材質。至於「彳」旁與「辵」旁都有行動義，「彝」字為何增添這兩個偏旁很難理解。所從「彳」旁，或許是由西周金文鳥喙形及其下方的小點訛變而來。「彳」旁與「辵」旁形義皆近，在偏旁中經常互用，「彝」字因而又可從「辵」旁。上述「彝」字所從「彳」旁與「辵」旁的形成過程，只是筆者臆測之詞，聊供學者參考。

例4、「漁」字

「漁」為會意字，殷墟卜辭作「![漁]」（《前》7.13.3），西周金文作「![漁]」（遹簋）、「![漁]」（井鼎）等形，《說文》訓為「搏魚也」。楚國金文或作「![漁]」（楚王孫漁戈），累增「舟」旁，藉以表示乘舟捕魚之意。

例5、「僕」字

「僕」字殷墟卜辭作「![僕]」形（《後》下.20.10），象奴僕持清潔用具工作

之狀。〔註2〕西周金文逐漸演變為從「人」旁的合體字，作「 」（旅鼎）、「 」（幾父壺）等形。

楚簡「僕」字，都在西周金文從「人」旁的基礎上，再增添「臣」旁藉以彰顯奴僕義，常見的構形有如下幾種：

a   （包山簡 15）   b   （包山簡 155）

c   （包山簡 133）   d   （包山簡 137 反）

《說文》「僕」字小篆從「人」作「 」形，古文從「臣」作「 」形，可以跟楚簡寫法相印證。

楚簡「僕」字，增添「臣」旁之後，奴僕義已經相當顯豁，「業」旁表義功能因而逐漸失落，經常被簡省得面目全非，上文 a、b、c 三式都是如此。此外，c、d 二式的「臣」旁與「人」旁，還發生共用筆畫的現象，可以為第二章所說的「單字借筆」現象再添一個例證。

增添義符的構形繁化現象，跟增添義符的文字分化現象，經常被攪混在一起。所謂「文字分化」，是指「由一字變化而成新字，或賦予一字新的生命而別為一字」的現象，所要探討的是字與字之間的親屬關係。〔註3〕因此，增添義符的構形繁化現象，屬於同一個字的字形繁簡變化，而增添義符的文字分化現象，屬於兩個字之間的衍生關係，二者性質完全不同。底下就舉三個例字，用以說明這兩種演變現象的關係。

例1、「上」字

「上」字殷墟卜辭作「 」（《後》上.8.7），西周金文作「 」（牆盤），藉著短畫在長畫之上，表示方位詞「上方」的意思。

楚國「上」字，有繁、簡兩種構形，簡體作「 」（包山簡 79）、「 」（包山簡 10）等形，繁體增添「止」旁或「辵」旁，作「 」（鄂君啟節）、「 」（鄝客問量）等形。從辭例來看，扣除人名、地名等專有名詞不計，「上」字繁、簡二體的用法，實際上是有所區隔的。

簡體「上」字出現的辭例，有「水上」（包山簡 246）、「其上載」（包山簡

〔註2〕李孝定師《甲骨文字集釋》（台北：中央研究院歷史語言研究所，1982），頁773～777。

〔註3〕龍宇純師《中國文字學（定本）》（台北：五四書店，1994），頁276。

269）、「一斻車之上」（包山簡牘 1 反）、「戔人格上則刑戮至」（信陽簡 1.1）、「上妖」（楚帛書）等語，多用作方位詞，或是由方位詞引申出來的普通名詞，從未見用為動詞的例子。

　　繁體「上」字出現的辭例，有「上灘」（鄂君啟節）、「上江」（鄂君啟節）、「既腹心疾，以上氣，不甘飲」（包山簡 236）、「上氣，尚毋死」（包山簡 249）、「又上賢」（信陽簡 1.2）、「上與邵新王」（常德夕陽坡簡）、「上天」（范家坡簡）等語，多用作動詞。

　　「上」字所增添的「止」旁或「辵」旁，都有表示行動或動作的具體功能。因此，增添「止」旁或「辵」旁的動詞「上」字，跟方位詞「上」字的關係，應該可以用文字分化的觀點加以解釋。

例 2、「乘」字

　　「乘」字殷墟卜辭多作「 ♀ 」形（《乙》745），西周金文多作「 ☆ 」（虢季子白盤），從人攀登木上會意，因而有「登乘」義，引申而有「乘坐」義，再引申而有「車乘」義。古代戰車一乘四馬，「乘」字由此又引申出數量詞之義。

　　楚國表示車乘或數量詞的「乘」字，共有三種構形：

a　　☆　　　（天星觀簡「一乘田車」句）

b　　☆　　　（天星觀簡「車二乘」句）

c　　☆　　　（包山簡 275「一乘羊車」句）

　　a 式將「木」旁改為「几」旁，用以彰顯「乘坐」義，構形與《說文》古文「 ☆ 」相合。b 式是由 a 式增添義符「車」旁而來，成為表示「車乘」義的專字。從「車」的「輮」字，又見於《集韻》，訓作「車一乘也」。c 式是 b 式的省體，將與「車乘」義關係疏遠的「几」旁省略。

例 3、「匹」字

　　西周金文常見「馬幾匹」之語，「匹」字多作「 匹 」（衛簋）。曾侯乙墓簡「馬匹」的「匹」，既作「 匹 」（簡 179），又作「 馬 」（簡 129），後者應是為「馬匹」義所造的專字。曾姬無卹壺「無匹」的「匹」，也是從「馬」作「 馬 」形，則是當作「匹配」義使用。

第三節　增添音符

　　所謂「增添音符」現象，是指一個字在既有構形的基礎上，又增添一個表音偏旁。「增添音符」現象，主要包括如下兩種類型：（一）該字原本不是形聲字，後來受形聲字日益發達的影響，跟著增添表音偏旁，促使原字也變成形聲字結構。在本節所舉的例字中，「臧」字增添音符「爿」旁，「兄」字增添音符「坐」旁，以及「羽」字增添音符「于」旁，都屬於這種類型的繁化現象。（二）該字原本已經是形聲字，後來卻又增添新的表音偏旁，使該字擁有兩個或兩個以上的音符，所以會造成這種不避繁複的特殊構形，可能是該字讀音受古今音變或南北方音的影響而有所改變，書寫者認為舊有音符已經無法準確記音，於是又增添一個新的音符協助記音，也有可能是書手誤以為該字不是形聲字，於是逕行增添音符，企圖使之變成形聲字。本節所舉的例字中，「孊」字增添音符「日」旁，就是屬於這種類型的繁化現象。

　　例1、「臧」字

　　「臧」字殷墟卜辭作「」（《菁》8.1），從戈、從臣會意。楚國「臧」字多作「」（鄭客問量），將「臣」旁改為「口」旁，並增加「爿」旁為音符。〔註4〕「戈」旁與「爿」旁結合之後，形體變得與「戕」字相同，《說文》因而認為「臧」字從「戕」得聲。

　　例2、「羽」字與「翠」字

　　楚簡「△膚」的△字，在仰天湖簡30中寫作「（羽）」，在包山簡253中寫作「（翠）」，二者辭例完全相同，可見「羽」、「翠」二字是同一個字的異體。「翠」或作「雩」，《說文》訓為「雩舞羽也」。包山簡253云：「二翠膚，皆彤中，漆外。」根據簡文推敲，「羽膚」可能是指有羽毛插飾或羽狀彩繪的器物。

　　曾侯乙墓簡「翠」字出現多次，例如「紫翠」（簡6）、「玄翠」（簡79）、「白翠」（簡81）、「彔（綠）翠」（簡106）等，「翠」字都用作「羽毛」義，可以跟上述楚簡「翠」字用法互證。「羽」、「于」二字，古音同在匣紐、魚部。「翠」應該就是「羽」字繁體，「于」旁則是新增的音符。

〔註4〕于省吾《甲骨文字釋林》（北京：中華書局，1979），頁51～52。

「翠」還可以假借為音階名，例如雨台山竹律管云：「文王翠為濁」，曾侯乙編鐘云：「姑洗之翠」，其字義都是如此。「翠」用為音階名，屬於假借用法，本字應該是《說文》訓為「水音也」的「雫」字。

例3、「兄」字

楚國「兄」字有如下四種構形：（一）作「」（包山簡138反），為獨體初文。（二）作「」（包山簡84）、「」（王孫誥鐘）等形，增添同為陽部字的「生」旁為音符。（三）作「」（郊陵君王子申豆），增添「人」旁為義符。（四）作「」（郊陵君王子申豆），增添「人」旁為義符，又將音符更換為「生」。

第（一）種構形，與殷商西周文字相同。第（二）種構形，西周時期已經出現，例如帥鼎作「」即是，到了春秋戰國時期，主要流行於楚系國家，例如沈兒鐘作「」即是。第（三）、（四）兩種構形，目前僅見於楚國文字，可能是楚國或楚系文字特有寫法。

例4、「嬭」字

「嬭」字從女、爾聲，《說文》未收，《廣雅・釋親》訓作「母也」，《廣韻》解釋為「楚人呼母也」。楚國「嬭」字作「」（王子申盞），有時增添「日」旁作「」（楚屈子赤角匜蓋）。古音「日」字在日紐、質部，「爾」字在日紐、脂部，「嬭」字在泥紐、脂部，日紐古歸泥紐，脂部、質部陰入對轉，這三個字的古音可以相通。衛盉銘文云：「裘衛迺彘告于白邑父」，唐蘭認為「彘」應讀作「矢」，這是西周金文脂、質二部陰入對轉的例子。〔註5〕王力認為「細」、「屑」二字同源，「恣」、「肆」二字同源，這是同源字中脂、質二部陰入對轉的例子。〔註6〕所以「嬭」字增添「日」旁，可以說是累增的音符。

第四節　增添同形

所謂「增添同形」，是指在既有構形之上，使某個部件重複出現多次，這些重複的部件，對於文字音義的表達，並未提供任何新的訊息。

〔註5〕唐蘭《西周青銅器銘文分代史徵》（北京：中華書局，1986），頁461。
〔註6〕王力《同源字典》（台北：文史哲出版社，1983），頁15、424。

　　重複出現的部件，可以是筆畫，可以是偏旁，甚至是整個字。在本節所舉例字中，「恒」字屬於筆畫重複，「庶」、「剗」二字屬於偏旁重複，「各」字屬於全字重複。這些繁複的構形，由於書寫不便，後來大多淘汰不傳。

例1、「恒」字

　　「恒」字殷墟卜辭從月作「〔圖〕」（《後》上 9.10），西周金文從月、從心作「〔圖〕」（恒簋）。由此可見，《說文》所謂的「舟」旁，其實是「月」旁的訛變。

　　楚國「恒」字多作「〔圖〕」（包山簡 199），與《說文》古文「〔圖〕」相合。此外，還有幾種增繁的寫法，有些重複短橫畫作「〔圖〕」（包山簡 201），有些重複中豎畫作「〔圖〕」（包山簡 197），有些增添「口」旁作「〔圖〕」（包山簡 233），有些增添「心」旁作「〔圖〕」（包山簡 222）。前二種構形屬「增添同形」現象，第三種構形屬「增添贅旁」現象，第四種構形可能屬於「增添義符」，也有可能屬於「增添贅旁」現象。

例2、「庶」字

　　「庶」字西周金文作「〔圖〕」（毛公鼎），林義光《文源》分析為從火、石聲。〔註7〕楚簡「庶」字多作「〔圖〕」（包山簡 257），有些則會重複「口」形部件作「〔圖〕」（包山・簽牌 18）。

例3、「剗」字

　　「剗」字殷墟卜辭作「〔圖〕」（《甲》990），西周金文作「〔圖〕」（散盤），從又、從艸會意，《說文》訓為「刈艸也」。望山簡多從二屮作「〔圖〕」（簡 1.5），包山簡多從三屮作「〔圖〕」（簡 95），後者所從的「屮」旁重複出現。

例4、「各」字

　　「各」字殷墟卜辭作「〔圖〕」（《前》5.24.4），西周金文作「〔圖〕」（揚簋），從止向住處行進，表示「來至」義，典籍多借「格」字為之。信陽簡「戔（賤）人各（格）上則型（刑）戮至」（簡 1.1），「各」字全字重複作「〔圖〕」。

〔註 7〕林義光的說法，轉引自周法高師主編《金文詁林》（香港：中文大學出版社，1974），頁 5729。

第五節　增添贅旁

在用以構成文字的各個部件當中，除了功能明確的義符與音符之外，有時還會發現一些既不表音也不表義的部件。這些不具備實質功能的部件，依據型態的差異，可以區分為筆畫與偏旁兩個層次。前者只是一些簡單的筆畫，不具備任何音義，一般稱為「贅筆」、「羨畫」、「飾筆」或「裝飾符號」。〔註8〕。後者的形體，雖與一般偏旁無異，卻未被賦予表音或表義等實質功能，可稱為「贅旁」。本節先處理增添贅旁部份，增添贅筆部份留待下一節再作討論。

楚國文字所增添的贅旁，大概以「口」、「甘」、「宀」、「心」、「土」等旁比較常見，筆畫多在五畫以內。〔註9〕所以不選用筆畫較多的偏旁，可能是為了避免文字構形變得過於繁雜，造成書寫的困擾。這些後加的偏旁，儘管有些可能具有裝飾功能，但因無益於文字音義的表達，徒然增加書寫的負擔，所以後代多淘汰不傳。

例1、「後」字

「後」字西周金文多作「<ruby>彳<rt></rt></ruby>」（令簋），春秋戰國時期秦系文字多作「<ruby>彳<rt></rt></ruby>」（睡虎地簡810反），六國文字多作「<ruby>彳<rt></rt></ruby>」（侯馬盟書），或增添「口」旁作「<ruby>彳<rt></rt></ruby>」（中山王礐鼎）。

楚國所見的「後」字，有些增添「口」旁作「<ruby>彳<rt></rt></ruby>」（包山簡152），有些則在「夂」形部件的末筆中間增添一道短橫畫作「<ruby>彳<rt></rt></ruby>」（曾姬無卹壺）。所增添的部件，無論是「口」旁或短橫畫，都跟「後」字的音義表達無關，純粹只是附加的贅符。值得注意的是，這兩種贅符未曾同時出現，二者形成互補現象。

例2、「丙」字

「丙」字殷墟卜辭多作「内」（《甲》2356），西周金文多作「内」（何尊），一般都認為是象形字，但具體取象什麼仍有爭議。

楚國「丙」字多作「<ruby>丙<rt></rt></ruby>」（包山簡54），除在頂端增飾短橫畫之外，也在「人」形部件中間增添短橫畫，同時又在底部增添「口」旁。

〔註8〕何琳儀《戰國文字通論》（北京：中華書局，1989），頁229～234。
〔註9〕楚簡所見獨體「甘」字作「<ruby>甘<rt></rt></ruby>」（包山簡236），獨體「曰」字作「<ruby>曰<rt></rt></ruby>」（包山簡131）。前者象口中含物之形，後者象口上呼氣之形，區別特徵還算明顯。但在偏旁中，尤其當作贅旁使用時，二者形體頗為相似，不容易確實區分。由於贅旁常在「口」中加點作「<ruby>甘<rt></rt></ruby>」形，似乎與「甘」字比較接近，因此暫採從「甘」旁的說法。

「丙」字這種繁複的構形，目前僅見於楚國文字。《漢語古文字字形表》「啻」字條下，收錄楚帛書「⿵」字。〔註10〕其實楚帛書這個字，正是戰國時期楚國「丙」字典型寫法。

例 3、「合」字

「合」字殷墟卜辭作「合」（《菁》7.1），西周金文作「合」（召伯簋）。楚簡所見「合」字都增添「甘」旁，作「合」（包山簡 266）、「合」（包山簡 166）等形。

「合」字作兩口相對之形，龍宇純師認為表示「應合」、「應對」之意，因而得以孳乳為「答」字。〔註11〕《左傳》宣公二年「既合而來奔」，注：「合，猶答也。」睡虎地秦簡的「以合其故」，陳侯因育敦的「合揚厥德」，以及上海博物館藏簡的「孔子合曰」，都是以「合」為「答」。

《汗簡》「合」字作「合」，「荅（答）」字作「荅」，誤分為二字。

例 4、「中」字與「集」字

楚國「中」、「集」二字，常在頂端增添「宀」旁。「中」字作「中」（中易鼎）、「中」（包山簡 157）、「中」（包山簡 163）等形，「集」字作「集」（包山簡 21）、「集」（信陽簡 2.24）等形，所增添的「宀」旁都無具體表義功能。〔註12〕

例 5、「邵」字與「禑」字

楚簡表示姓氏的「邵」字多作「邵」（包山簡 220），或增添「心」旁作「邵」（望山簡 1.14）。包山簡人名「宵禑」的「禑」字作「禑」（簡 72），有時又增添「心」旁作「禑」（簡 119 反）。「邵」、「禑」二字所增添的「心」旁，都無具體表義功能。

例 6、「臧」字與「輈」字

楚簡「臧」字多作「臧」（包山簡 7），有時會增添「土」旁作「臧」（包山簡 15）。楚簡「輈」字作「輈」（天星觀簡），有時又增添「土」旁作「輈」

〔註10〕徐中舒《漢語古文字字形表》（成都：四川人民出版社，1980），頁 44。

〔註11〕龍宇純師《中國文字學（定本）》，頁 284。

〔註12〕楚國「中」、「集」二字構形演變歷程，詳見本論文第六章第二節。

（包山簡牘 1）。「臧」、「輸」二字所增添的「土」旁，都無具體表義功能。

第六節　增添贅筆

春秋戰國時期的文字，相對於其他時代文字來講，顯得特別偏好增添贅筆。楚國文字常見的贅筆，以小圓點、短橫畫、平行二短畫、短斜畫與鳥蟲形部件等五種類型為主。〔註13〕楚國文字的鳥蟲書與美術書體，已在緒論中做過說明，本節不再贅述。

楚國文字喜好增添贅筆的現象，年代越晚，表現得越明顯。這些贅筆出現的情境，大致來說，都具有相當程度的規律性。以短橫畫贅筆為例，依照出現的位置劃分，主要有五種型態：（1）加於起筆橫畫之上、（2）加於豎畫或「人」形部件之上、（3）加於「口」形或「〇」形部件之中、（4）加於末筆橫畫之下、（5）加於「朩」三叉形部件的中豎畫上。除了這五種型態之外，其他位置比較罕見短橫畫贅筆。

楚國文字的短橫畫贅筆，不僅使用位置大致固定，搭配並用的偏旁部件，也具有相當程度的規律性。以出現頻率極高的「示」旁諸字為例，不論是在起筆短橫畫之上，或在中豎畫中間，都罕見增添短橫畫贅筆的例子。再以出現頻率也很高的「木」旁諸字為例，在「朩」形部件的中豎畫上，也罕見增添短橫畫贅筆的情形。又如「告」、「含」、「名」、「命」、「言」等字所從「口」旁，也都罕見在中間空隙處增添短橫畫或小圓點的現象。

經由上述對照可知，贅筆何時增添，增添在何處，其實不是任意而為的。楚國文字增添贅筆的現象，多半出現在固定偏旁的固定位置上，演變到戰國中晚期，後加的贅筆幾乎已經成為該字的固定構件。增添贅筆是否會對字形美觀造成負面影響，當時的書寫者似乎不很在意。譬如：包山簡 119「騎」字作「𩢲」形，右上角原本已有象馬鬃形的三道橫畫，卻又循例在「可」旁橫畫之上增添短橫畫贅筆，形成五道橫畫緊密並列的畫面，反而使字形顯得不太協調。

〔註13〕古文字各種類型贅筆的區域分佈概況，林素清曾經做過詳細描述。參閱林素清《戰國文字研究》（台北：台灣大學博士論文，1984），第二章，頁 55～102；林素清〈論戰國文字的增繁現象〉，《中國文字》新 13 期（1990），頁 27。

在戰國中晚期的楚國文字中，經常可以發現有些筆畫繁雜的字，在某些特定偏旁上，仍然依照慣例添加贅筆。這種現象反映，某個偏旁增添某種贅筆，似乎已經成為該地區約定俗成的寫法。書寫者在增添贅筆時，未必會有意識地運用這些筆畫來調整字形使之勻稱美觀。對於這些既不表音、又不表義的簡單筆畫，學者多稱之為「飾筆」或「裝飾符號」，但筆者基於上述理由，還是寧可選用比較中性的「贅筆」一詞來表述。

一、短橫畫贅筆

楚國文字所見贅筆，大概以增添短橫畫的情形最為普遍。短橫畫贅筆的使用情形，上文已經做過概論性質的描述。底下再舉十一組比較常見的例字，具體說明增添短橫畫贅筆的實際情形。

例 1、從「口」形部件諸字

楚國從「口」形部件諸字，短橫畫贅筆多添加在「口」形中間，造成類似「甘」形或「曰」形的部件。例如：

事　（包山簡 201）　　　鼓　（王孫誥鐘）

居　（九店簡 56.43）　　舍　（包山簡 121）

周　（信陽簡 2.20）　　　缶　（包山簡 85）

結　（包山簡 272）

例 2、從「可」旁諸字

楚國從「可」旁諸字，短橫畫贅筆多添加在「可」旁頂端橫畫之上。例如：

可　（包山簡 149）　　　苛　（包山簡 146）

坷　（包山簡 99）　　　　阿　（《璽彙》317）

例 3、從「戶」旁諸字

楚國從「戶」旁諸字，短橫畫贅筆多添加在「戶」旁頂端橫畫之上。例如：

戶　（九店簡 56.27）　　雇　（包山簡 121）

所　（包山簡 154）　　　啟　（九店簡 56.71）

例 4、從「耳」旁諸字

楚國從「耳」旁諸字，短橫畫贅筆多添加在「耳」旁頂端橫畫之上。例如：

耳	（包山簡 34）		（包山簡 265）
聖	（包山簡 84）		（包山簡 136）
取	（包山簡 144）		（包山簡 156）
聚	（楚帛書）		（九店簡 56.28）

例 5、從「酉」旁諸字

楚國從「酉」旁諸字，短橫畫贅筆多添加在「酉」旁頂端橫畫之上。例如：

酉	（包山簡 200）	酷	（包山簡 125）
醬	（包山簡 253）	酓	（包山簡 85）

例 6、從「且」旁諸字

楚國從「且」旁諸字，短橫畫贅筆多添加在「且」旁底部橫畫之下。例如：

且	（王孫遺者鐘）	俎	（望山簡 2.45）
組	（包山簡 267）	祖	（掷陵君王子申豆）

例 7、從「火」旁諸字

楚國從「火」旁諸字，短橫畫贅筆多添加在「火」旁所從「人」形部件的豎畫中間。例如：

火	（楚帛書）	燬	（楚帛書）
然	（天星觀簡）	燭	（包山簡 163）
光	（包山簡 270）	炎	（楚帛書）
赤	（信陽簡 2.5）	鑄	（鄂君啟節）

例 8、從「人」形部件諸字

在楚國文字中，除了上述從「火」旁諸字以外，還有許多字也在「人」形

部件的豎畫中間增添短橫畫贅筆。例如：

內	（大克鼎）		（包山簡 7）
侯	（《甲》2291）		（包山簡 237）
異	（《甲》394）		（包山簡 55）

例 9、從「羊」形部件諸字

楚國從「羊」形部件諸字，短橫畫贅筆多添加在豎畫中間。例如：

羊	（包山簡 275）	遲	（包山簡 25）
群	（包山簡 240）	兩	（包山簡 237）
南	（包山簡 231）		

例 10、從「竹」旁諸字

楚國從「竹」旁諸字，短橫畫贅筆多添加在「竹」旁豎畫中間。例如：

竹	（包山簡 150）	篁	（包山簡 190）
等	（包山簡 9）	竿	（天星觀簡）
竽	（包山簡 157）	席	（包山簡 263）

例 11、從「木」形部件諸字

楚國從「木」形部件諸字，短橫畫贅筆多添加在豎畫中間。例如：

不	（包山簡 156）	朱	（信陽簡 2.16）
東	（包山簡 243）	帝	（九店簡 56.43）
歸	（包山簡 206）	策	（天星觀簡）

二、短斜畫贅筆

屬於附加性質的短斜畫，可以按照功能區分為兩類，一類是無具體功能的贅筆，另一類是有具體功能的別嫌符號。〔註14〕這兩種類型的短斜畫，書寫形

〔註14〕古文字的別嫌符號部份，詳見本論文第五章第二節。

態與添加部位都很相似，所幸它們通常各自出現在少數特定例字上，罕見二者共用一字的情況，還不致於造成太大困擾。

楚國文字所見短斜畫贅筆，至少有「八」、「仌」、「〃」、「〵」等四種型態。其中，「〃」與「〵」幾乎都是出現在「文」形部件上。「〃」形部件有時也當作別嫌符號使用，詳見本論文第五章第三節。

例1、從「又」旁諸字

楚國文字的「又」旁，常在右上角曲畫的外側，附加一道短斜畫贅筆，寫作「🝡」形。例如：

事	🝡 （包山簡 120）	🝡 （包山簡 16）
受	🝡 （包山簡 64）	🝡 （包山簡 65）
得	🝡 （包山簡 22）	🝡 （包山簡 30）
乍	🝡 （楚王酓肯匜）	🝡 （楚王酓肯鉈鼎）
隻	🝡 （楚王酓忎鼎）	🝡 （楚王酓忎鼎）

以上右欄各例所從「又」旁都有增添短斜畫贅筆。秦王鐘「卑」字作「🝡」，所增贅筆作「🝡」，構形雖然較為特殊，但同樣屬於贅筆性質。

例2、「造」字與「事」字

「告」字殷墟卜辭多作「🝡」（《粹》4），西周金文也是如此。楚國獨體「告」字多作「🝡」（包山簡 15），與殷墟卜辭、西周金文相同。但當作偏旁的「告」字，頂端左側多會增添一道短斜畫。譬如：「造」字所從「告」旁，就多增添短斜畫贅筆作「🝡」（包山簡 16）。

「事」字殷墟卜辭多作「🝡」（《乙》2766），西周金文多作「🝡」（頌鼎）。楚國文字多作「🝡」（包山簡 161）、「🝡」（包山簡 16）等形，頂端左側幾乎都會增添一道短斜畫。「事」字上半部的形體，與「告」旁頗為相似，增添贅筆的方式也與之相同。

例3、「周」字

楚簡「周」字多作「🝡」（包山簡 29），但也常作「🝡」（包山簡 12）、

「」（包山簡 206）等形，在「口」形部件左側增飾一道短斜畫贅筆。

例 4、「客」字

楚國「客」字有兩種構形，一作「」（鑄客臣），另一作「」（鑄客臣），後者在「各」旁右上角增添一道短斜畫贅筆。「客」字增添短斜畫贅筆的寫法，也見於同屬於楚系文字的曾侯乙墓簡。

例 5、「文」字與「盍」字

楚國「文」字右上角斜畫上面，以及「盍」字所從「去」旁右上角斜畫上面，有時會增添「 〃 」形贅筆。例如：包山簡人名「文坪夜君」，「文」字既作「」（簡 200），又作「」（簡 203）。雨台山竹律管人名「文王」，「文」字既作「」，又作「」。信陽簡「盍」字既作「」（簡 2.14），又作「」（簡 2.14）。

例 6、「醬」字

「醬」字中山王礜壺作「」，楚簡作「」（信陽簡 2.21），與《說文》古文構形相合。楚簡也有少數例子作「」（包山簡 149），在「酉」旁上方增添「八」形贅筆。包山簡「主」字作「」（簡 116），頂端也增添「八」形贅筆，可跟上述「醬」字構形互證。〔註 15〕

例 7、「光」字

「光」字殷墟卜辭多作「」（《前》3.33.5），兩周金文多作「」（啟尊），《說文》分析為「從火在人上」。楚簡「光」字多作「」（望山簡 2.12），「人」形兩側各增添兩道平行短斜畫，這些短斜畫與文字音義的表達無關，應該只是贅筆，頂多還兼有裝飾字形的功能而已。

例 8、「豫」字

「豫」字《說文》分析作「從象、予聲」，包山簡「豫」字有「」（簡 7）、「」（簡 24）與「」（簡 11）三種構形，其中簡 7 與簡 11 同見於人名「陳豫」，肯定是同一個字的異體。楚簡「舒」字所從「予」旁都作「」形（簡 76），並不從「八」或「公」形部件。由此可知，包山簡「豫」字所從的

〔註 15〕袁國華〈「包山楚簡」文字考釋〉，見《第二屆國際中國古文字學研討會論文集》（香港・中文大學中文系，1993），頁 440～441。

「八」或「仌」形部件，應該是後來附加上去的它們對於「豫」字音義的表達毫無作用，應該只是附加的贅筆而已。

三、其他贅筆

楚國文字所見贅筆，除了短橫畫與短斜畫之外，還有小圓點「‧」、平行二橫畫「＝」、曲畫「丿」，其中曲畫贅筆相對罕見。

古文字贅加小圓點的現象，最常出現在長豎畫與「口」形部件的中間。譬如：「年」字作「」（仳子受鐘），「楚」字作「」（王孫誥鐘），「帀（師）」字作「」（包山簡 12），小圓點分別添加在長豎畫、「口」形部件與曲畫上。楚國文字贅加小圓點的現象，在美術書體中表現得相當突出。美術書體所用裝飾部件，請詳緒論，這裏不再重複。

例 1、「年」字

「年」字從禾、人聲，殷墟卜辭作「」（《乙》6422），西周金文作「」（九年衛鼎）。楚國金文「年」字，所從「人」旁中豎畫，多增添短橫畫贅筆作「」（楚嬴盤），或增添小圓點贅筆作「」（仳子受鐘）。「人」旁中豎畫增添短橫畫或小圓點之後，就會變得與「千」字極為相似，所以《說文》才會誤認「年」字從「千」得聲。

例 2、「齊」字

《說文》云：「齊，禾麥吐穗上平也。象形。」對於底部所從「＝」形部件，並沒有提出具體解釋。徐鍇《說文繫傳》將「＝」形部件解釋為「地也」，後世學者多沿用此說。

「齊」字殷墟卜辭作「」（《前》2.15.3），西周金文作「」（齊卣），都不從「＝」形部件。戰國時期楚國文字多作「」（包山簡 7）、「」（大膚鎬）等形，底部所從「＝」形部件，既不見於早期文字，也跟文字音義表達無關，應該是後來才增添的贅筆，不是「齊」字原有的義符，《說文繫傳》的構形分析難以成立。

例 3、「命」字

「命」、「令」二字古本同源，殷墟卜辭只見「令」字，西周金文才開始出現「命」字。《說文》云：「命，使也。從口、從令。」後加的「口」旁，白《說

文》以來，學者多認為是義符，藉以表示口出命令之意。

楚國「命」字，西周春秋時期都作「」（敬事天王鐘）。戰國時期既作「」（包山簡 12），又增添「＝」形部件作「」（包山簡 2）、「」（包山簡 243）等形。戰國中晚期楚國「命」字，整體而言，仍以未增添「＝」形部件的例子居多。譬如：鄂君啟節作「」，郾客問量作「」，都未增添「＝」形部件。

繁體「命」字所從的「口」與「＝」，何琳儀認為都是裝飾符號。〔註 16〕筆者認為「＝」形部件，與「命」字音義的表達無關，應是後來才附加的贅筆，而「口」旁則是「命」、「令」二字分化的標誌，不宜認定為裝飾符號。

例 4、「遲」字

西周金文「遲」字作「」（伯遲父鼎），所從「屖」字作「」（競卣）。春秋戰國時期楚國金文「遲」字，多在右下角增添一道曲畫，作「」（王子午鼎）、「」（王孫誥鐘）等形。對於這道曲畫的功能與意義，歷來都無合理詮釋。筆者認為這道曲畫應與文字音義的表達無關，只是習慣性增添的贅筆而已。

有些古文字構形，雖有類似增添短斜畫贅筆的現象，但深入探討之後，卻可以證明並非後來贅加的，而是原有部件訛變的結果。姑以楚簡「攻」字為例，簡單說明如下。

春秋戰國時期各國「攻」字都從「工」旁，作「」（國差鑰）、「」（郾王戈）、「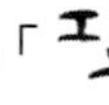」（雲夢秦簡）等形。楚國「攻」字多作「」（鄂君啟節）、「」（鄂君啟節）等形，所從「工」旁的形體跟列國寫法相同。除此之外，還有許多例字，分別作「」（包山簡 117）、「」（天星觀簡）、「」（秦家嘴簡 99.14）等形，「工」旁豎畫左側多出一道短斜畫，其中秦家嘴簡「工」旁所從斜畫特別長，幾乎就要跟底部橫畫發生交會。

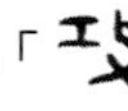

曾侯乙墓簡所見的「工」旁多作「」，整個輪廓類似等腰三角形。譬如：「攻」字作「」（簡 145）、「左」字作「」（簡 16）、「右」字作「」（簡 1）、「差」字作「」（簡 120），「工」旁寫法都是如此。「工」旁這種寫

〔註 16〕何琳儀《戰國文字通論》，頁 233。

法，裘錫圭、李家浩稱之為「勾廓法」。〔註17〕

　　曾侯乙墓簡也屬於楚系文字，時代在戰國早期，比上述楚簡的年代都早。根據曾侯乙墓簡可知，楚簡「工」旁所從的斜畫，應該是由勾廓寫法訛變而來，跟後來才增添的贅筆相比，二者形成過程迥然有別。

第七節　構形繁化條例的運用與限制

　　本節將運用上述各種構形繁化條例，針對若干個迄今仍然爭議未決的楚國文字考釋問題，進行比較深入的辨證。

一、增添義符

　　文字構形在演變過程中，通常會避免跟其他字形過度雷同。增添義符的構形繁化現象，在古文字中雖有大量例證，但運用此項條例考釋古文字時，仍須注意別嫌問題。如果增添義符之後的新構形會跟其他字發生混淆，此時就得特別慎重考慮。下文所舉的「邦」字，曾被誤釋為「邦」，這兩個字辨別的關鍵，在於「邦」字不可以增添「廾」旁，否則勢必會與「邦」字相混。由此可知，一個字是否可以增添義符，並非漫無限制的。

　　釋「邦」

　　《集成》17.11042 著錄楚國「𦥑之新造」戈，戈銘「𦥑」字，于省吾釋為「邦」，李孝定師釋為「邦」。〔註18〕容庚三版《金文編》釋為「邦」，四版《金文編》改釋為「邦」，但四版書後所附「器目」卻釋為「邦」。〔註19〕

　　「邦」字西周金文習見，多作「�邦」（盂鼎）、「�邦」（子邦父𠪢）等形，字的下方都不從「廾」旁，跟戈銘△字構形明顯有別，應該不是同一個字。至於「邦」字說，容庚已經自行放棄，可以不再討論。

　　「奉」字西周金文作「𡘻」（散盤），侯馬盟書作「𡘻」，《古文四聲韻》

〔註17〕裘錫圭、李家浩〈曾侯乙墓竹簡釋文與考釋〉，見《曾侯乙墓》（北京：文物出版社，1989），頁 501。

〔註18〕于省吾《商周金文錄遺》（北京：中華書局，1993），目錄，頁 10；李孝定師《金文詁林讀後記》（台北：中央研究院歷史語言研究所，1982），頁 255。

〔註19〕容庚《金文編（三版）》，京都：中文出版社，1981；容庚《金文編（四版）》，北京：中華書局，1985。

作「[字形]」，楚帛書作「[字形]」，都跟戈銘「[字形]」字右旁構形契合，證明「[字形]」字應釋為「郱」。

戈銘「郱之新造」，「新造」也見於曾侯乙墓簡 150，應是楚國官名。〔註 20〕「郱」疑為楚國地名，包山簡 177 有地名「郱易（陽）」，望山簡 2.63 有官名「奉易（陽）公」，雖然可供參照，但戈銘「郱」是否就是楚簡「奉易」，仍需進一步查證。

「邦」、「郱」二字的構形相當接近，主要區別特徵在於有無「廾」旁。基於文字別嫌原則，「邦」字不應任意增添「廾」旁，否則勢必會跟「郱」字混淆不清。總之，戈銘「[字形]」字只能釋為「郱」，不能釋為「邦」。

二、增添同形

古文字所從的部件，有些固然可以重複多次，而不影響文字的音義，不過並非所有的情況都是如此，有些部件重複與否，跟文字音義的變化息息相關。下文所舉的「坐」字與「巽」字，主要辨識特徵即在所從部件是否重複。

釋「巽」

望山簡有字作「[字形]」（簡 1.9）、「[字形]」（簡 1.40）等形，這個字在簡文中用來記錄墓主人的病情。《馬王堆帛書・雜占書》「坐易」一詞，「坐」字又作「[字形]」，與上述簡文構形相同。朱德熙、裘錫圭、李家浩等人，根據馬王堆帛書寫法，將望山簡上述簡文釋為「痤」，這個字《廣雅・釋詁》訓作「癡也」。〔註 21〕

包山簡「[字形]」（簡 243）、「[字形]」（簡 214）、「[字形]」（簡 237）、「[字形]」（簡 128）、「[字形]」（簡 177）等字，〈包釋〉分別隸定作「坐」、「峑」、「佺」、「𡎟」與「婬」，《包 92》、《包研》、《包 96》等書都沿用這種隸定。《楚編》則是採用朱德熙等人說法，將這組字都改釋為從「坐」旁之字。

楚簡還有兩個從「坐」旁的字，分別從「艸」作「[字形]」（包山簡 103），以及從「糸」作「[字形]」（望山簡 2.12）、「[字形]」（仰天湖簡 15）、「[字形]」（包山簡

〔註 20〕裘錫圭〈談談隨縣曾侯乙墓的文字資料〉，《文物》1979 年 7 期，頁 26。
〔註 21〕朱德熙等人〈望山一號墓竹簡釋文與考釋〉，見《望山楚簡》（北京：中華書局，1995），頁 89。

牘1）等形。從「艸」的字，〈包釋〉釋為「蕢」。從「糸」的字，朱德熙等人釋為「巽」。《包92》、《包研》、《包96》等書沿用此說，將這兩組字都釋為從「巽」旁的字。

「」旁構形類似兩個「」字左右並列，因古文字所從偏旁單、複數往往無別，湯餘惠、滕壬生二位遂據此將這兩個字認定為同一個字的異體，但本文上兩段所列舉的楚簡字形，湯餘惠都釋為從「巽」旁之字，《楚編》都釋為從「坐」旁之字，它們二位的意見卻不一致。〔註22〕

楚簡「」、「」二字的異同，可以由「人」、「从」、「并」三字的異同得到啟發。殷墟卜辭「人」字作「」（《戩》41.6），「从」字作「」（《後》上 27.2），「并」字作「」（《戩》33.14），楚簡這三個字的構形也是如此。「人」字與「从」字的差別，在於偏旁是否重複。「从」字與「并」字的差別，在於是否增添「＝」形部件。楚簡「」字與「」字構形的差別，類似「人」字與「并」字構形的差別，因此不宜認定為同一個字的異體。況且，這兩個字當作偏旁使用時，從未出現互相替換的現象，反映這兩個字應當不是同字異體的關係。

楚簡「」字的構形，與馬王堆帛書「坐」字相同，朱德熙等人釋為「坐」，其說有憑有據，可以信從。包山牘1「纗」字作「」，與曾侯乙墓簡「」字相似（簡129），左旁所從實為同一個字，都應該釋為「巽」。

三、增添贅旁

「增添贅旁」的現象，如第五節所述，多數是增添筆畫簡單的偏旁。大概是受這種印象的影響，文字構形中某些筆畫簡單的偏旁，或是行文中的句讀符號，有時就會被誤認為贅旁。下文所舉的「鄭」字與「柜」字，前者所從的「○」旁曾被誤認為贅旁，後者行文中的句讀符號也曾被誤認為贅旁。

釋「鄭」

包山簡3「」字，〈包釋〉釋為「阤」，認為讀如「越」。《包92》、《包96》與《楚編》等三書，都沿用〈包釋〉的說法。如果「」字右旁確實為「戉」字，則其所從的「○」形部件，就必須解釋為贅旁。

〔註22〕湯餘惠〈包山楚簡讀後記〉，《考古與文物》1993 年 2 期，頁75～76。

包山簡「戉」字皆作「」（簡5），「或」字常作「」（簡125），二者的區別在於有無「○」形部件。「」字右旁寫法，與「或」字構形相同，袁國華、李運富都據此將「」改釋為「郕」，這種說法有憑有據，當可採信。〔註23〕

包山簡57「」字，〈包釋〉釋為「惑」，《楚編》改釋為「國」。此字上半所從偏旁，與「」字所從「或」旁構形相同，所以此字應維持舊說釋為「惑」，分析作從心、或聲。

釋「柜」

《楚編》「柜」字條下，收錄仰天湖簡8的兩個「柜」字，其一摹作「」，另一摹作「」，註明後者「從日」。商承祚將後一形隸定作「榲」，認為是「柜」字繁文。〔註24〕換句話說，所謂的「日」旁，只是一個贅旁。

仔細觀察竹簡拓片，再核對《戰國楚簡文字編》、《戰國楚竹簡匯編》二書摹文，發現「」字右下角所從部件，與上面的「柜」旁距離頗遠，且此一部件作「」形，異於「日」旁常態寫法，而與仰天湖簡常見的句讀符號「」形體相似，有鑒於此，筆者懷疑此一部件應是句讀符號，而非「柜」字的贅旁。

四、增添贅筆

對於楚國文字增添贅筆的現象，有了比較深入的認識之後，再回頭檢討若干糾纏不清的文字考釋問題，往往可以找到一些有助於解決問題的新線索。姑以下文所舉的「產」字為例，包山簡116作「」形，學者多認為上半所從為「乘」旁，但是這種說法疑點叢叢，如今筆者改由「增添贅筆」的角度切入，試圖提出比較合理的解釋。

古文字增添贅筆的現象，固然極為盛行，但在考釋文字時，仍得仔細辨別，否則很可能會將具有實際功能的簡單筆畫，誤解為附加的贅筆。姑以下文所舉的「末」字為例，有些學者所以會誤釋為「年」字，就是把「末」字所從具有指事功能的短橫畫，當作附加贅筆的結果。

〔註23〕 袁國華〈「包山楚簡」文字考釋〉，見《第二屆國際中國古文字學研討會論文集》（香港：中文大學中文系，1993），頁432；李運富〈楚國簡帛文字叢考（一）〉，《古漢語研究》1996年3期，頁5。

〔註24〕 商承祚《戰國楚竹簡匯編》（濟南：齊魯書社，1995），頁73。

釋「產」

包山簡人名「攻（工）尹產」的「產」字，於簡 106 作「![字]」，於簡 116 作「![字]」，〈包釋〉分別隸定作「產」與「![字]」，並將後者分析作「從乘從產省」。《包 92》、《包 96》二書，大概是受〈包釋〉隸定的影響，均將它們分立為「產」、「![字]」兩個字頭。

對於簡 116「![字]」字，劉釗主張所從「乘」旁當為音符。〔註25〕但古音「產」在生紐、元部，「乘」在船紐、蒸部，二者的聲、韻關係都很疏遠，「產」字不太可能從「乘」得聲。

本章第六節談增添短斜畫贅筆時，曾舉包山簡人名「文坪夜君」的「文」字或作「![字]」（簡 203）為例，說明楚國「文」字右上角斜畫上面，有時會增添與之垂直交疊的「″」形贅筆。據此推估，包山簡 116「![字]」字上半所從，疑即「文」旁繁文，只不過其頂端兩斜畫都分別增添「″」形贅筆。包山簡「豫」字，原作「![字]」（簡 7），或增添贅筆作「![字]」（簡 24），有時又重複贅筆作「![字]」（簡 11）。這種重複贅筆的構形繁化現象，跟包山簡 116「產」字重複「″」形贅筆的情形有些類似，可以互相佐證。

總之，包山簡 116「![字]」字，當釋為「產」字繁構，其所從「文」旁頂端兩斜畫，各增添一組「″」形贅筆。繁化後的「產」字，雖與「乘」字繁體「![字]」所從初文「乘」旁同形，實際上並不從「乘」旁。《包 92》與《包 96》二書，都不將「![字]」字歸於「產」字條下，而為之另立一個字頭，處理方式有待商榷。

釋「末」

包山簡 164「![字]」字，〈包釋〉存疑，《包 92》、《包 96》都將之列入待考字。黃錫全釋為「末」，未說明理由。〔註26〕袁國華釋為「年」，認為簡文寫法只是短橫畫位置稍有異動而已。〔註27〕

「年」字殷墟卜辭作「![字]」（《甲》2827）、「![字]」（《乙》6422）等形，下半原本從「人」聲。西周金文以來，常在「人」旁豎畫中間增添短橫畫，作「![字]」（頌鼎）、「![字]」（邾公華鐘）等形，《說文》因而分析為「從禾、千聲」。「年」

〔註25〕劉釗〈包山楚簡文字考釋〉，中國古文字研究會第九屆學術研討會論文（1992），頁 10。
〔註26〕黃錫全《輯證》，頁 188。
〔註27〕袁國華〈「包山楚簡」文字考釋〉，見《第二屆國際中國古文字學研討會論文集》，頁 442。

字所從「人」旁，其豎畫中間的短橫畫，是後來才增添上去的，而且與「年」字音義無關，可以斷定是附加的贅筆。包山簡 164「 」，若是「年」字，則其中豎畫上的短橫畫，應解釋作附加的贅筆。

楚國所見「年」字，金文多作「 」（王孫遺者鐘）、「 」（王孫誥鐘）等形，簡帛多作「 」（包山簡 126）、「 」（包山簡 127）等形。「年」字構形變化雖多，但從未見過將短橫畫贅筆加在「禾」旁豎畫上半段的例子。由此可知，包山簡 164「 」字不應該釋為「年」。

「末」字金文作「 」（蔡侯龖鐘）、「 」（末距愕）等形，根據《說文》的構形分析可知，「末」字從「木」，又在「木」旁上半段加一短橫，藉以表示「末梢」義，所以該短橫應該具有指事功能。在這種情況下，基於文字要求別嫌的通則，「木」字不太可能也在上半段加一短橫畫贅筆。

望山簡 2.13 有「黃末」一詞，根據簡文內容推敲，是指旌旗之類的物品。〔註28〕此一「末」字作「 」，跟包山簡 164「 」字相比，只有從「木」或從「禾」的差別。「木」、「禾」二旁形義俱近，可以互作。以楚國文字為例，包山簡 95「怵」字作「 」形，包山簡 157「梁」字作「 」形，楚帛書「利」字作「 」形，前二者「木」旁換作「禾」旁，後者「禾」旁換作「木」旁。〔註29〕由此可證，包山簡 164「 」字應該釋為「末」，簡文「宋末」是楚國人名。

第八節　結　語

上述各種繁化方式，基本上也都見於春秋戰國各系文字，可以說是古文字構形演變的通則，但是楚國文字在演變過程中，卻因而產生許多其他區域文字罕見的新構形。

茲將本章各節例字中比較特殊的構形擇要列舉如下：

「缶」字增添義符「土」、「石」、「木」或「金」旁，作「 」、「 」、「 」或「 」。

〔註28〕朱德熙等人〈望山二號墓竹簡釋文與考釋〉，見《望山楚簡》，頁 121。
〔註29〕包山簡 95「怵」字考釋，採用劉釗的說法。參閱劉釗〈包山楚簡文字考釋〉，中國古文字研究會第九屆學術研討會論文（1992），頁 8～9。

「彝」字增添義符「金」、「彳」或「辵」旁，作「」、「」、「」。

「漁」字增添「舟」旁作「」。

「僕」字增添「臣」旁作「」、「」、「」。

「兄」字增添義符「人」旁作「」。

「兄」字增添音符「生」旁作「」。

「兄」字增添義符「人」又以音符「生」旁更換初文作「」。

「羽」字增添音符「于」旁作「」。

「嫡」字增添音符「日」旁作「」。

「恒」字重複相同筆畫作「」、「」。

「庶」字重複相同部件作「」。

「芻」字重複相同偏旁作「」。

「各」字重複相同單字作「」。

「丙」字增添「冂」形贅旁作「」。

「中」字增添「宀」形贅旁作「」、「」。

「集」字增添「宀」形贅旁作「」、「」。

「卲」字增添「心」形贅旁作「」。

「後」字增添短橫畫贅筆作「」。

「造」字增添短斜畫贅筆作「」。

「事」字增添短斜畫贅筆作「」。

「客」字增添短斜畫贅筆作「」。

「周」字增添短斜畫贅筆作「」。

「文」字增添短斜畫贅筆作「」、「」。

「盍」字增添短斜畫贅筆作「」。

「醬」字增添短斜畫贅筆作「」。

「豫」字增添短斜畫贅筆作「」、「」。

「遲」字增添曲畫贅筆作「」、「」。

　　上述這些新構形，都罕見於其他區域文字，可以說是比較具有楚國文字特色的寫法。

此外，從「耳」、「可」、「戶」、「酉」諸旁的字，常在頂端橫畫之上，再增添一道短橫畫贅筆；從「且」旁的字，常在底部橫畫之下，再增添一道短橫畫贅筆；從「竹」旁、「火」旁、「人」形部件、「羊」形部件、「木」形部件的字，常在豎畫中間，增添一道短橫畫贅筆；從「又」旁的字，常在手腕外側，增添一道短斜畫贅筆。以上這些寫法，都具有楚國文字的特色。其中，「竹」旁作「竹」，尚未在其他各系文字中出現，可以做為辨識楚國文字資料的重要依據。

楚國文字經過繁化而產生的新構形，有些可以跟後代字書保存的字形相互印證。譬如：「戶」字增添「木」旁作「㦿」，跟《說文》古文「尿」相合；「僕」字增添「臣」旁作「僕」，跟《說文》古文「𦢈」構形特徵相似；「彝」字簡省作「𢁛」，跟《說文》古文「𢁛」構形特徵相似；「合」字增添「甘」旁作「𢒤」，可以糾正《汗簡》將「𢒤」認定為「答」字的錯誤。

對於楚國文字繁化方式有了比較深入的認識之後，回頭檢討歷來爭議未決的文字考釋問題，往往可以找到一些新的線索，有助於問題的解決。茲將筆者做過比較詳細論證的例字彙整如下：

（1）《集成》17.11042「𨛜」字，舊有「郂」、「邦」、「郙」三說，筆者認為應該釋為「郙」。

（2）包山簡3「戜」字，舊有「戈」、「或」兩說，筆者認為應該釋為「或」。

（3）包山簡57「𢧵」字，舊有「惑」、「國」兩說，筆者認為應該釋為「惑」。

（4）包山簡164「朱」字，原書未釋，近年來學者有釋為「年」、「末」兩說，筆者認為應該釋為「末」。

（5）仰天湖簡8「柜」字，學者多認為是增添「日」旁的繁文，筆者認為所謂「日」旁，其實是簡文句讀符號「◿」。

（6）包山簡116「產」字作「產」形，上半所從的部件，學者多認為是「乘」旁，筆者認為應該是「文」旁增添贅筆的結果。

（7）楚簡有「經」（望山簡2.12）、「經」（仰天湖簡15）、「𥾝」（包山簡牘1）、「𡋡」（包山簡103）等字，所從「坙」旁，舊有「坐」、「巽」兩說，筆者認為應該釋為「巽」。

第四章　構形演變的變異現象

第一節　前　言

　　文字形體演變的趨向，可以區分為簡化、繁化與變異三類。簡化與繁化二者，都是直接對文字構成部件採取刪簡或增繁的手段。變異這一類所強調的，在於文字構成部件的改異，其所採取的演變途徑，主要有偏旁替換、方位移動與筆畫變形等三種方式。

　　如果從演變結果看，變異也會造成形體的簡省或增繁。但如果從演變途徑看，變異顯然與簡化、繁化二者有本質上的差別。變異應該自成一類，唯有如此，才能凸顯它的特色。

　　本論文所謂「變異」現象，有些學者稱之為「異化」。何琳儀將戰國文字構形變異現象，區分為如下十四類：（1）方位互作、（2）形符互作、（3）形近互作、（4）音符互作、（5）形音互作、（6）置換形符、（7）分割筆畫、（8）連接筆畫、（9）貫穿筆畫、（10）延伸筆畫、（11）收縮筆畫、（12）平直筆畫、（13）彎曲筆畫、（14）解散形體。在上述十四類之下，有些還再細分為若干小類。〔註1〕

　　在何琳儀上述分類中，第（1）至（5）類名目雷同，容易導致混淆。因此，

〔註1〕何琳儀《戰國文字通論》（北京：中華書局，1989），頁203～220。

筆者將第（1）類改稱為「方位移動」，第（3）類改稱為「形近訛混」，第（4）類改稱為「音近通用」。

第（2）類「形符互作」，原本是指義符替換現象。但是，兩個義符所以替換，有可能是因字義相近的關係，也有可能是因造字觀點不同所致，所以筆者將第（2）類拆成兩類，分別稱之為「義近替代」和「義異別構」。

第（5）類「形音互作」，是指原來的義符被改造或替換成音符的現象。義符被改造成音符的現象，筆者採用目前頗為流行的說法，稱之為「變形音化」。義符被替換成音符的現象，也是一種造字觀點轉變的現象，可以併入前述「義異別構」項目中。

第（6）類「置換形符」，是指由三個以上偏旁構成的字，其中一個偏旁被另一個義符替代的現象。第（6）類在本質上也是屬於義符替換現象，可以分別併入第（2）、（3）兩類中。至於第（7）至（14）類，都屬於筆畫訛變現象，可以合併為一類。

筆者參考何琳儀的分類架構，以及楚國文字的實際情況，將楚國文字變異現象劃分為如下七類：（a）義近替代、（b）形近訛混、（c）音近互換、（d）義異別構、（e）變形音化、（f）方位移動、（g）筆畫變形。

第（a）至（c）類屬於「性質相似偏旁的互作」，第（d）、（e）類屬於「性質相異偏旁的調整」。第（f）類是指部件的方向或位置發生異動的現象，包括偏旁與筆畫兩種層次的部件而言。第（g）類專指改變筆畫形體的現象。

「筆畫變形」現象，在戰國中晚期表現得最為突出，推敲其原因，顯然跟這段期間文字強烈的隸化傾向有關。楚國文字在隸變過程中所產生的筆畫變形問題，詳見本論文第一章第三節，本章不再贅述。

第二節　義近替代

偏旁「義近替代」現象，是指幾個字義相近的義符，在不改變造字本意的前提下，彼此相互替代的現象。所謂的「字義相近」，既可以指引申義相近，也可以指假借義相近。譬如：「皀」字本象黍盛豐腆之形，引申而有「飲食」義，由於「皀」、「食」二旁引申義相近，所以經常相互替代。「韋」字本是「違」或「圍」的初文，典籍常借用為「皮韋」義。由於「韋」的假借義與「皮」的字

義相關，因而二者經常相互替代。

例1、「即、既、愬、飤」等字

「皀」字本是「簋」字初文，殷墟卜辭作「<ruby>😊</ruby>」形（《存》下764），象簋中食物豐盛之狀。由於「皀」字與飲食義有關，所以「皀」旁經常與「食」旁通用。例如：

即		（望山簡 2.50）		（信陽簡 1.8）
既		（包山簡 16）		（包山簡 205）
愬		（包山簡 223）		（包山簡 207）
飤		（大腐鎬）		（包山簡 245）

整體來說，「皀」旁改為「食」旁的例子常見，「食」旁改為「皀」旁的例子罕見。所以產生這種不均衡的現象，大概跟獨體「皀」字比較罕見有關，原本從「皀」旁的字，後來受「食」旁的影響，也多改從比較常見的「食」旁。

例2、「鞁」字與「韃」字

「韋」字殷墟卜辭作「<ruby>😊</ruby>」形（《甲》2258），本是「違」或「圍」字初文，後來假借為皮韋義。由於「韋」的假借義，與「革」的字義相近，所以二者在偏旁中往往互通無別。《說文》「革」部的「鞾」字，重文從「韋」作「韗」，就是一個明顯的例子。

「韋」旁與「革」旁義近通用的現象，楚簡不乏其例。譬如：「鞁」字既作「鞁」（望山簡 2.23），又作「鞁」（包山簡 259）；「韃」字既作「韃」（包山簡 186），又作「韃」（包山簡 271）。在曾侯乙墓簡中，這類例子也有好幾組，這裡就不一一列舉了。

例3、「豹、貘、豻、貉、貍、狐」等字

《說文》「豸」部諸字，都跟猛獸及其引申義有關。商周金文所見的「豸」部字，至少有下列幾個字：「貙」字作「<ruby>😊</ruby>」（貙卣），「貘」字作「<ruby>😊</ruby>」形（父丁尊），「貉」字作「<ruby>😊</ruby>」（貉子卣）。其中，金文所見的「貘」字，其實是從「犬」不從「豸」。

楚簡「豸」部諸字，多改從「鼠」旁。例如：

豹　【字形】（包山簡 268）　　貘　【字形】（包山簡 271）

豻　【字形】（包山簡 271）　　貉　【字形】（包山簡 87）

貍　【字形】（包山簡 165）

　　影響所及，連「犬」部的「狐」字，也改從「鼠」旁作「【字形】」（包山簡 95）。「豸」部字改從「鼠」旁的現象，也見於曾侯乙墓簡。但曾侯乙墓簡「狐」字，仍然從「犬」作「【字形】」（簡 39），並未改從「豸」旁，反映曾國文字雖深受楚國文字的影響，卻未必跟楚國文字完全一致。

例 4、「威」字

　　「威」字的本形本義，迄今仍無定論。《說文》云：「姑也。從女、戌聲。」有些學者認為從「戌」聲的說法不可通，懷疑應從「戊」得聲。〔註 2〕但是就古音分析，「威」字屬於影紐、微部，而「戌」字屬於心紐、物部，「戊」字屬於明紐、幽部。「威」字的古音，跟「戌」、「戊」二字都不相近，不太可能以這兩個偏旁為音符。

　　西周金文「威」字，共有三種不同構形，有些從「戈」作「【字形】」（虢叔鐘），有些從「戌」作「【字形】」（癲簋），有些則是從「戊」作「【字形】」（叔向簋）。春秋時期楚國金文「威」字，目前共有二十餘見，有些從「戌」作「【字形】」（王孫遺者鐘），有些從「戈」作「【字形】」（王孫誥鐘），有些從「弋」作「【字形】」（王孫誥鐘）。

　　「戈」、「戌」、「戊」形義都有關聯，而且都是古兵器的象形字，用作偏旁往往互通無別。「威」字從這三個偏旁，應該都是當作義符使用。斧、戉、戈、戟之類的兵器，在古代常用作儀仗器，君王貴族每每藉之以壯大聲威，「威」字從「戈」、「戌」等旁，應該跟這種風氣有關。

　　至於「威」字所以從「弋」，應該是「戈」、「弋」形近訛混的結果，參見本章第三節。

〔註 2〕李孝定師《金文詁林讀後記》（台北：中央研究院歷史語言研究所，1992），頁 409。

第三節 形近訛混

偏旁「形近訛混」現象，是指兩個形體相近的偏旁，彼此訛亂混用的情形。這個現象的發生，有時是因書手一時粗心誤寫，有時是因書手對文字構形認知不足所致。

「形近訛混」現象，跟上文所謂「義近替代」現象，有時不容易嚴格劃分。譬如：「人」旁與「尸」旁，「刀」旁與「刃」旁，這兩組偏旁的字形、字義都很相似，究竟應該歸於哪一類，不容易得出絕對肯定的答案。

例1、「陵」、「陳」、「兄」等字

「土」、「壬」二旁訛混的情形，在戰國時期的楚國文字中，可以找到不少例證。譬如：

陵　　（鄂君啟節）　　　　　（包山簡156）

陳　　（包山簡7）　　　　　（包山簡135）

兄　　（王孫誥鐘）　　　　　（包山簡63）

整體來說，「土」旁訛為「壬」旁比較常見，「壬」旁訛為「土」旁比較罕見。

由於「土」、「壬」二旁經常訛混互用，影響所及，凡是「土」形部件都有可能發生類似的訛混現象，上文所舉「陳」、「兄」二字所從的「土」形部件，都跟土地義無關，並非「土」字，但仍然跟「壬」字混用。

例2、「作、遲、優、疆、解、邵」等字

「人」、「尸」、「弓」、「刀」、「刃」等偏旁，形體相似，經常訛混，尤其以「人」旁與「尸」旁混用的現象最為常見。例如：

作　　（包山簡206）　　　　　（包山簡221）

遲　　（包山簡202）　　　　　（包山簡200）

優　　（包山簡231）　　　　　（包山簡229）

疆　　（王子啟疆鼎）　　　　　（包山簡153）

解	（包山簡 246）		（包山簡 144）
卲	（包山簡 223）		（包山簡 203）
	（卲王之諻簋）		（包山簡 95）
			（望山簡 1.10）

其中「作」、「遲」、「優」三字，都是「人」旁與「尸」旁互用。「疆」字是「弓」旁訛作「人」旁，「解」字是「刀」旁訛作「人」旁，「卲」字是「刀」旁訛作「刃」、「人」、「尸」等旁。

例3、「貣」字

《說文》云：「貣，從人求物也。從貝、弋聲。」又云：「貸，施也。從貝、代聲。」段玉裁《說文解字注》云：「按代、弋同聲，古無去、入之別。求人、施人，古無貣、貸之分。由貣字或作貸，因分其義，又分其聲。」

楚簡都以「貣」為「貸」，並無「乞求」與「施捨」的分別，這種現象可以做為上述段說的佐證。但是，楚簡所見「貣」字，都從「戈」作「　」（包山簡 53）。「貣」字從「戈」，音義均無可說，筆者認為原本應該從「弋」，後因「戈」、「弋」形近，「弋」旁訛為「戈」旁。王孫誥鐘「威」字，既作「　」（M2：1），又作「　」（M2：2），證明楚國文字確有「戈」旁與「弋」旁形近訛混的情形。蔡侯鐘「貣」字，既作「　」，又作「　」，進一步證明「貣」字確實可以從「弋」旁。

例4、「綉」字

楚簡屢見「繢（錦）綉」一詞，「綉」字多從糸、秀聲作「　」（包山簡 262），但也有一例作「　」（包山簡 259），音符誤作形體相近的「季」旁。《改併四聲篇海》引《搜真玉鏡》云：「繛，音季。」這個字的字義，該書未做進一步說明，根據讀音判斷，其與包山簡 259「繛」字的關係，很可能只是同形異字而已。

第四節　音近互換

聲韻相近的諧聲偏旁，有時會發生互相替換的現象。所謂的「聲韻相近」，

可以包括雙聲、疊韻與同音三種關係。

　　兩個同音互換的諧聲偏旁，有時其中一個音符可以是從另一個音符得聲的形聲字。對於這種現象，裘錫圭曾經舉例說明如下：

> 有很多形聲字，它們的聲旁在先秦古文字和小篆裏有繁簡的不同。有時候，古文字的聲旁較簡，小篆的聲旁本身就是以它為聲旁的一個形聲字。……有時候，古文字的聲旁較繁，它本身就是以小篆的聲旁為聲旁的一個形聲字。[註3]

由於形聲字及其所從的音符，二者聲韻關係必然密切，因而在當作另一個字的音符使用時，二者往往可以互相替換，如此一來，也就會產生音符構形繁簡變化的現象。

　　裘錫圭所說的兩種同音互諧現象，在楚國文字中都可以找到不少例證。譬如：「載」字既從「哉」聲，又從「才」聲，後者的構形就比後世文字簡省。又如：「組」字既從「且」聲，又從「叔」聲，後者的構形就比後世文字繁複。

例1、「鐘」字與「動」字

　　楚國「鐘」字先後出現兩種結構，西周時期從「重」聲作「」（楚公豪鐘），春秋戰國時期從「童」聲作「」（王孫誥鐘）、「」（信陽簡2.18）等形。「重」、「童」二字的古音，同屬定紐、東部，因而得以通用。楚簡「動」字，既作「」（石板村簡），又作「」（望山簡1.13），也發生「重」、「童」二聲互諧的現象。

例2、「禱、載、諆、胸、騎、群」等字

　　兩個同音互換的諧聲偏旁，其中一個音符可以是從另一個音符得聲的形聲字。下文所舉各例的後一種寫法，所從音符都比後世文字簡省，例如：

禱		（望山簡1.52）		（包山簡233）
載		（天星觀簡）		（包山簡牘1）[註4]
諆		（佣鼎）		（天星觀簡）

〔註3〕裘錫圭〈戰國璽印文字考釋三篇〉，《古文字研究》第10輯（1983），頁81～82。
〔註4〕「載」字本從「哉」得聲，曾侯乙墓簡「載」字作「」（簡80）可證。

胸　　　（望山簡 1.52）　　　　　　　　（望山簡 1.37）

騎　　　　　　　　　　　　　　　　　　（包山簡 119）〔註 5〕

群　　　　　　　　　　　　　　　　　　（楚帛書）

　　其中「騎」、「群」二字，在現有的楚國文字資料中，雖然還找不到相對的例證，但《璽彙》2512「騎」字作「騎」，子璋鐘「群」字作「羣」，仍然可以作為「奇」與「可」、「君」與「尹」同音互諧的佐證。

　　例 3、「豢」字與「組」字

　　「豢」字從豕、类聲，《說文》訓為「以穀圈養豕也」。楚簡多作「豩」（包山簡 210），偶見作「豩」（包山簡 203），後者所從的音符「盍」，又見於《汗簡》引王存乂《切韻》。

　　「叔」字從「盧」聲，「盧」字又從「且」聲。「叔」、「盧」、「且」三字，最初的音符都相同，所以當作音符經常互用。「徂」字籀文作「徂」，王孫誥鐘假「叔」為「且」，都是明顯的例證。楚簡「組」字，多從「且」作「組」（包山簡 267），但也有少數從「叔」作「緒」（仰天湖簡 24），後者與《汗簡》作「緒」形相合。

　　上述「豢」字作「豩」，「組」字作「緒」，所從音符都比後世文字繁複。《汗簡》所保存的「豢」、「組」二字，也都作這種繁複的構形。

　　例 4、「戟」字

　　楚國所見「戟」字，有如下三種不同結構：（一）從戈、丰聲作「戟」（陳坴戟）、「戟」（包山簡 273）等形；（二）從金、丰聲作「鈇」（斨君戟）；（三）從戈、建聲作「揵」（王子午戟）、「揵」（王孫誥戟）等形；（四）從戈、倝聲作「戟」（以鄧戟），跟秦國大良造鞅戟作「戟」的結構相似。

　　「戟」字的結構，大徐本分析為「從戈、倝」，小徐本分析為「從戈、倝聲」。古音「戟」字在見紐、鐸部，「丰」字在匣紐、元部，聲韻關係並不密切。因此，上述第四種構形，宜從大徐的說法，理解為「從戈、倝」的會意

〔註 5〕裘錫圭〈古璽印考釋四篇〉，見《文博研究論集》（上海：上海古籍出版社，1992），頁 83；劉釗〈釋戰國「右騎將」璽〉，《史學集刊》1994 年 3 期，頁 74～76。

字。

　　根據《左傳》的記載，楚人稱「戟」為「孑」。〔註6〕「孑」、「丰」古音同屬見紐、月部，「戟」字應該可以從「丰」得聲，前述第（一）、（二）兩種構形就是從「丰」得聲。〔註7〕「建」字古音在見紐、元部，與「孑」字聲同韻近，應該也可以當作「戟」字的音符，前述第（三）種構形就是從「建」得聲。〔註8〕

　　曾國所見的「戟」字，多作「」（曾侯邸戟）、「」（曾侯乙戟）、「」（曾侯乙墓簡6）、「」（曾侯乙墓簡62）等形。曾國「戟」字所從的「」或「」形部件，以及楚國「戟」字所從的「建」旁，張光裕主張都是「廾」旁的訛變，並認為「戟」字從「廾」，除了當作音符之外，可能也兼有義符的功能。〔註9〕「戟」字從「廾」的說法，存有若干疑點，還可以再作討論。

　　古文字從「廾」旁的字，「廾」旁都面向所持器物。譬如：「藝」字作「」（《前》6.16.1）、「」（毛公鼎）等形，「祝」字作「」（《前》6.16.6）、「」（禽簋）等形。但是，上引曾國「戟」字，所從的「」、「」形部件，多數不是面向「戈」旁。楚國「戟」字所從「建」旁作「」，其中「聿」旁所從的手形面向「」形曲畫，也跟「廾」字應有的構形相違。由此可知，「戟」字所從的「建」旁，並不是「廾」旁的訛變。「戟」字所從的「建」旁，應該只具有音符的功能。

　　《說文》訓為「擊踝也」的「叡」字，殷墟卜辭作「」（《前》5.12.5），西周金文作「」（縣妃簋）。假設「戟」字的構形，確實是從「廾」持「戈」，勢必會與「叡」字產生混淆。由這個角度考慮，也可以說明「戟」字並不從「廾」旁。

　　「戟」字所從的「建」旁，吳振武認為應該分析為「耒」旁與「乚」旁，「耒」是「丰」的異體，「乚」《說文》訓為「鉤識也」，讀作「居月切」，「丰」

〔註6〕《左傳》莊公四年記載，楚武王「授師孑焉，以伐隨。」注：「孑者，戟也。」
〔註7〕趙世綱〈淅川下寺春秋楚墓青銅器銘文考索〉，見《淅川》附錄一，頁376。
〔註8〕古音「元」、「月」二部對轉，可以通用。馬王堆帛書《老子》「先人之連」，「連」讀為「烈」，即是一例。
〔註9〕張光裕、吳振武〈武陵新見古兵三十六器集錄〉，第十一屆中國古文字學研討會論文（1996），頁5～6。

與「乚」的古音都在見紐、月部，與「戟」字聲同韻近，所以二者都是「戟」字的音符。〔註 10〕

殷商金文所見「耒」字，作「」（耒簋）、「」（耒方彝）等形。從「耒」的「耤」字，殷墟卜辭作「」（《前》7.15.3）、「」（《前》6.17.5）等形，西周金文作「」（令鼎）、「」（弭伯簋）等形。除了弭伯簋字形訛變較甚之外，其餘「耒」字末梢都作雙叉形，跟「戟」字所從的「半」形部件迥然有別。因此，「戟」字從「耒」聲的說法，不太穩當。

至於「戟」字所從的「乚」或「𠃋」形曲畫，與《說文》訓為「鉤識也」的「乚」字，是否為同一個字，仍然有待商榷。《說文》「乚」字所記載的音義，完全無從徵考，是否可以採信，未必毫無疑問。龍宇純師曾舉「厷」、「屮」、「夊」、「厶」、「刊」等字為例，主張「《說文》中獨立的文字，未必沒有許君採自文字偏旁的」。〔註 11〕「乚」既然未必是個具有獨立音義的字，「戟」字從「乚」聲的說法也就難以獲得證實。

總之，「戟」字既可以從「軌」聲，也可以從「半」聲，又可以從「建」聲。「戟」字所從的「建」旁，應該僅具有音符功能，既不是「刊」字的訛變，也不是「耒」、「乚」二旁的合體。

第五節　義異別構

義符通用的現象，除了上述「義近替代」與「形近訛混」兩種類型之外，還有一些例字，大概是受造字觀點轉變等因素的影響，各自選用字義並不相近的偏旁為義符，這種類型的異體字，筆者稱之為「義異別構」。

以「戈」、「攴」二旁為例，「戈」是一個表示兵器的象形字，「攴」是一個表示搥擊動作的會意字，前者屬於名詞，後者屬於動詞，字義並不相近。但因戈可以用於搥擊撲殺，而搥擊撲殺需要倚賴戈戟之類的兵器，所以「戈」、「攴」二旁在當作義符時，仍然經常互用。楚國「救」字既作「」形（秦王鐘），又作「」形（包山簡 226），就是一個典型的例字。〔註 12〕

〔註 10〕張光裕、吳振武〈武陵新見古兵三十六器集錄〉，第十一屆中國古文字學研討會論文（1996），頁 5～6。
〔註 11〕龍宇純師《中國文字學（定本）》（台北：五四書店，1994），頁 280～282。
〔註 12〕「戈」、「攴」二旁互用的例子，高明、許學仁認為屬於「義近替代」現象，所持

例 1、「彫」字

「雕」本為鳥名，後來假借為雕刻義。雕刻義的本字應作「彫」，《說文》訓為「琢文也」。楚簡「彫」字，信陽簡作「彫」（簡 2.3），包山簡作「𣪊」（簡 253），望山簡作「𣪊」（簡 2.45）。前者從「彡」，強調雕畫文飾；後二者從「攴」，強調攻治動作。

例 2、「城」字

西周金文「城」字，從𩫖、成聲作「𩫰」（班簋），與《說文》籀文作「𩫰」相合。《說文》「土」部的「垣」、「堵」二字，籀文也都從「𩫖」旁。由此可見，古文字從「𩫖」旁諸字，後來多改從「土」旁。

楚簡「城」字多作「坓」（包山簡 155），但也有少數作「𨺍」（包山簡 4）。前一種構形改從「土」旁，這種寫法又見於徐諧尹鉦、鼄羌鐘等春秋金文，推測其形成時間，大概是在春秋中晚期，因其便於書寫，到了戰國時期，已經成為當時主要寫法，並為後來的隸書、楷書所採納，一直延用至今。「城」字寫作「𨺍」，既從「𩫖」旁，又從「土」旁，這種寫法有可能是從「𩫰」演變到「坓」的過渡形體。

例 3、「瓶」字

楚簡曾見如下三個從「并」聲的字：

（a）　　𦉟　　（包山簡 265）

（b）　　鉼　　（包山簡 252）

（c）　　𤭛　　（信陽簡 2.21）　　　　坓　（信陽簡 2.14）

上引（a）、（b）二字，〈包釋〉分別隸定作「𦉟」與「鉼」。《包 92》與《包 96》為前二字分立兩個字頭，《楚編》為上引三字分立三個字頭，大概都是沿用〈包釋〉的意見。

（a）字見於包山簡 265，簡文云：「二𦉟銅」，此字從缶、并聲，應該就是《說文》「𦉟」字。《說文》在「𦉟」字下，列有或體「瓶」字。（b）字從金、

觀念與筆者不同。參閱高明《中國古文字學通論》（北京：文物出版社，1987），頁 160；許學仁《戰國文字分域與斷代研究》（台北：台灣師範大學博士論文，1986），頁 47～48。

并聲，辭例與（a）字相同，應該也是「瓶」字異體。（c）字從缶、并聲，出現在信陽簡，簡文云：「一缾某（梅）醬」（簡 2.21），「缾」字也該讀作「瓶」。因此，（a）、（b）、（c）三個字，所從義符儘管互異，其實都是「瓶」字異體，不宜分立為三個字頭。「瓶」字從「缶」旁，大概用以表示瓶的用途；從「金」或從「土」，則是表示瓶的材質。

楚國「缶」字，既可從「金」旁作「」（欒書缶），也可從「土」旁作「」（包山簡 255），還可從「石」旁作「」（包山簡 255），所從義符跟著造字觀點的轉移而變動，與上述「瓶」字義符替換的現象相似，可以互相佐證。〔註13〕

四版《金文編》在「缾」字條下，列有「」（孟城缾）、「」（陳公孫𩂓父缾）、「」（鄧公簋）三字。這三個字都從「比」聲，並不是「瓶」字的異體，應從裘錫圭改釋為「鉳」。〔註14〕

例4、「陰」字

「陰」字的本義，《說文》保存兩種說法，分別訓為「闇也」及「山之南、水之北也」。

楚國表示「陰陽」義的「陰」字，依據所從義符的不同，其構形可以區分為兩種類型：（一）從「阜」作「」（敬事天王鐘），可為《說文》「山之南、水之北也」的訓解佐證。（二）從「日」作「」（九店簡 56.33）、「」（九店簡 56.96）等形，可為《說文》「闇也」的訓解佐證。其中，九店簡 56.96 作「」，可能因為已有「日」旁為義符，遂將義符「云」旁省略。

第六節　變形音化

由於形聲字結構最能兼顧文字音、義的表達，也是一種最便捷的造字方法，所以形聲字所佔比例有愈來愈高的趨勢。根據李孝定師、朱駿聲與鄭樵等人的統計，形聲字在甲骨文中約佔 27%，在金文中約佔 60%，在小篆中約佔 81%，在宋代楷書中約佔 90%。〔註15〕形聲字在各個階段漢字所佔的比例，隨著時代

〔註13〕楚國「缶」字的構形，詳見本論文第四章第二節。
〔註14〕裘錫圭〈說鉳、椄、桿楎〉，見《古代文史研究新探》（南京：江蘇古籍出版社，1992），頁 576～584。
〔註15〕李孝定師〈殷商甲骨文字在漢字發展史上的相對位置〉，《中央研究院歷史語言研究所集刊》第 64 本第 4 分（1993），頁 991～1002。

的推移，呈現明顯攀升的趨勢。

在這種大趨勢影響下，許多原本不是形聲結構的字，後來也跟著演變為形聲字。這種演變現象，學者多稱之為「聲化」或「音化」。〔註16〕由非形聲字轉變為形聲字，主要途徑有兩條：其一、在原字的基礎上加注音符，例如「兄」字加注「生」聲作「![字形]」〔註17〕。其二、原本表形、表義的部件，逐漸訛變為形體相近的音符，例如「聖」字所從的音符「呈」旁，就是形體訛變的結果，這種構形演變現象，有些學者稱之為「變形音化」。〔註18〕

例1、「聖」字

「聖」字殷墟卜辭作「![字形]」（《乙》5161），西周金文作「![字形]」（師望鼎），所從人形與耳形連為一體。楚簡「聖」字多作「![字形]」（包山簡84），人形與耳形分離為二，人形又多移位，而與「口」旁接合，進一步訛變為「呈」旁。古音「聖」字在書紐、耕部，「呈」字在定紐、耕部，二者存在疊韻關係，所以「呈」旁可以視為「聖」字的音符。《說文》將「聖」字的結構分析為「從耳、呈聲」，可能就是根據訛變的篆文形體立論。

例2、「嬰」字

「嬰」字《說文》訓為「頸飾也」，本象人著頸飾之形。王子嬰次鐘作「![字形]」，與《說文》所謂「從女、賏」的分析相合。王子嬰次盧作「![字形]」，二貝簡省為一貝，「女」旁改為形體相似的「旻」旁。古音「嬰」字在影紐、耕部，「旻」字在影紐、元部，聲同韻近，可以通用。〔註19〕楚簡「纓」字多作「![字形]」（望山簡2.12），可以為證。盧銘「嬰」字從貝、旻聲，遂由傳統的會意字結構，轉變成形聲字結構。

例3、從「复」旁諸字

「复」字殷墟卜辭作「![字形]」（《粹》1058），西周金文多增加「彳」旁作「![字形]」

〔註16〕雲惟利《漢字演進過程中聲化趨勢的研究》（新加坡：南洋大學碩士論文，1973），頁1～12。

〔註17〕詳見本論文第三章第三節「兄」字條。

〔註18〕劉釗《古文字構形研究》（長春：吉林大學博士論文，1991），頁188～206。

〔註19〕裘錫圭、李家浩〈曾侯乙墓竹簡釋文與考釋〉，見《曾侯乙墓》（北京：文物出版社，1989），附錄一，頁517，註127。

（小臣邌簋），「复」與「復」應該是古今字。

「复」字的結構，《說文》分析為「從夂、畐省聲」。對於這個說法，歷來學者多持懷疑態度，但也提不出更為合理的解釋。

若從春秋戰國文字來看，「复」字上半多簡省作「𤰝」（侯馬盟書）、「𤰝」（睡虎地秦簡）等形，跟「畐」字作「𤰝」（曾伯臣）相比，確實有些相似。再以楚國文字為例，「復」字作「𢕚」（楚帛書），「腹」字作「𩡖」（包山簡236），而「福」字作「𥛚」（包山簡205），「复」字上半更與「畐」字完全相同。

古音「复」字在並紐、覺部，「畐」字在並紐、職部，二字聲同韻近，可以通用。《易·小畜》：「輿說輻」，《說文》、《釋文》、《集解》等書「輻」字皆作「輹」，馬王堆帛書則作「緮」。《易·大畜》：「輿說輹」，《釋文》：「輹或作輻」。上述二例可以證明，「复」旁與「畐」旁音近可通。因此，「复」字上半所從訛變作「𤰝」字，可以看做變形音化的結果。由此可知，《說文》認為「复」字「從畐省聲」，應該是根據訛變的形體立說的。

例4、「喬」字

「喬」字的構形分析，迄今尚無定論。《說文》云：「喬，高而曲也。從夭、從高省。」春秋戰國金文所見，有「𪩶」（邵鐘）、「𪩶」（邵鐘）、「𪩶」（喬君鉦）、「𪩶」（中山王𧎢鼎）等形。「高」旁之上所從的部件，雖有多種不同形體，但未見從「夭」旁的例子。由此可知，「喬」字並不從「夭」，《說文》的構形分析，不可採信。

楚國「喬」字常從「九」旁，作「𪩶」（楚王酓肯鼎）、「𪩶」（楚王酓忎鼎）等形。「九」、「力」形體相近，「喬」字所從的「九」旁，是否由「力」旁（中山王𧎢鼎「喬」字所從）訛變而來，值得繼續研究。

古音「九」字在見紐、幽部，「喬」字在群紐、宵部，二字在聲、韻兩方面都有旁轉關係，讀音相當接近，「喬」字應該可以從「九」得聲。

地名「高奴」，先秦出土文物又作「𥤵奴」。《三代》20.25.2 著錄的四年𥤵奴戈，根據銘文字體與辭例格式判斷，可以認定為魏國兵器。戈銘所記的地名「𥤵奴」，原本屬於魏國，秦惠文王前元十年為秦國所併，改稱為「高奴」，並劃歸上郡屬縣。〔註20〕「高」、「𥤵」二字，也是見、群旁紐，宵、幽旁轉，

〔註20〕魏地「𥤵奴」入秦之事，詳見《史記·秦本紀》記載。

與「喬」、「九」二字的讀音關係相同，可以佐證。

第七節　方位移動

這裏所謂的「方位移動」，係指文字構成部件的方向或位置發生移動的現象。

對於大多數文字而言，部件形體方向的改變，並不會對文字的音義造成影響。例如：「中」字甲金文多作「　」，本象旗幟迎風而立之形，表示旗游的曲畫，按照常理，應該都在同一側，但也有少數作「　」（企中且觶），曲畫變成分佈在中豎畫兩側，雖然如此，其音義並未因而產生任何變化。至於少數倚靠形體方向做為辨別特徵的例子，譬如「左」、「右」等字，不在本節討論之列。

筆畫或偏旁的相對位置，經常會發生異動的現象。其中，偏旁位置的更動比較常見，其型態大概有左右互換、上下互換、內外互換、上下式與左右式互換等四種。

例 1、「既」字

「既」字殷墟卜辭作「　」（《粹》493），西周金文作「　」（頌鼎），象人食畢轉頭將去之形，所從「口」形部件的開口，都是背對著食物。

楚國「既」字，改從「次」旁作「　」（包山簡 134），「口」形部件面向食物。但也有不少例子作「　」（包山簡 236），「口」形部件背對著食物。

例 2、「身」字

「身」字殷墟卜辭作「　」（《乙》6733），西周金文作「　」（叔向簋），象人的身體之形。楚簡多作「　」（包山簡 234）、「　」（包山簡 213）等形，表示腹部的圓弧形筆畫，訛變為類似「以」字的部件。訛變之後，象形結構遭到嚴重破壞，可能因而使得書寫者誤以為是從人、從以的合體字，以致經常訛寫作「　」（包山簡 228），將二者完全脫離開來，使其更像是上下式結構的合體字。

例 3、「癸」字

「癸」字殷墟卜辭多作「　」（《鐵》156.4）、「　」（《存》2742）等形，戰國時期楚國文字多作「　」（鄂客問量）、「　」（望山簡 1.6）、「　」（包

山簡 128 反）等形，原來位於下方的兩道短斜筆往下挪移，不再與「×」形部件交會。

例 4、「祝、邦、誨、融、駁、被」等字

偏旁左右互換的現象，在楚國文字中相當普遍。底下僅舉幾個常用字為例：

祝　　（包山簡 217）　　　（包山簡 237）

邦　　（楚帛書）　　　　　（包山簡 7）

誨　　（王孫遺者鐘）　　　（王孫誥鐘）

融　　（包山簡 217）　　　（望山簡 1.123）

駁　　（包山簡 93）　　　　（包山簡 234）

被　　（包山簡 199）　　　（包山簡 214）

例 5、「禱、冑、常、庶、狂、淺」等字

偏旁上下式與左右式互換的現象，在楚國文字中相當盛行，出現頻率很高。底下僅舉幾個常用字為例：

禱　　（包山簡 202）　　　（望山簡 1.54）

冑　　（天星觀簡）　　　　（包山簡 270）

常　　（包山簡 244）　　　（包山簡 199）

庶　　（包山簡 258）　　　（包山簡 257）

狂　　（包山簡 22）　　　　（包山簡 24）

淺　　（楚帛書）　　　　　（信陽簡 2.14）

例 6、「期、新、辰」等字

偏旁上下互換的現象，在楚國文字中比較罕見。底下僅舉幾個常用字為例：

期　　（包山簡 19）　　　　（天星觀簡）

新 （包山簡 165） （包山簡 15 反）

辰 （包山簡 20） （包山簡 143）

例 7、「酉、攻、期」等字

偏旁包孕式與非包孕式互換的現象，在楚國文字中也是比較罕見，若與上述三種型態相比，出現的頻率可能最低。底下僅舉幾個常用字為例：

酉 （包山簡 57） （包山簡 7）

攻 （王孫誥鐘） （王孫誥鐘）

期 （包山簡 22） （包山簡 21）

第八節　構形變異條例的運用與限制

本節將運用上述各種構形變異條例，針對若干個迄今仍然爭議末決的楚國文字考釋問題，進行比較深入的辨證。

一、義近替代

在古文字發展過程中，偏旁「義近替代」現象，往往有相當程度的規律性，並不是任何兩個字義相近的偏旁都會發生相互替代現象。因此，運用偏旁「義近替代」條例，考釋古文字時，基本上必須要有完全平行的例證，也就是這兩個偏旁必須確實曾經發生過「義近替代」現象。下文所舉從夕、從莫的「夢」字，學者多存疑不識，觀察楚國「夕」、「日」二旁，發現二者常因義近而相互替代，筆者據此認為這個字應該可以釋為「暮」。

釋「暮」

包山簡△字作「夢」，見於簡 58 與 63，簡文用作人名，〈包釋〉隸定作「莫」。《輯證》改釋為「暮」，但沒有做任何說明，並未引起學者重視，所以《包92》、《包研》、《包 96》、《楚編》等書，仍然沿用〈包釋〉的隸定。

包山簡△字，上從「莫」旁，下從「夕」旁。古文字「夕」旁與「月」旁經常通用，以包山簡「盟（盟）」字為例，既可從「月」作「累」（簡 137），又可

從「夕」作「」（簡 23）。時辰、日夜或季節的轉變，都跟日月有關，所以古文字的「日」旁與「月」旁，有時會互相替代。以「期」字為例，吳王光鑑從「月」作「」，而王子申盞從「日」作「」，就是一個典型的例子。

再以楚國文字為例，望山簡「歲」字多從「月」旁作「」（望山簡 1.1），有時也改從「日」旁作「」（望山簡 2.1）。楚簡「春」字多從「日」旁作「」（包山簡 200），有時也改從「月」旁作「」（欒書缶）。

經過上述論證可知，「夕」、「月」、「日」三個偏旁，在楚國文字中可以互相替代。根據這項理由，包山簡△字，筆者認為應該改釋為「暮」。

二、形近訛混

偏旁「形近訛混」的現象，有些固然是書手一時粗心所致，有些仍然表現出一定程度的規律性。在運用這項條例考釋古文字時，還是應該要有若干個平行的例證，才能加強說服力。筆者在考釋下文所舉的「脩」、「良」二字時，就是秉持這項原則。

釋「脩」

包山簡 258△字作「」，〈包釋〉先後隸定作「脙」與「𦝢」。李家浩在 1993 年改釋為「脩」，但因缺乏論證過程，並未引起學者注意。〔註21〕《包研》、《包 96》、《楚編》等書出版的時間，雖然都在 1993 年之後，但還是沿用〈包釋〉的隸定。

△字中間所從的部件，也見於包山簡牘 1「」字。牘 1 這個字，筆者在第二章第八節中，已經證明是「攸」字的省體。分析△字的構形，左從「月（肉）」，右從「攴」，中間從「攸」，確實應該釋為「脩」。

包山簡 255 云：「脩一籢、脯一籢」，簡 257 又云：「冢脯二笸、脩二笸」，「脩」字作「」。包山簡 258△字的構形，跟簡 255、257「脩」字相比，除了「月（肉）」旁的位置不同之外，「攸」旁左邊的「人」形部件寫法也不相同，簡 258 從「人」，而簡 255、257 從「尸」。

包山簡牘 1「攸」字作「」，簡 269「稷」字所從的「攸」旁作「」，也

〔註21〕李家浩〈包山楚簡中的旌旆及其他〉，見《第二屆國際中國古文字學研討會論文集續編》（香港：中文大學中文系，1995），頁 377。該次研討會，是在 1993 年舉辦。

是「人」旁與「尸」旁訛混互用。「人」旁與「尸」旁訛混互用的現象，在楚國文字中還能找到不少例子，詳見本章第三節，這裏不再重複敘述。

《說文》云：「脩，脯也。」又云：「脯，乾肉也。」包山簡258云：「檮脯一笄、僻（膊）脩一笄、炙雞一笄、脩一笄」，「脩」字跟「脯」、「雞」等食品並列，由此可知簡文「脩」字，應該訓解為「乾肉」。

釋「良」

《璽彙》0206「之鈝」，璽文「之」字作「」，「鈝」字所從「金」旁作「」，根據文字構形特徵判斷，此璽國別肯定屬於楚國，而且時代可以斷在戰國中晚期。〔註22〕璽文前二字，歷來學者都無法識讀，筆者認為應該釋為「良寇」。

「良」字殷墟卜辭作「」（《乙》3334）、「」（《乙》2510）等形，西周金文作「」（季良父盉）、「」（鬲比盨）等形，雖然構形變化多端，但基本上中間都作「○」或「日」形，上下兩端多作對稱狀。楚簡「良」字的構形，可以大致區分為兩種類型：其一、上下兩端對稱，作「」（包山簡240）、「」（信陽簡2.4）等形；其二、下端類化為「亡」旁，作「」（包山簡218）、「」（天星觀簡）等形。第二種類型寫法，與《說文》古文「」相近，所以許慎認為古文「良」字從「亡」得聲。

《璽彙》0206「」字的構形，跟楚簡「良」字第二類型相近，唯一的差別在於中間部件，簡文作「日」形，璽文作「田」形。「日」形部件與「田」形部件，在楚國文字中經常訛混互用。例如：

享	（王孫遺者鐘）		（楚嬴盤）
昔	（天星觀簡）		（天星觀簡）
既	（包山簡134）		（包山簡221）
累	（包山簡137）		（王孫誥鐘）〔註23〕

璽文「」字所從的「田」形部件，若代換成「日」形部件，就跟楚簡「良」

〔註22〕「之」、「金」二字的構形特徵及其反映的時空背景，詳見本論文第六章第二節。
〔註23〕河南淅川下寺春秋楚墓出土多組王孫誥鐘，這裏引用的是編號M2：12這一組。

字形體完全相合，所以璽文「」字應該釋為「良」。

《璽彙》0206「」字，左下角筆畫略微殘泐，但就整體構形來看，跟包山簡「寇」字作「」（簡 102）、「宬」字作「」（簡 10），形體都相當接近，所以璽文這個字可能就是「寇」字或「宬」字。所謂的「良寇」或「良宬」，應該是楚國官名，但其實際執掌仍然有待考證。

三、音近互換

讀音相近的偏旁，在當作音符使用時，雖然可以互相替換，但是音符替換的結果，假使會跟另一個字發生混淆，在這種情況下，通常就不會出現替換現象。下文所舉的「愧」字，所以不能釋為「悢」，原因就在於此。

釋「愧」

《璽彙》0183 是一枚楚國圓形官璽，璽文環狀排列。《璽彙》依照逆時鐘方向，釋為「□□閒郢鉥」。《上海博物館藏印選》釋作「思閒郢大夫鉥」，前三字逆時鐘方向排列，後三字順時鐘方向排列。李家浩改依順時鐘方向，釋為「郢閒愧（？）大夫鉥」。〔註24〕

現在所要討論的，是位於璽印二點鐘方向的「」字，這個字在璽文中應該是地名或人名。璽文「」字，《璽彙》闕疑，《上海博物館藏印選》釋作「思」，李家浩懷疑應該釋為「愧」，劉釗隸定作「娿」，曹錦炎也釋為「思」字。以上這些學者，對於他們的釋讀，都未做說明。〔註25〕

楚國「囟」字都作「」（包山簡 128），「思」字都作「」（望山簡 1.13）。璽文「」字，下半作「」，確定為「心」旁。上半作「」，比「囟」字多了兩道斜筆，二者顯然不是同一個字。所以璽文「」字，既不是「娿」字，也不是「思」字。

「畏」字本象鬼執兵杖以示可畏之形，殷墟卜辭作「」（《乙》669），西周金文作「」（毛公鼎）。〔註26〕春秋時期楚國「畏」字，所從「卜」形部件都移到「鬼」旁下方，而另增「攴」旁作「」（王孫遺者鐘）。戰國時期楚國

〔註24〕李家浩〈楚國官印考釋（四篇）〉，《江漢考古》1984 年 2 期，頁 46。

〔註25〕劉釗〈楚璽考釋〉，《江漢考古》1991 年 1 期，頁 73；曹錦炎《古璽通論》（上海：上海書畫出版社，1996），頁 107。

〔註26〕李孝定師《讀說文記》（台北：中央研究院歷史語言研究所，1992），頁 229。

「畏」字都作「」（秦家嘴簡 13.4），「卜」形部件進一步訛為「止」形。

《璽彙》0183「」字，上半從「鬼」，下半從「心」，應該釋為「愧」。包山簡屢見「愄（威）王」一詞，「愄」字作「」（簡 192），跟璽文「」字相比，只有從「止」與否的差別，可以做為有力的佐證。

古音「鬼」字在見紐、微部，「畏」字在影紐、微部，二者聲近韻同，符合「音近通轉」的條件。雖然如此，由於楚國「畏」字從未見省略「止」形部件的例子，因而《璽彙》0183「」字應該釋為「愧」，不宜釋為「愄」，否則「愧」、「愄」二字將會產生混淆無法分辨。

四、方位移動

古文字偏旁的相對位置，往往可以移動調換。「阜」、「邑」二旁，隸楷都作「阝」，因而學者在考釋古文字時，很容易受隸楷構形的影響，將這兩個偏旁誤認成同一個偏旁，將從這兩個偏旁且構形相近的兩個字誤認成同一個字，並以「方位移動」的觀念，試圖為這種現象提供合理解釋。下文所舉的「郐」、「鄘」二字，曾經分別被誤釋為「陰」字與「陽」字，都屬於這種類型的錯誤。

古文字偏旁形體，往往有多種訛變寫法。有些形體相近的偏旁，在合體字中的相對位置，如果跟後代文字不同，往往就會導致混淆誤認。下文所舉的「禑」字，上從鬼、下從示，所從「鬼」旁的下半作「八」形，跟戰國時期楚國「宀」旁寫法極為相似，導致這個字過去多被誤釋為從田、從宗的「景」字。

釋「郐」與「鄘」

包山簡常見如下三個從「今」聲的字，分別作「」（簡 133）、「」（簡 131）、「」（簡 23）等形。這三個字，〈包釋〉依序釋為「佘」、「陰」與「邻」，《包 92》與《包 96》都沿用此說。《包研》將第二形改釋為「郐」，陳偉採用此說。〔註27〕《楚編》將前二形釋為「陰」，後一形釋為「邻」。

包山簡數見「△之歖客」句，△字用為地名，既可作 a 形（簡 134），又可

────────────

〔註27〕陳偉《包山楚簡初探》（武昌：武漢大學出版社，1996），頁 226～227。

作 b 形（簡 135 反）。由此可知，a、b 二字應該是同一個地名的異體，a 字為假借用法，b 字增添「邑」旁成為地名專字。c 字也當作地名使用，所從音符與 a、b 二字相同，因此 a、b、c 這三個字很可能是同一個字的異體。

包山簡△字，在 a、b 二式中都從「邑」旁，不從「阜」旁。如果將包山簡△字釋為「陰」，等於主張「阜」、「邑」二旁可以通用。但是，這兩個偏旁字義關係疏遠，古文字罕見互用的例子。因此，將△字釋為「陰」的說法，難免啟人疑竇。

楚國表示「陰陽」義的「陰」字，誠如本章第五節所說，有些從「阜」旁，藉以表示「山之南、水之北也」的意思，有些從「日」旁，藉以表示「闇也」的意思，但從未見從「邑」旁的例子。包山簡△字，與楚國確切可信的「陰」字相比，不僅所從義符絕不相混，而且辭例用法也是涇渭分明，實在不宜釋為「陰」，應該改釋為「郐」。

包山簡常見兩個從「昜」聲的字，其中一個從「邑」作「 𨛬 」（簡 181），另一個從「阜」作「 𨺅 」（簡 149）。〈包釋〉依序釋為「陽」與「隰」，《包 92》沿用此說，湯餘惠將前者改釋為「郔」，《包 96》依序釋為「郔」與「陽」，《楚編》僅收後者並釋為「陽」。〔註 28〕

依照上述「陰」字從「阜」的構形類推，從「阜」旁的「 𨺅 」字也應該釋為「陽」，從「邑」旁的「 𨛬 」字則應釋為「郔」。包山簡「陽」、「郔」二字，辭例略有分別，前者多用作姓氏字，後者未見當作姓氏字。簡 62 云：「司直秀郔」，同一簡又云：「少宮陽申」，人名採用「郔」字，姓氏改用「陽」字，就是一個明顯的例子。

釋「禩」

信陽簡 2.13「七見 景 之衣」的「 景 」字，劉雨、商承祚都隸定作「景」，朱德熙釋為「禩」，郭若愚釋為「禩」。前三家都未做說明，郭若愚認為應該讀為「襘」。〔註 29〕《楚編》也隸定作「景」，註明是《說文》所無字。

〔註 28〕湯餘惠〈包山楚簡讀後記〉，《考古與文物》1993 年 2 期，頁 74。

〔註 29〕劉雨〈信陽楚簡釋文與考釋〉，見《信陽楚墓》（北京：文物出版社，1986），頁 129；商承祚《戰國楚竹簡匯編》（濟南：齊魯書社，1995），頁 23；朱德熙〈說「屯（純）、鎮、衛」〉，見《朱德熙古文字論集》（北京：中華書局，1995），頁 174；郭若愚《戰國楚簡文字編》（上海：上海書畫出版社，1994），頁 81。

楚簡「畏」字作「」（秦家嘴簡 13.4），所從「鬼」旁的寫法，與信陽簡「」字上半的寫法一致。據此可知，「」字從鬼、從示，應該釋為「禔」，此字也見於《龍龕手鑑》。

五、筆畫變形

古文字隸變的過程中，筆畫形體常會出現各種變異，這些現象看似細微，卻經常造成文字辨識的障礙。〔註 30〕例如「中」字，甲金文多作「」（克鼎），但楚國文字常作「」（仰天湖簡 12），中豎畫寫成右勾畫，上端短橫畫延長並貫穿中豎畫，下端短橫畫則省略不寫。楚國「中」字筆畫形體，經過上述變形之後，跟原來的形體相差很遠，造成辨識上極大困擾，有些學者就曾誤釋為「市」、「屯」等字。〔註 31〕由此可見，筆畫變形現象也是不容忽視的。下文列舉的「石」、「全」二字，前者曾被誤釋為「右」，後者曾被誤釋為「金」或「百」，如今運用筆畫變形條例分析，已經可以提出比較合理的說明。

釋「石」

《集成》4.1801 著錄一件湖南長沙出土的銅鼎，鼎蓋近環處、鼎蓋內面、鼎內都刻有相同的銘文，銘文云：「△釜刃」。

鼎銘△字，作「」、「」等形，除了「口」旁之外，其餘是由一道長豎畫與三道橫畫所構成。周世榮釋作「右」，《集成》、黃靜吟採用此說。〔註 32〕何琳儀改釋為「石」，黃錫全、劉彬徽採用此說。〔註 33〕

古文字所見的「又」字，多作「」（《粹 194》）、「」（侯馬盟書）、「」（中山王𰀋鼎）等形，都是由一道長畫與一道半圓形曲畫構成。戰國時期楚國「又」字，有些仍作「」（楚王酓肯鼎）、「」（包山簡 199）等形，有些將半圓形曲畫拉直，寫作「」（包山簡 199），表現出強烈的隸化傾向，但從未見類似△字的寫法。

〔註 30〕「筆畫變形」現象，也屬於文字構形變異的一種。楚國文字的「筆畫變形」現象，可參閱本論文第一章第三節。

〔註 31〕陳煒湛〈釋〉，《中山大學學報》1982 年 2 期，頁 64～66。

〔註 32〕周世榮〈湖南楚墓出土古文字叢考〉，《湖南考古輯刊》第一集（1982），頁 92；黃靜吟《楚金文研究》（高雄：中山大學博士論文，1997），頁 66。

〔註 33〕何琳儀《戰國文字通論》，頁 139；黃錫全〈楚幣新探〉，《中國錢幣》1994 年 2 期，頁 12；劉彬徽《楚銅》，頁 356。

　　楚國「右」字多作「」（大右人鑑）、「」（包山簡 44）等形，「石」字多作「」（包山簡 80）、「」（包山簡 199）等形，此二字形體頗為相似，乍看之下，有時會以為後者只是前者筆畫拉直的結果，但是深入觀察比較之後，就會發現「右」字是由兩筆構成，「石」字則是由四筆或五筆構成，二者構形特徵迥異。鼎銘△字，由四筆構成，應該釋為「石」。

釋「全」

　　楚國有一種單字銅貝，貝銘「」字（《貨系》4171），李家浩、朱活、汪慶正、曹錦炎等學者釋為「金」，黃錫全改釋為「百」，羅運環、楊楓等人則採兩說並存的態度。〔註34〕

　　楚國「金」字出現頻繁，有些沿襲殷商西周以來的寫法，作「」（以鄧匜）、「」（鄂君啟節）等形，有些將中豎畫兩旁的小點連寫，作「」（楚王酓忎鼎）、「」（仰天湖簡 16）等形，但從未見將中豎畫兩旁小點省略的例子，由此可知，貝銘「」字不能釋為「金」。

　　主張釋為「百」的學者，並未說明所持理由。戰國時期晉系文字所見「百」字，常作「」（盜壺）、「」（《古錢大辭典》218 號）等形，與貝銘「」字相比，二者形體極為接近，乍看之下，似乎可以做為貝銘應釋為「百」字的確證。但是，楚國「百」字相當常見，多作「」（敬事天王鐘）、「」（包山簡 115）等形，從未見作「」的例子。因此，將貝銘「」字釋為「百」，在楚國文字中，並無任何直接證據。

　　包山簡「全」字多作「」（簡 244），中豎畫上的短橫畫，有時會被省略，寫作「」（簡 241），有時會被換成小圓點，寫作「」（簡 210）。其中，包山簡 210 的寫法，與貝銘「」字完全相同，可以證明「」字應該釋為「全」。

　　楚國單字銅貝銘文，除了「全」字之外，還有「巺」（《貨系》4136）、「君」（《貨系》4163）、「忻」（《貨系》4168）、「行」（《貨系》4170）、「」（《貨系》

〔註34〕李家浩〈試論戰國時期楚國的貨幣〉，《考古》1973 年 3 期，頁 192；朱活〈蟻鼻新解——兼談建國以來山東出土的楚貝〉，見《中國考古學會第二次年會論文集》（北京：文物出版社，1982），頁 101；汪慶正《貨系》，頁 33；曹錦炎〈關於先秦貨幣銘文的若干問題〉，《中國錢幣》1992 年 2 期，頁 61；黃錫全《輯證》，頁 176；羅運環、楊楓〈蟻鼻錢發微〉，《中國錢幣》1997 年 1 期，頁 8。

4172）等字，這些銘文的意義，仍然有待深入研究。

第九節　結　語

　　上述各種構形變異現象，基本上也都見於春秋戰國各系文字，可以說是古文字構形演變的通則，但是楚國文字在演變過程中，卻因而產生許多其他區域文字罕見的新構形。

　　茲將本章各節例字中比較特殊的構形擇要列舉如下：

　　「豸」旁諸字改從「鼠」旁。

　　「戟」字從「建」聲作「􀀀」、「􀀀」。

　　「喬」字從「九」聲作「􀀀」、「􀀀」。

　　「既」字從「次」旁作「􀀀」、「􀀀」。

　　「身」字所從部件移動作「􀀀」。

　　「癸」字所從部件移動作「􀀀」形。

　　上述這些新構形，都罕見於其他區域文字，是比較具有楚國文字特色的寫法。

　　楚國文字所保存的構形，有些可以跟後代字書相互印證。譬如：

　　（1）「城」字從「􀀀」旁作「􀀀」，跟《說文》籀文「􀀀」相合。

　　（2）「組」字從「叔」聲作「􀀀」，跟《汗簡》「緎」相合。

　　（4）「聖」字訛作「􀀀」，根據此一構形，可以瞭解《說文》「從耳、呈聲」說法的由來。

　　（4）「复」字訛作「􀀀」，根據此一構形，可以瞭解《說文》「從畐省聲」說法的由來。

　　（5）「陰」字有些從「阜」旁作「􀀀」，有些從「日」旁作「􀀀」，可以分別跟《說文》「闇也」與「山之南、水之北也」的說解相印證。

　　對於楚國文字常見的變異方式有比較深入的認識之後，再回頭檢討歷來爭議未決的文字考釋問題，往往可以找到一些新的線索，有助於問題的解決。茲將筆者做過比較詳細論證的例字彙整列舉如下：

　　（1）包山簡 58「􀀀」字，舊有「募」、「暮」二說，筆者認為應釋為「暮」。

（2）包山簡 258「」字，舊有「腕」、「脩」二說，筆者認為應釋為「脩」。

（3）包山簡「」字，舊有「陰」、「郐」二說，筆者認為應釋為「郐」。

（4）包山簡「」字，舊有「陽」、「鄢」二說，筆者認為應釋為「鄢」。

（5）信陽簡 2.13「」字，舊有「景」、「禩」二說，筆者認為應釋為「禩」。

（6）楚簡「」、「」與「」字，舊多當作三個不同的字，筆者認為應該都是「瓶」字的異體。

（7）《集成》4.1801「」字，舊有「石」、「右」二說，筆者認為應釋為「石」。

（8）《璽彙》0183「」字，舊有「愧」、「奰」、「思」三說，筆者認為應釋為「愧」。

（9）《璽彙》0206「」字，舊不識，筆者認為應釋為「良」。

（10）《璽彙》0206「」字，舊不識，筆者認為應釋為「寇」。

（11）《貨系》4171「」字，舊有「金」、「百」二說，筆者認為應改釋為「全」字。

【校按】本章第八節考釋《璽彙》0206 相關內容初稿，曾以〈楚國官璽考釋（五篇）〉為題，發表於《中國文字》新 22 期，頁 209～221。

第五章　構形演變的類化與別嫌現象

第一節　前　言

　　構形「類化」現象，有些學者稱為「同化」現象，這是指字與字之間，或者部件與部件之間，某些相似的形體，後來進一步演變為相同的形體。構形「別嫌」現象，是指形體相似的兩個字，為了避免發生混淆，後來就發展出比較明顯的區別特徵。「類化」與「別嫌」二者，就構形演變現象而言，應該是一組相對的概念。「類化」是一種求同的演變，「別嫌」則是一種求異的演變，二者演變趨向雖然相反，但同樣都是受到相關字形影響而產生的構形演變現象。

第二節　類　化

　　文字構形隨著時代的推移，逐漸喪失圖形性，在書寫者的意識中，往往只是區別不同音義的符號，如此一來，起源完全不同的字，有時只因某些形體特徵雷同，便會在相互影響的情況下，採取類似的方式變化字形，甚至演變出完全相同的字形。書寫者所以會受到相關字形的影響，而去改動原字的構形，有時是無意之間誤寫，有時則是企圖使該字構形更加符合造字理據。

　　書寫者在什麼情況下，比較有可能受其他相似字形的影響，而去改動文字原有的構形呢？劉釗指出：

　　這種影響或來自文字所處的具體的語言環境，或來自同一系統內其
它文字，或來自文字本身。〔註1〕

筆者根據劉釗的意見，將古文字構形類化現象，概略劃分為如下三種類型：
（一）受鄰近部件影響而類化，刺激的力量來自同一個字的相鄰部件，因而
可以稱為「自體類化」。（二）受形近部件影響而類化，刺激的力量來自另一
個字的形近部件，因而可以稱為「形近類化」。（三）受上下文字形影響而類
化，刺激的力量來自上下文的字形，因而可以稱為「隨文類化」。

　　本章所謂「形近類化」，與第五章所謂「形近訛混」，都是指因形體相近而
引起的構形演變現象，二者在形態上相當類似，不容易嚴格區別。但因本論文
將「形近訛混」現象，放置在第四章「偏旁替換」的架構中，專指偏旁與偏旁
之間的替換現象。為了有所區隔，本章所謂「形近類化」，就專指由無獨立音義
的部件訛變為某一特定形體的演變過程。

　　「形近類化」現象，誠如龍宇純師所說，可以再區分為兩小類，一類是指
「甲乙形近甲變為乙」的類化現象，另一類是指「相近諸體變為另一體」的類
化現象。〔註2〕為了方便描述，前者姑且稱之為「個別形近類化」，後者姑且稱
之為「集團形近類化」。

一、自體類化

　　一字之內，兩個位置相鄰或相對的部件，其中一個的構形常會受另一個的
影響，二者形體逐漸變得相似或相同，這種演變現象，筆者稱之為「自體類
化」。一個字經歷「自體類化」之後，其構形有時會變得跟另一個字完全相同，
造成所謂的「同形異字」現象。下文所舉的「赤」字，偶見訛作「夵」，已
跟「炎」字同形，就是一個典型的例子。因「自體類化」而產生的新構形，基
本上只是一種訛變形體，多數後來都歸於淘汰，很少流傳下來。

　　例1、「翡」字
　　望山簡2.13「翡翠」的「翡」字，從羽、肥聲，既作「羿」，又作「羿」，
後者所從「羽」旁的左半，可能是受下方「肥」旁所從「肉」旁的影響，也跟

〔註1〕劉釗《古文字構形研究》（長春：吉林大學博士論文，1991），頁155。
〔註2〕龍宇純師《中國文字學（定本）》（台北：五四書店，1994），頁290～303。

著訛變為「肉」旁。

例 2、「赤」字

「赤」字從大、火會意，殷墟卜辭作「」（《乙》2908），西周金文作「」（麥鼎）。

楚國「赤」字多作「」（信陽簡 2.5），但也有許多例子作「」（包山簡 276），後者位於上方的「大」旁，可能是受下方「火」旁的影響，也在兩側各加一道短斜畫，於是變得與「亦」旁同形。〔註3〕至於楚屈子赤角臣蓋「赤」字作「」，上半所從的部件，應該是由「大」旁類化為「亦」旁之後，再度訛變而成。

包山簡 276 云：「白金之鈇，赤金之鉼」，包山簡 272 云：「金之鈇，白金之鉼」，二簡的辭例相同，可以證明「」字應該釋為「赤」。望山簡 2.40「赤金」一詞，「赤」字也作此體。「」字上方所從的「大」旁，可能受下方「火」旁的影響，也訛變為「火」旁，導致整個「赤」字的構形，變得與從二火的「炎」字同形無別。

例 3、「死」字

「死」字殷墟卜辭作「」（《前》5.4.3），西周金文作「」（盂鼎），都以人拜於朽骨之旁會意。楚簡多作「」（包山簡 42）、「」（包山簡 27）、「」（包山簡 151）等形，表示朽骨的「歺」旁，形體產生多種變化。此外，還有幾個例子作「」（望山簡 1.48）、「」（望山簡 1.176）等形。前者「歺」旁受「人」旁的影響，下半段也類化為「人」形。後者可能因訛變後的「歺」旁已經包含「人」形部件，於是就將原有的「人」旁省略。

例 4、「辰」字

「辰」字殷墟卜辭多作「」（《甲》2380），西周金文多作「」（盂鼎）。楚國簡帛「辰」字，都增添義符「日」旁。「日」旁位於下方者，多作「」（九店簡 56.19），初文「辰」旁大致還能維持原貌。但是，「日」旁位

〔註 3〕古音「亦」字在喻紐、鐸部，「赤」字在昌紐、鐸部，二字聲近韻同。簡文「赤」字所從的「大」旁訛變為「亦」旁，白於藍認為屬於變形音化現象，可備一說。參閱白於藍〈包山楚簡零拾〉，見《簡帛研究》第 2 輯（北京：法律出版社，1996），頁40。

於上方者，多作「」（包山簡 184）、「」（包山簡 186）等形，初文「辰」旁可能是受「日」旁影響，多訛變作「日」形或「甘」形。

二、個別形近類化

所謂「個別形近類化」現象，係指一個字的構成部件，受到另一個形近字的影響，導致形體變得跟那個形近字一樣。「個別形近類化」現象，多半可以由演變的結果反推回去，知道是受哪一個字影響而起變化的。一般來說，「個別形近類化」的演變趨向，多數是由罕見之形演變為習見之形，由無音義的部件演變成有音義的偏旁。

例 1、「戠」字

「戠」字殷墟卜辭多作「」（《前》4.4.4）、「」（《京津》4302）等形，西周金文多作「」（免簋）、「」（豆閉簋）等形。大徐本《說文》分析為「從戈、從音」，「戠」字是否從「音」，還可以再作討論，但絕非從「昔」，則是可以肯定的。

楚簡「昔」字，作「」（天星觀簡）、「」（九店簡 56.44）、「」（信陽簡 1.87）等形。「戠」字作「」（包山簡 32）、「」（包山簡 90）、「」（包山簡 84）、「」（包山簡 248）、「」（包山簡 243）等形，「戈」旁下方所從的部件都類化為「昔」旁，且其形體演變歷程跟「昔」字的演變歷程基本一致。

例 2、「夏」字

西周春秋時期的「夏」字，多作「」（秦公簋）、「」（仲夏父鬲）等形，根據字形結構判斷，原本應該是個跟人有關的象形字，當作夏季義應該是假借用法，後來增添「日」旁，從而造出表示夏季義的專字。〔註4〕

戰國時期楚國「夏」字，表示腳形的部份，都跟表示軀幹的部份分離開來，斷裂成兩個部件。「夏」字的構形，經過上述訛變之後，象形的原貌遭到嚴重破壞，因而刺激構形產生更加激烈的變化。

楚簡所見「夏」字，主要有如下幾種構形：

〔註4〕曹定雲〈古文「夏」字考——夏朝存在的文字見證〉，《中原文物》1995 年 3 期，頁 65～75。

a　（包山簡 67）　　　b　（天星觀簡）

c　（包山簡 128 反）　　d　（包山簡 115）

e　（上海博物館藏簡）

上述這些字形，表示軀幹的部份都類化為「頁」旁，表示腳形的部份則有多種不同變體。a 式類化為「止」旁，c 式類化為「女」旁，d 式類化為「虫」旁。b 式則因 a 式的「日」旁與「止」旁組成上下式結構，與「是」字形體極為相似，因而進一步類化為「是」旁。e 式則是以 d 式為基礎，省略「頁」旁的結果。

《三體石經・僖公》古文「夏」字作「 」，應該是由 b 式省略「頁」旁而來，其構形演變過程，與 d 式省略「頁」旁變為 e 式大致相同。

例 3、「執」字

「執」字殷墟卜辭多作「 」（《前》5.36.4），象人手著刑具之狀。西周金文多作「 」（兮甲盤）、「 」（不嬰簋）、「 」（多友鼎）等形，表示人體的「丮」旁，與刑具分離為二，有些還將腳形標示出來，有些腳形部件進一步訛變為「女」旁。

春秋戰國時期東土各國的「執」字，「丮」旁所從的腳形部件多訛為「女」旁，作「 」（侯馬盟書）、「 」（中山王墓兆域圖）等形。楚簡多作「 」（包山簡 137）、「 」（包山簡 15）等形，「丮」旁斷裂為上下兩半，上半類化為「舟」旁，下半類化為「女」旁。楚簡「執」字，另有不少例子作「 」（包山簡 120），以「攴」旁代替已經訛變不可識的「丮」旁。

例 4、「羕」字

「羕」字從永、羊聲，《說文》訓為「水長也」。「永」字殷墟卜辭多作「 」（《甲》2414），西周金文多作「 」（牆盤）、「 」（頌鼎）等形，劉釗分析為「從彳、從人」。〔註 5〕

楚國「永」字，獨體時都跟西周金文寫法相近，但在當作偏旁時，形體往

〔註 5〕劉釗〈釋「 」「 」諸字兼談甲骨文「降永」一辭〉，《殷墟博物苑苑刊》創刊號（1989），頁 169～170。

往發生激烈變化。姑以「羕」字為例，至少就有如下幾種寫法：

a 　（子季嬴青匜）　　b 　（鄴戈）

c 　（包山簡 221）　　d 　（羕陵公戈）

e 　（郦陵君王子申豆）

　　這些「羕」字所從「永」旁的形體，都發生了激烈的變化。a 式寫法，與西周金文相同。b–d 式寫法，訛變為三人相從之形，與「聚」字作「」（九店簡 56.15），「眾」字作「」（楚帛書），構形大致相同，有可能是受「聚」、「眾」等字影響而類化的結果。e 式所從的「永」旁，進一步訛變為三豎畫，與上方「羊」旁的二橫畫並觀，很容易使人誤以為是從示、羊聲的「祥」字。

例 5、「樂」字

　　「樂」字殷墟卜辭多作「」（《京津》3728），西周金文多作「」（瘋鐘），其下都從「木」旁。春秋戰國時期北方諸國的「樂」字，諸如侯馬盟書、石鼓文、邾公華鐘、命瓜君壺等，多承襲西周金文寫法。

　　春秋戰國時期楚國「樂」字，常訛變作「」（王孫誥鐘）、「」（王孫遺者鐘）、「」（天星觀簡）等形，所從「木」旁因與「火」、「矢」二字形體相近，後二者的「木」旁受其影響，分別類化為從「火」與從「矢」。改從「火」旁的「樂」字，也見於楚系其他國家文字。徐國的沈兒鐘「樂」字作「」，就是一個明顯的例子。

三、集團形近類化

　　「集團形近類化」現象，係指好幾個原本構形互不相同的字，後來都陸續演變成同一個形體。此類現象的演變過程錯綜複雜，究竟是哪一個字受哪一個字的影響，往往很難徹底釐清。

　　在戰國中晚期的楚國文字中，「集團形近類化」現象已經相當盛行。但因篇幅的限制，本節只能舉出五組例證，而且所選用的例字僅限於有商周文字資料可以對照的常用字。

　　龍宇純師曾經指出，相近諸體變為另一體的類化現象，似僅見於隸楷之中，

小篆以前文字未見有此。〔註6〕黃文杰曾經考察睡虎地秦簡的文字構形，發現許多形體相同的偏旁或部件，往往來源於多個不同的古文字。〔註7〕這項事實顯示，戰國晚期秦國古隸的構形，已經出現「集團形近類化」現象。如今，「集團形近類化」現象開始盛行的時間，根據楚國古隸資料推斷，至少可以向上追溯到戰國中晚期。

例1、「南、兩、備、害、魚」等字

「南、兩、備、害、魚」等字，在殷商西周文字中都不從「羊」旁，但因它們都含有一個與「羊」字形體相近的部件，到了戰國時期的楚國文字中，那些部件就都逐漸類化為「羊」旁。

例字	商周文字	楚國文字	
南	盂鼎	包山簡 153	包山簡 154
兩	㳂皇父簋	包山簡 111	包山簡 115
備	㝬簋	包山簡 213	
害	毛公鼎	包山簡 219	包山簡 244
魚	番生簋	包山簡 256	

例2、「彔、酆、寡、光、備、戮、麃」等字

「彔、酆、寡、光、備、戮、麃」等字，在戰國時期的楚國文字中，都有一個「」形部件。觀察這些字的早期寫法，大多含有「人」形部件，或在字的下半段有一道長豎畫。「」形部件的形成，大概是在這些形體的基礎上，增添若干短斜畫而來。上述諸字「」形部件的形成過程，依照現有資料的時代先後來看，大概是以「彔」字為最早，最遲在西周時期的頌鼎、癲鐘等器銘文中，「彔」字已作「」形。

〔註6〕龍宇純師《中國文字學（定本）》，頁 290～303。
〔註7〕黃文杰〈睡虎地秦簡文字形體的特點〉，《中山大學學報（社會科學版）》1994 年 2 期，頁 129～131。

例字	商周文字		楚國文字	
彔		《粹》501		包山簡 269
豐		頌鼎		王子申盞
寡		中山王𧻚鼎		天星觀簡
光		《前》3.33.5		包山簡 207
備		叔簋		楚帛書
戮		詛楚文		信陽簡 1.1
鷹		叔朕匿		包山簡 265

例 3、「君、庚、陳、量、戰、融、冒」等字

「君、庚、陳、量、戰、融、冒」等字，在戰國時期的楚國文字中，都有一個「𡰪」形部件。觀察這些字的早期寫法，大概都有「日」形或「田」形部件，所以「𡰪」形部件可能是由「日」形或「田」形部件訛變而來。

例字	商周文字		楚國文字			
君		《存》1507		鄂君啟節		信陽簡 1.51
庚		《後》上 5.1		楚嬴盤		包山簡 7
陳		齊陳曼匿		包山簡 7		
量		量侯簋		包山簡 53		
戰		妾壺		楚王酓忎鼎		
融		瘋鐘		包山簡 237		
冒		九年衛鼎		包山簡 131		

例4、「者、真、革、冑、死、游、啻」等字

「者、真、革、冑、死、游、啻」等字，在戰國時期的楚國文字中，都有一個「人」形部件。這個部件絕大多數是位於該字頂端，不過也有少數例外。「啻」字或作「」（包山簡154），「人」形部件位於該字中間，就是一個比較特別的例子。至於這個部件究竟是如何產生的，目前還無法清楚得知。

例字	商周文字	楚國文字	
者	兮甲盤	包山簡27	
真	石鼓文	包山簡265	
革	康鼎	包山簡271	
冑	中山王鼎	包山簡207	
死	《甲》1165	包山簡158	包山簡151
游	《鐵》132.1	包山簡188	
啻	師西簋	包山簡154	

例5、從「目、見、貝、酉、且、童……」等旁諸字

「目、見、貝、酉、且、童、蜀、冑、复、貞、睘」等偏旁，以及從這些偏旁的字，在戰國時期的楚國文字中，往往都有一個「目」形部件。觀察這些字的早期寫法，多數都有一個以「○」形部件為基礎構成的部件，到了戰國時期，在類化風氣盛行的影響下，那些原本不作「目」形的部件，後來也都演變出「目」形部件的寫法。

除了從上述偏旁的字之外，在戰國時期的楚國文字中，還有許多字也都演變出「目」形部件。譬如：「戠」字或作「」（包山簡128）、「衡」字或作「」（天星觀簡）、「福」字或作「」（包山簡205）等等。由於楚國文字中，包含有「目」形部件的字，數量過於龐大，無法在此一一列舉，下文只能選錄若干個有商周文字可以對照的常用字為例。

例字	商周文字		楚國文字			
相		相侯簋		楚帛書		
見		《存》下 45		鄂君啟節		包山簡 135
蜀		《乙》1010		雨台山竹律管		
敗		師旂簋		鄂君啟節		包山簡 90
得		《粹》262		楚帛書		
酉		師酉簋		包山簡 203		
組		虢季氏子組壺		包山簡 268		
鐘		盧鐘		㠱子受鐘		信陽簡 2.18
環		毛公鼎		望山簡 1.54		
胃		吉日壬午劍		楚帛書		
復		《粹》1058		楚帛書		
貞		散盤		包山簡 210		
眾		《前》7.30.2		楚帛書		
膚		弘尊		信陽簡 2.15		

四、隨文類化

　　一個字受上下文構形的影響，因而增添或更換一些部件，這種構形演變現象，筆者稱之為「隨文類化」。

　　「隨文類化」的現象，在歷代典籍中不乏其例，這裏姑以先秦兩漢文獻為

範圍，略舉數例，簡單說明如下。

一、《詩‧豳風‧鴟鴞》：「徹彼桑土」，《韓詩》「土」字寫作「杜」，這是下
　字受上字影響而類化的例子。

二、《左傳‧僖公十六年》：「隕石於宋五」，《說文》「隕」字寫作「磒」，這
　是上字受下字影響而類化的例子。

三、《詩‧魯頌‧駉》：「有駰有騢」，《釋文》「騢」字寫作「騢」，這是受相
　鄰詞彙隔字影響而類化的例子。

四、《詩‧小雅‧正月》：「謂天蓋高，不敢不局。謂地蓋厚，不敢不蹐。」，
　　《釋文》「局」字寫作「跼」，這是受相鄰短句隔句影響而類化的例子。

　「隨文類化」的現象，在通俗文獻中也相當普遍。以敦煌寫本為例：「石
榴」或作「石磂」（伯2838《傾杯樂》詞），「滋味」或作「嗞味」（伯2418《父
母恩重經講經文》），「排比」或作「排批」（斯548《太子成道經》），「究竟」
或作「究寬」（伯3079《維摩詰經講經文》）。這類例子還有很多，不一一列舉。
〔註8〕

　「隨文類化」的表現方式，主要有兩種類型，一是更換義符，另一是增添
義符。姑以下文所舉的楚簡「糸」旁諸字為例，「纙」字是在「裏」字的基礎
上，以「糸」旁代替「衣」旁而成，屬於前一類型。「絑、紛、絑、絈、纊」
等字，則是在「生、丹、朱、白、黃」等假借字的基礎上，增添義符「糸」旁
而成，屬於後一類型。仔細觀察這些新構形出現的語境，通常上下文都是一長
串從「糸」旁的字，所以筆者懷疑這些從「糸」旁的新構形，很可能是「隨文
類化」的結果。

　「裏」字寫作「纙」，音義並未發生變化，可以確定二者是同一個字的異體。
這類更換義符的例子，也可以劃歸第四章「構形變異現象」中。筆者所以將「纙」
字安排在本段落中，是想藉此進一步說明楚簡「裏」字寫作「纙」的可能原因。

　楚簡「絑、紛、絑、絈、纊」等字，跟「生、丹、朱、白、黃」等字相比，
二者的字義已經有所不同，應該將它們看做有衍生關係的兩組字。這類演變現
象的探討，基本上屬於「文字分化」的範疇。雖然如此，但因楚簡這兩組字的
用法與字義完全相同，就書寫者的觀念來說，很可能將假借字與增添義符的分

〔註 8〕張涌泉《漢語俗字研究》（長沙：岳麓書社，1995），頁62～69。

化字，當作同一個字的異體。從這個角度出發，也可以將上述現象納入「構形演變」的討論範疇中。筆者所以將這些例字安排在本段落中，是想運用「隨文類化」的觀點，嘗試進一步說明楚簡這幾個字為何會增添「糸」旁。

楚簡「生、丹、朱、白、黃」等字，所以經常寫作「絓、紽、絑、紿、纁」等形，可以有「文字分化」與「隨文類化」兩種詮釋方式。講成「文字分化」，是就文字演變的結果考量。講成「隨文類化」，是從造成文字演變的原因立論。演變結果的陳述，因為事實俱在，比較不會引起爭議。演變原因的探討，難免涉及猜測，比較不容易確切證明。雖然如此，筆者還是願意將觀察所得的現象提出，拋磚引玉，希望能藉此引起學者更為深入的討論。

例 1、「裏」字

楚簡屢見「綠裏」（包山簡 262）、「黃裏」（望山簡 2.6）、「紫裏」（包山簡 263）之類的複合詞，這些「裏」字都是表示絲織品的內裏。《說文》：「裏，衣內也。從衣，里聲。」上述楚簡「裏」字，應該就是用其本義。

楚簡「裏」字，多從「衣」旁作「裏」，但也有少數從「糸」作「纑」。譬如：包山簡 268「丹黃之裏」、仰天湖簡 18「紡衣綠裏」等句，「裏」字都是從「糸」旁。「糸」是製作「衣」的質材，二者的字義密切相關，按理應該可以互相替換。

在現有的楚簡中，「纑」字只出現在包山簡 268，以及仰天湖簡 11、14、18 等四筆資料中。包山簡 268 共有 41 個字，其中有 21 個字從「糸」旁。仰天湖簡 11 共有 11 個字，其中有 6 個字從「糸」旁。仰天湖簡 14 共有 13 個字，其中有 5 個字從「糸」旁。仰天湖簡 18 共有 8 個字，其中有 3 個字從「糸」旁。在這四筆資料中，「纑」字的上一字或下一字，至少都有一個從「糸」旁的字。

根據「纑」字出現的語境判斷，有可能是「裏」字受上下文從「糸」旁諸字的影響，因而改換義符，變成從「糸」旁的「纑」字。楚簡中的「纑」字，只是「裏」字的異體。包山簡 268 的「裏」字，〈包釋〉釋為「纑」。《包 92》、《包 96》與《楚編》三書，都沿用〈包釋〉的釋文，為「纑」、「裏」二體分立兩個字頭。這種處理方式，有待商榷。

從「糸」旁的「纑」字，又見於《玉篇》，訓作「文也」。楚簡與《玉篇》的

「絰」字，字義相隔頗遠，不像是同一個字的異體，很可能只是兩個不同時代的字，構形偶然巧合而已。

例2、「生」字

天星觀簡屢見「生絵（錦）之常」、「生絵之純」、「生絵之童」等句，在包山簡與望山簡中，也經常出現「生絵」、「生絲」之類的語詞。簡文「生錦」一詞，可能是指未經漂煮的錦布，與「熟錦」一詞相對。

表示「生錦」義的「生」字，在包山簡中，有時會增添「糸」旁。譬如：包山簡272「生錦之童」，「生」字就寫作「絅」。包山簡「絅」字，總共出現8次，分別是在簡267、268、271、272、275、277與牘1，其中簡275出現兩次。觀察這些「絅」字使用的語境，上下文也都是一長串從「糸」旁的字，尤其在「絅」字的上一字或下一字中，至少都有一個從「糸」旁的字。

《說文》：「生，進也。象草木生出土上。」楚簡以「生」字表示「生錦」義，屬於假借用法，增添「糸」旁的「絅」字，則是表示「生錦」義的分化專字。根據「絅」字出現的語境判斷，有可能是「生」字受上下文從「糸」旁諸字的影響，跟著增添「糸」旁演變而成。

例3、「丹、朱、白、黃」等字

望山簡屢云：「靁光之純，丹紌之綢」，這組句子在簡2.48中出現兩次，「丹」字一作「目」，另一增添「糸」旁作「𦀖」。「丹」字有赤色義，於上述簡文表示衣物的顏色。增添「糸」旁的「紒」字，則是表示赤色絲織品的後起專字。

楚簡「朱、白、黃」三字均用以表示顏色義，它們跟「丹」字一樣，都曾出現增添「糸」旁的寫法。下文各舉一例，以作說明。包山簡269「絑（朱）縞」，包山簡263「一秦縞之絈（白）裏」，仰天湖簡8「一紫絵（錦）之筶（席）繢（黃）裏」。其中，「絑」、「絈」、「繢」三字，依序讀作「朱」、「白」、「黃」，都是在表示顏色義的假借字上增添「糸」旁，使之成為表示絲織品顏色的專字。

「絑」字也見於《說文》，訓為「純赤也」。《段注》認為「朱」字本為木名，「絑」字才是赤色義的本字。西周金文已有表示赤色義的「朱」字，作「米」

（此篡）、「 」（師酉簋）等形，而增添「糸」旁的「絑」字，目前僅見於時代較晚的戰國楚簡。因此，與其把「絑」字看做赤色義的本字，倒不如解釋為表示赤色義的後起專字。

至於「絈」、「纊」二字，皆見於《集韻》。《集韻》以「絈」字為「帕」字或體，其義為「頭巾」，「纊」字則訓作「繩束也」。楚簡「絈」、「纊」二字，是由「白」、「黃」二字增添「糸」旁而來，雖與《集韻》「絈」、「纊」二字形體相同，但彼此字義相隔甚遠，不太可能是同一個字的異體，這兩組字的關係，大概只是不同時代所造的同形字。

觀察「絑」、「絑」、「絈」、「纊」等字出現的語境，上下文也都是一長串從「糸」旁的字，尤其在這幾個字的上一字或下一字中，幾乎至少都有一個從「糸」旁的字。因此，筆者認為這些字形成的過程，或許也可以用「隨文類化」的觀點來解釋。

根據上文所述推論，表示顏色義的「紅」、「綠」二字，所以會從「糸」旁，造字背景可能與「絑」、「絑」、「絈」、「纊」等字相似，都與當時的織染工藝有關。筆者推測這些字形成的過程，可能都先經過假借階段，後來在記錄與織染工藝有關的內容時，隨文類化增添「糸」旁，成為記錄顏色義的專字。

由於這些從「糸」旁的顏色字，多半是書寫者隨文類化臨時創造出來的新字形，並未達到約定俗成的程度，所以多數終歸淘汰。譬如：「絑」字僅見於戰國楚簡，隨即淘汰不用，未再出現於秦漢以下的文獻；「絑」字雖與「朱」字同時保留在《說文》中，但因大家仍舊習慣借用「朱」字，「絑」字事實上也已廢棄不用；「絈」、「纊」二字，雖然保留在《集韻》中，但所記錄的語言已經換成「頭巾」與「束繩」，至於用以記錄顏色義的「絈」、「纊」二字，只在戰國時期曇花一現而已；真正被保留下來，並且沿用至今的「糸」部顏色字，唯有「紅」、「綠」二字。

同樣是從「糸」的顏色字，有些被保留下來，有些被淘汰掉，有些則在淘汰之後又被用來記錄其它語言，演變結果各不相同，這種現象大概就是所謂的「約定俗成」。

第三節　別　嫌

　　文字既是記錄語言的符號，那麼文字與語言的對應關係，自然是以一對一的狀態最為理想，而且每個字形彼此間最好都有明顯的區別特徵，如此才能避免因形同或形近而產生混淆，進而影響文字記錄語言的功能。

　　理論上雖然如此，事實上，一個字形記錄兩個詞的情況卻屢見不鮮，這種現象有些學者稱之為「同形異字」或「同形字」。〔註9〕同形異字的現象，在古文字中並不罕見，譬如殷墟卜辭的「月」字與「夕」字、「立」字與「位」字、「帚」字與「婦」字等等，都是大家耳熟能詳的例證。類似現象，在今日通行的楷書中，其實並未完全絕跡，譬如「月」旁與「肉」旁，在一般人的書寫習慣中，還是經常混用無別。〔註10〕

　　兩個字的形體太過接近，或是一個字形記錄兩個詞，都會造成書寫與閱讀的困擾，是個不合理的現象。因此，在文字發展過程中，那些形近易混的字形，常會出現自我調整的現象，逐漸發展出比較明顯的區別特徵。這種構形演變趨向，從其功能來講，可以稱為「別嫌」。

　　楚國文字所見的別嫌措施，主要有「改造形體以別嫌」與「附加符號以別嫌」兩種方式。

一、改造形體以別嫌

　　形體相同或相近的兩個字，為了避免彼此混淆，其中一個常會改造形體，以便跟另一個有比較明顯的區別。基於別嫌而改造字形的現象，所採用的改造方式，主要有兩種類型，一是增刪既有的筆畫，另一是誇大筆畫既有的特徵。下文所舉的「中」、「甲」、「舟」等字屬於前一種類型，「而」、「亓」等字屬於後一種類型。

〔註 9〕戴君仁〈同形異字〉，《台大文史哲學報》第 12 期（1963），頁 21～37；龍宇純師〈廣同形異字〉，《台大文史哲學報》第 36 期（1988），頁 1～22；裘錫圭《文字學概要》（台北：萬卷樓圖書有限公司，1994），頁 237～248。

〔註10〕教育部頒定的《標準國字字體表》，雖然試圖規定將「肉」旁寫作「月」形，以便跟「月」旁有所區別，但一般人仍常把二者混用。根據報紙刊載，懸掛在教育部大門口的「教育部」匾額，其中「育」字所從的「肉」旁，還是寫作「月」形，並未依照所謂的「標準國字字體」修改。

例1、「中」字

「中」字的字義，按照一般的理解，是以「中正」為其本義，引申而有「伯仲」義，這兩個字義既然有別，從文字分化的觀點來看，它們在字形上也有可能會產生相應的區別。殷墟卜辭與西周金文的「中」字，表示「中正」義時多作「　」（《粹》597），表示「伯仲」義時多作「中」（《甲》187），後者所以將象旗游形筆畫省略，大概就是為了跟前者的字形有所區別。〔註11〕

「中」字這種改造字形以區別字義的現象，仍然保存在春秋戰國時期的楚國文字中。姑以楚國金文為例：王孫誥鐘、王孫遺者鐘、鄂君啟節、中陽鼎等，表示「中正」義的銘文都作「　」形；楚王鐘、楚屈子赤角匜蓋等，表示「伯仲」義的銘文都作「中」形。楚國「中」字，藉著不同構形區別字義的方式，與上述殷商西周文字一致。

秦漢以下文字，「伯仲」義的「中」字，多從「人」旁寫作「仲」，已經分化為兩個字。

例2、「甲」字與「七、十、田」等字

殷墟卜辭「甲」字多作「十」形（《後》上3.16），「報甲」的專用字則作「田」形（《甲》632）。西周金文「甲」字，有「十」（利簋）、「田」（兮甲盤）兩種構形。前者跟「七」、「十」兩字形體相近，後者跟「田」字形體相近，都很容易發生混淆。

「甲」字在春秋時期仍作「十」形（侯馬盟書），與西周金文相同。到了戰國時期，基於別嫌的考量，逐漸發展出多種訛變的形體，曾國文字作「　」形（曾侯乙墓簡122），楚國文字多作「　」（包山簡12）、「　」（包山簡82）、「　」（包山簡46）等形，秦國文字多作「　」（陽陵虎符）、「甲」（睡虎地秦簡）等形。這些寫法儘管各具區域特徵，但都是由西周金文中類似「田」字的形體演變而來。

〔註11〕《甲骨文字詁林》按語說：「羅振玉以為卜辭中正之中作　，伯仲之仲作中，吏字所從之中作中，三形判然不相混淆。一般地說來，卜辭中字諸形，是有這種區別，但也有少數例外。……我們的意見是，應當承認卜辭中、仲諸字的用法基本上是有區別的，不能因為個別的例外而否定這一基本上的區別。」詳閱于省吾主編《甲骨文字詁林》（北京：中華書局，1996），頁2932～2943。

例 3、「舟」字與「肉」字

殷墟卜辭「舟」字多作「 」形（《前》7.21.3），「肉」字多作「 」形（《甲》3319「祭」字所從），二者形體區別相當明顯。到了西周金文，「舟」字多作「 」（舟簋），「肉」字多作「 」（弘尊「膚」字所從），二者形體逐漸接近。到了戰國時期，這兩個字訛混的情形已經相當嚴重。

為了避免形近訛混帶來的困擾，戰國時期「舟」旁的形體逐漸發生變化，慢慢地又與「肉」旁有了明顯的區別。以包山簡「舟」旁諸字為例：

前		（包山簡 145）		（包山簡 122）
受		（包山簡 18）		（包山簡 130）
盤		（包山簡 97）		（包山簡 265）

左欄是戰國時期的正體，右欄是改造後的變體，二者構形區別明顯。

「舟」旁上述訛變寫法也見於其他區域文字，例如：曾侯乙墓簡「朕」字或作「 」（簡 124），燕國重金方壺「受」字作「 」，趙國「榆即（次）」布「榆」字或作「 」。〔註 12〕

「舟」旁形體改造之後，既然與「肉」旁形體有了明顯區隔，按理推想，二者應該不會再有混用的情形。事實上，大概因為此二字長期混用，某字究竟應該從「肉」或從「舟」，當時人可能已經無法釐清，所以偶而仍可發現摻雜混用的例子。譬如：「祭」、「胃」、「膚」三字，楚簡多從「肉」旁，分別作「 」（包山簡 237）、「 」（包山簡 86）、「 」（包山簡 191）等形，但也有少數例子訛從「舟」旁，分別作「 」（包山簡 225）、「 」（包山簡 129）、「 」（包山簡 243）等形。

例 4、「而」字與「天」字

春秋戰國時期，「天」字多作「 」（石鼓）、「 」（中山王𡊄鼎）等形，「而」字多作「 」（石鼓）、「 」（中山王𡊄鼎）等形，二者形體極為相似，很容易產生混淆。

〔註 12〕李家浩〈信陽楚簡「澮」字及從「夬」之字〉，《中國語言學報》第 1 期（1982），頁 191～192；吳振武〈釋「受」並論盱眙南窰銅壺和重金方壺的國別〉，《古文字研究》第 14 輯（1986），頁 51～58。

在楚國簡帛文字中，「天」、「而」二字也經常出現糾纏不清的情形。為了歸納這兩個字的區別特徵，底下先根據辭例判斷，將可以肯定的字形臚列如下：

天　a.　（楚帛書「天地」）

　　b.　（天星觀簡「二天子」）

　　c.　（信陽簡 1.26「天欲貴」）

　　d.　（信陽簡 1.12「天君」）

　　e.　（包山簡 219「二天子」）

　　f.　（包山簡 243「二天子」）

　　g.　（包山簡 215「二天子」）

　　h.　（包山簡 213「二天子」）

　　i.　（范家坡簡「上天」）

而　j.　（包山簡 137「違荷而逃」）

　　k.　（包山簡 92「而得之於繩之室」）

　　l.　（包山簡 13「漾陵之參璽而在之」）

　　m.　（包山簡 146「而不交於新客者」）

　　n.　（范家坡簡「東而東西而西」）

　　o.　（九店簡 56.19「無為而可」）

　　楚簡「天」、「而」二字的構形區別特徵，根據上述字形資料，可以歸納出如下幾點：

（一）「天」字表示兩腳的筆畫多半是向外張開，從未見向內收的例子，

這是「天」字最重要的構形特徵。

（二）「而」字下垂的筆畫多半都會向內收，中間兩筆彎曲的弧度尤其明顯，這是「而」字最重要的構形特徵。

（三）「天」字表示兩手的筆畫，有時會變成一橫畫作「￢」；可是「而」字從未見此一形體。

（四）「天」字表示兩手與兩腳的筆畫，有時會斷裂為上下兩截作「兲」形；可是「而」字從未見此一形體。

（五）「天」字在表示右腳的筆畫上，有時會增添一道短斜畫作「兲」；可是「而」字從未見此一形體。

由此可見，楚人為了避免「天」、「而」二字產生混淆，曾經嘗試過好幾種別嫌措施，其中最重要的區別特徵，在於這兩個字下垂筆畫的寫法，「天」字會誇大地向外開張，「而」字則會誇大地向內收斂。

例 5、「兀」字與「几」字

獨體的「兀」字，在楚簡中極為常見，多作「兀」（包山簡 15 反）、「兀」（包山簡 4）、「元」（楚帛書）等形，下垂的兩筆都很明顯地向外開張，無一例外。

楚國文字獨體的「几」字，目前僅見於包山簡遣冊作「亢」（簡 260）。這個字跟「床」、「策（簀）」等物並列，可以肯定必是「几」字。偏旁中的「几」字，多作「亢」（包山簡 7）、「立」（包山簡 3）等形，下垂的兩筆多呈微微向內收斂之形，與「兀」字明顯向外開張的寫法相比，二者的構形迥然有別。

「兀」、「几」二字的區別特徵，在於下垂兩筆究竟是外張或內斂，而不在於底部是兩短橫或一長橫。「亢」與「立」兩種形體，都是「几」字的異體，後者只是將底部那兩道短橫畫連寫成一道長橫畫，這類筆畫接合現象，在戰國時期的楚國文字中例證很多。楚簡「賽」字，既作「賽」（包山簡 208）、「賽」（秦家嘴簡 99.14）等形，又作「賽」（包山簡 149）、「賽」（秦家嘴簡 1.3）等形，後面兩種構形所從的「工」形部件，筆畫都有接合現象，可以做為佐證。

二、附加符號以別嫌

在一組形近易混字中，選擇其中一個，增添筆畫簡單的別嫌符號，以便跟另一個形成比較明顯的區別，也是古文字常見的別嫌手法。別嫌符號有時會添加在字形空隙較大的地方，有時會添加在該字的外圍。下文所舉的「玉」、「音」等字屬於前一種類型，「肉」、「安」等字屬於後一種類型。

例1、「玉」字與「王」字

「玉」字殷墟卜辭多作「羊」（《佚》704）、「羊」（粹12）等形，象成串玉佩之形。西周金文多作「王」（縣妃簋），跟「王」字作「王」（頌簋）相比，二者的構形十分相似。

戰國時期楚國「玉」字，為了與「王」字有比較顯著的區別，往往會在間隙處添加別嫌符號，寫作如下幾種構形：

a　玉　（秦家嘴簡99.11）　　b　亚　（包山簡3）

c　亚　（望山簡106）　　d　全　（信陽簡1.33）

由於a式已可滿足別嫌的需求，因而後代隸楷多採用這種寫法。b-d三式是在a式寫法的基礎上，分別又在相對位置增添一道相同筆畫。《說文》古文「玉」字作「𤣩」，與上述b式寫法相合。

例2、「周」字與「田」字

「周」字殷墟卜辭多作「田」（《京津》1274），也有少數作「用」（《乙》2170），前者在界格中添加小點，大概是為了避免與「田」字混淆。〔註13〕

兩周金文「周」字，多增添「口」形部件作「周」（何尊），或者增添「口」形部件且省略界格小點作「周」（牆盤）。「周」字添加「口」形部件之後，已經不會再跟「田」字混淆，因而到了春秋戰國時期，界格中添加小點的別嫌方式，基本上已經廢棄不用。〔註14〕

戰國楚簡所見「周」字，都增添「口」形部件，作「周」（包山簡29）、「周」（信陽簡1.12）、「周」（包山簡12）、「周」（包山簡206）等形，其中

〔註13〕龍宇純師《中國文字學》（定本），頁199、201。
〔註14〕林清源《兩周青銅句兵銘文彙考》（台中：東海大學碩士論文，1987），頁148～150。

後兩種寫法，在「口」形部件左側又增添一道短斜畫贅筆。

例 3、「音」字與「言」字

「音」字的構形，《說文》分析為「從言、含一」。所謂「含一」，語意模糊。「音」字所以從「一」，後代學者意見大概可以分為兩派，林義光、高田忠周、高鴻縉等人認為藉以「表音之假象」，〔註 15〕于省吾、龍宇純師等人認為是為了跟「言」字有所區別。〔註 16〕

楚系「音」字有如下四種構形：（一）作「●」（楚王領鐘），與「言」字同形；（二）作「●」（包山簡 200），在「言」字的「口」形部件中間增添一道短橫畫；（三）作「●」（包山簡 248），將短橫畫改為短豎畫；（四）作「●」（曾侯乙鐘），在「口」形中間增添「○」形部件。

根據楚系文字的構形來看，筆者贊同于省吾、龍宇純師之說。殷墟卜辭只有「言」字沒有「音」字，西周春秋金文「言」、「音」二字經常互用。根據這兩個現象推斷，「言」、「音」二者應該本為一字，後來因語言引申的關係，逐漸分化為二字。

「言」、「音」二字音義分化之後，為求字形上便於區別，於是就在「音」字上添加別嫌符號。添加別嫌符號的目的，在於區別「言」、「音」二字的形體，只要能夠達到此一目的，別嫌功能就算順利完成，至於別嫌符號的選擇，並不需要嚴格要求。「音」字所添加的別嫌符號，有短橫畫、短豎畫與「○」形部件等，其形體所以變化不定，原因大概如此。

例 4、「月」字與「肉」字

戰國時期的「月」旁與「肉」旁，由於形體相似，訛混的情況相當嚴重。為了避免混淆，當時人在書寫時，經常會刻意使這兩個偏旁有比較明顯的區別。

根據多位學者的觀察結果可知，當時人所採取的別嫌措施，大致有如下三項：（一）「月」旁寫作扁平橫向，「肉」旁寫作瘦長豎向。（二）「月」旁由三筆構成寫作「●」形，「肉」旁由四筆構成寫作「●」形。（三）在「肉」旁

〔註 15〕林義光、高田忠周、高鴻縉等人的說法，詳見周法高師主編《金文詁林》（香港：中文大學出版社，1974），頁 1328～1329。

〔註 16〕于省吾《甲骨文字釋林》（北京：中華書局，1974），頁 458～459；龍宇純師《中國文字學》（定本），頁 202～204。

外圍添加別嫌短畫作「」形，「月」旁從未見此類別嫌符號。〔註17〕

上述三項別嫌措施，在楚國文字中都曾出現。譬如：「膚」字多作「」（包山簡 191）、「」（包山簡 84）等形，後者即在「肉」旁外圍添加別嫌短畫。「胃」字多作「」（包山簡 89）、「」（楚帛書）、「」（包山簡 83）、「」（包山簡 86）、「」（包山簡 128）等形，後三者也在「肉」旁外圍添加別嫌短畫。

例5、「安」字與「女」字

「安」字從宀、從女，藉由女性處於屋室之中會意。戰國時期楚國「安」字的構形，可以大致區分為兩種類型：（一）從「宀」旁作「」，包山簡 62「安陸」之「安」即作此體。（二）省略「宀」旁作「」，九店簡 56.45「安壽」之「安」即作此體。同屬於楚系的曾侯乙墓簡，「安車」之「安」，既作「」（簡 48），又作「」（簡 164），可以佐證。「安」字省略「宀」旁的寫法，未見於其他區域文字，應是楚系文字特有構形。

「安」字省略「宀」旁之後，只剩下「女」旁，除非有充分的別嫌措施，否則簡體「安」字勢必會跟「女」字混淆不清。仔細觀察楚系簡帛「安」字，所從「女」旁作「」、「」、「」等形，底部都有一個類似「人」形或「匕」形的部件。反觀楚系「女」字及從「女」旁諸字，都無此一部件。由於「安」字所從「女」旁，與獨體「女」字形體有別，因而「安」字即使將義符「宀」旁省略，也不用擔心會跟「女」字混淆。

至於楚系「安」字所從的別嫌符號，也就是上述的「人」形或「匕」形部件，形成過程可以有兩種詮釋，其一是到了戰國時期才附加上去的別嫌符號，其二是改造殷商西周文字既有的贅筆而成。

殷商西周時期的「安」字，在「女」旁周邊偶而會增添若干點畫，作「」（《存》415）、「」（安父簋）等形。到了戰國時期，附加筆畫出現的頻率大幅升高，並且經常與「女」旁豎畫發生十字形交叉，作「」（《璽彙》4348）、「」（《璽彙》0178）等形。戰國時期楚系「安」字，下方所從的「人」形

〔註17〕戰國時期「月」旁與「肉」旁的別嫌特徵，參閱羅運環〈論楚國金文「月」「肉」「舟」及「止」「屮」「出」的演變規律〉，《江漢考古》1989 年 2 期，頁 67～68；劉釗《古文字構形研究》（長春：吉林大學博士論文，1991），頁 256～259。

· 132 ·

或「匕」形部件，很可能是由附加筆畫與「女」旁豎畫接觸的部份，發生筆畫斷裂與移位的現象訛變而成。筆者根據上述資料判斷，比較傾向採用「改造形體以別嫌」的觀點來詮釋。

三、其　他

戰國時期楚國表示干支義的「酉」字，為了要跟表示酒食義的「酉」字在字形上有明顯的區別，多改用從木、酉聲的「楢」字代替。這種現象相當特殊，既不屬於「改造形體以別嫌」，也不屬於「附加符號以別嫌」，不僅殷商文字未曾出現過，兩周文字也未發現相似例證。

例 1、「酉」字

「酉」字殷墟卜辭多作「」(《乙》6718)，本象酒樽之形，引申而有酒食義，後代又增添「水」旁分化出「酒」字。「酉」字在殷墟卜辭與西周金文中，除了酒食義之外，還常假借為干支字。例如：曶鼎銘文「酉」字兩見，在「辰在丁酉」句中作「」，在「以曶酉（酒）彶（及）羊」句中作「」，二者字形並沒有明顯的差異。

在戰國時期的楚國文字中，表示酒食義的「酉」字都作「」(楚王酓肯鼎「酓」字所從)、「」(包山簡 200) 等形，表示干支義的「酉」字幾乎都假借「楢」字，作「」(鄦客問量)、「」(包山簡 99)、「」(包山簡 7) 等形，二者在構形上已有明顯的區別。〔註18〕從「木」旁的「楢」字，《集韻》訓作「木名」，所以「楢」字當作干支義可能是假借用法。「楢」字也見於鄂君啟節「酉焚」一詞，當作地名使用。總之，戰國時期楚國表示干支義的「酉」字，所以寫作從「木」的「楢」字，應該是刻意要跟表示酒食義的「酉」字產生明顯區別。

第四節　構形類化、別嫌條例的運用與限制

本節將運用上述各種構形類化與別嫌條例，針對若干個迄今仍然爭議未決的楚國文字考釋問題，進行比較深入的辨證。

〔註18〕楚簡表示干支義的「酉」字，也有少數例子作「」形（秦家嘴簡 13.3）。

一、類　化

戰國時期「文字異形」，同一個字在不同的區域很可能會發展出不同的構形。掌握每個區域文字構形的類化現象，往往能夠解決一些文字考釋問題。姑以「者」字為例，楚國「者」字的下半段，經常受「皿」旁的影響，而類化為「皿」形部件。下文所舉《璽彙》0181「」字，以及0252「」字，歷來學者都無法認出，如今運用楚國「者」字下半往往類化為「皿」形部件的現象，可將這兩個字分別釋為「楮」字與「精」字。

由於戰國文字存在區域差異的問題，在運用構形類化現象考釋戰國文字時，必須注意分辨資料的國別，有時甲地文字所發生的類化現象，乙地文字未必會發生相同的演變。姑以第四章第八節所舉的「百」字為例，在三晉地區常作「」形，可是此形在楚國文字中卻是「全」字。

再以「襄」字為例，在三晉地區常作「」形，「衣」旁中間所從的部件往往類化為「羊」旁，可是在楚國文字中卻未曾見到類似演變。〔註19〕下文所舉的《璽彙》0141為楚國官璽，璽文「」字中間也有「羊」形部件，有些學者根據三晉地區「襄」字寫法，主張璽文此字應該釋為「襄」。但是，楚國「襄」字的構形，從未見類化為「羊」旁的例子，釋「襄」的說法恐怕無法成立。由此可知，在考釋戰國文字時，必須注意分辨資料的國別，以及各個區域文字構形演變的差異，才能避免發生引證不當的錯誤。

釋「楮」

《璽彙》0181「里之鉩」，「鉩」字所從「金」旁作「」，中豎畫兩側小點各自連寫成一筆，這是楚國文字特有寫法，可據此將之斷定為戰國中晚期的楚國璽印。〔註20〕

璽文「」字，《璽彙》闕疑未釋，牛濟普隸定作「柾」，湯餘惠懷疑是「楮」字。〔註21〕楚國「丘」字多作「」（包山簡90），象丘峰連綿之狀，有時會在字的底部增添「土」旁以為義符，作「」（包山簡237）、「」

〔註19〕古音「襄」字在心紐、陽部，「羊」字在餘紐、陽部，韻部相同。「襄」字訛為從「羊」的現象，也可說是「變形音化」，詳見本論文第四章第六節。

〔註20〕楚國「金」字構形的時代特徵，詳見本論文第六章第二節。

〔註21〕牛濟普〈楚系官璽舉例〉，《中原文物》1992年3期，頁94；湯餘惠〈略論戰國文字形體研究中的幾個問題〉，《古文字研究》第15輯（1986），頁76。

（鄂君啟節）等形，與《說文》古文「![圖]」相合。璽文「![圖]」字右旁，下半雖與「丘」字相似，但上半所從的部件，從未在「丘」字上頭出現，可見二者不是同一個字。

楚國「告」字下半皆從「口」旁，獨體時多作「![圖]」（包山簡 15），在偏旁中多在頂端增添一道斜筆作「![圖]」（邾君王子申豆）。但是，璽文「![圖]」字右旁下半既不從「口」旁，上半更與「告」字所從迥然有別，因而不可能是「梏」字。

璽文「![圖]」字右旁所從，應該是「者」字。戰國時期楚國「者」旁多作「![圖]」形，但也曾出現多種變體，有些例字下半往往訛變作「![圖]」。例如：

「者」字作「![圖]」（包山簡 113）

「煮」字作「![圖]」（包山簡 147）

「䊪」字作「![圖]」（信陽簡 2.24）

「都」字作「![圖]」（《璽彙》0281）〔註22〕

這些「者」旁下半所從的「![圖]」形部件，與戰國時期楚國文字「皿」旁寫法一樣，很可能是受到「皿」旁影響，而產生形體類化現象。

戰國時期楚國文字的「皿」旁，主要有「![圖]」與「![圖]」兩種構形。茲以包山簡從「皿」旁諸字為例：

「盛」字既作「![圖]」形（簡 125），又作「![圖]」形（簡 132）。

「盍」字既作「![圖]」形（簡 254），又作「![圖]」形（簡 254）。

「鹽」字既作「![圖]」形（簡 186），又作「![圖]」形（簡 186）。

「鑑」字既作「![圖]」形（簡 277），又作「![圖]」形（簡 263）。

楚國「者」旁的下半，既然經常類化如「皿」旁，則其所從「皿」形部件應該也會有「![圖]」、「![圖]」兩種構形。

比對璽文「![圖]」字右旁，上半寫法與「者」旁相同，下半也跟楚國「皿」旁寫法相合，可以肯定就是「者」旁。璽文「![圖]」字，從木、者聲，正是《說文》訓為「穀也」的「楮」字。

〔註22〕包山簡「煮」字的考釋，參閱劉釗〈包山楚簡文字考釋〉，「中國古文字研究會第九屆學術研討會」論文（1992），頁 13。《璽彙》0281「都」字的考釋，參閱劉釗〈楚璽考釋（六篇）〉，《江漢考古》1991 年 1 期，頁 74。

《璽彙》0181 全文，應該釋為「楮里之璽」。在《璽彙》所收錄的楚國官璽中，「安昌里鉨」（0178）、「樂成里鉨」（0179）、「郤里之鉨」（0180）等璽，辭例都與《璽彙》0181 相似。璽文中的「楮」、「安昌」、「樂成」、「郤」等都是楚國地名，「里」是楚國地方行政系統的基層單位。根據包山簡的記載，里的主管官員稱為里公。璽文「楮里之璽」，大概是楮里里公所用的官印。

釋「糈」

《璽彙》0252「壬野鉨」，「」字原書未釋歷來諸家也都闕疑。比對「」字右旁，與《璽彙》0181「楮」字所從「者」旁，二者的構形基本相合，只是上半形體略有差別而已。

楚國「者」字上半多作「」形，而《璽彙》0252 作「」形，變得與「之」字相似。「者」字上半類化為「之」字的現象，在楚國文字中不乏其例。譬如：「著」字作「」（信陽簡 1.28），「豬」字作「」（天星觀簡），所從「者」旁上半也都很像「之」字。據此可知，璽文「」字，應該釋為「糈」，分析作從米、者聲。

「糈」字典籍未見記載，在楚國文字資料中，多出現於「集糈」、「集糈尹」、「糈　」等詞中，前二者為食官，後者為廚具。〔註 23〕根據這些資料的用法推測，「糈」字的本義大概與煮食之事有關。

此璽「野」字作「」形，跟其他楚國文字所見「野」字構形相合。「者」字上半類化為「之」旁，下半類化為「皿」旁，也跟楚國「者」字構形相合。根據這兩項字形特徵判斷，這應該是一枚楚國璽印。

璽文內容為「糈壬野璽」，印面為陰文加框，大約 2.7 公分見方，《璽彙》把它歸於官璽類。由璽文內容與印面形制尺寸來看，都比較接近官璽，不像是姓名私璽，《璽彙》的分類應該是合理的。

《周禮·地官》云：「遂人掌邦之野」，鄭玄注云：「郊外曰野。此謂甸、稍、縣、都。」由此可見，當時設有專門職官來掌管邦野之事。璽文「野」字，應該是指掌管邦野之事的行政單位或主管官員。璽文「糈」字，可能是楚國地名。

〔註 23〕除了《璽彙》0252 之外，楚國「糈」字還見於下列資料中：壽縣楚幽王墓所出鑄客諸器的「集糈」、信陽簡 2.24 的「集糈之器」、天星觀簡的「集糈尹」、包山簡 266 的「一糈梱」。

釋「裛」

《璽彙》0141「▨官之璽」，印面約 2.2 公分見方，周圍有邊框，中間有十字形界格，璽文為陰刻。依據璽印的形制特徵，以及「之」字與「金」旁的構形特徵，可以確定此璽為楚國官璽。

璽文「▨」字，原書未釋。湯餘惠釋為「襄」，讀為「纕」，並推測「纕官」的職責大概與纕帶的製造管理有關。〔註24〕牛濟普也釋為「襄」，但未進一步解說「襄官」的涵義。〔註25〕他們二位將璽文△字作「▨」形釋為「襄」，最重要的證據就是「襄」字古璽常作「▨」、「▨」等形，貨幣文字也常作「▨」、「▨」等形，構形與璽文「▨」字相似，中間都有「羊」形部件。〔註26〕此外，在湯餘惠的論文中，還曾列舉仰天湖簡「▨」字、楚帛書「▨」字所從右旁為證。

仔細核對他們所引用的「襄」字資料，璽印與貨幣文字部份，多屬於三晉或燕國，沒有一件屬於楚國。至於所引楚國簡帛那幾個字，其實並不是從「襄」旁的字。〔註27〕三晉、燕國的「襄」字皆從「衣」旁作「▨」，而《璽彙》0141「▨」字中豎畫兩側有「ㅅㅅ」形筆畫，中豎畫與橫畫交接處還有一道歧出的斜畫，所從「ㅅ」形部件也不是「衣」旁簡省寫法。〔註28〕以上這三點構形特徵，都跟三晉、燕國的「襄」字明顯不同。因此，無論從資料屬性或構形特徵來說，都不足以證明《璽彙》0141「▨」字應該是「襄」字。

在現有的楚國文字資料中，可以確定為「襄（壤）」的例字，大概有下列幾件：

鄂君啟節的「▨陵」

〔註24〕湯餘惠〈戰國貨幣新探（五篇）〉，吉林省貨幣學會首屆會議論文（1983），頁 27～29。

〔註25〕牛濟普〈楚系官璽例舉〉，《中原文物》1992 年 3 期，頁 90～94。

〔註26〕羅福頤《古璽文編》（北京：文物出版社，1981），頁 218；張頷《古幣文編》（北京：中華書局，1986），頁 271。

〔註27〕仰天湖簡「▨」字，商承祚、郭若愚、滕壬生都釋為「纕」。楚帛書「▨」字，朱德熙釋為「備」，學者多從此說。參閱商承祚《戰國楚竹簡匯編》（濟南：齊魯書社，1995），頁 66；郭若愚《戰國楚竹簡文字編》（上海：上海書畫出版社，1994），頁 119；滕壬生《楚編》，頁 638；朱德熙〈長沙帛書考釋（五篇）〉，見《朱德熙古文字論集》（北京：中華書局，1995），頁 203～205。

〔註28〕楚國文字的「衣」旁，經常將上半段省略，詳見本論文第二章第五節。

襄城楚境尹戈的「![字]城」

郪陵君王子申豆的「資![字]」

《璽彙》0309 的「職![字]」

楚帛書的「以司堵![字]（壞）」

仰天湖簡的「芏![字]（壞）」（簡 25）

包山簡的「![字]陵」（簡 103）、「![字]陵」（簡 155）、「![字]陵」（簡 155）〔註 29〕

上述這些例字，中豎畫左側多半從「土」旁或「米」旁，右側從「又」旁或「攴」旁，但從未見到在中豎畫兩側有「![符]」形筆畫的例子。《璽彙》0141「![字]」字的構形，跟上述楚國「襄」字都不相合，將之釋為「襄」，在楚國文字中找不到可靠的證據。

在楚國文字中，構形特徵跟《璽彙》0141「![字]」字最接近的，應該是「彔」字。楚簡「綠」字所從「彔」旁多作「![字]」（包山簡 269），也有少數訛作「![字]」（望山簡 2.47）、「![字]」（仰天湖簡 5）等形，其最重要的構形特徵有如下兩點，一在頂端有兩短橫（或其變體），一在中豎畫兩側有「![符]」形筆畫。璽文「![字]」字，上半從「宀」旁，下半與楚簡「彔」字極為相似，唯一的差別在於頂端兩短橫的形體略有訛變。因此，璽文「![字]」字應釋為「宎」，「宎」字也見於包山簡作「![字]」（簡 145）、「![字]」（簡 190）等形，構形基本相合，可為佐證。

《璽彙》0141「宎官」的職掌，可由《璽彙》0214「行宎之璽」得到啟示。《璽彙》0214「行宎之璽」，吳振武斷定為楚國官璽，並將璽文「![字]」字釋為「宎」，認為「行宎」應讀作「衡麓」，就是典籍記載的「衡鹿」。「衡鹿」為官名，又稱作「林衡」。〔註 30〕《左傳・昭公二十年》云：「山林之木，衡鹿守之。」杜注：「衡鹿，官名也。」《周禮・地官》記載林衡的職責云：「掌巡林麓之禁令，而平其守，以時計林麓而賞罰之。」由此可見，「衡鹿」是古代負責掌管林麓事務的官吏。

〔註 29〕楚國「襄」字，除了正文所列的資料之外，還見於《璽彙》1251、1459 及包山簡 170、176 等，但這些都是私名，無法由上下文推勘加以驗證，不宜當作論證的依據。

〔註 30〕吳振武〈戰國璽印中的「虞」和「衡鹿」〉，《江漢考古》1991 年 3 期，頁 86～87。

比對《璽彙》0141「」字，跟《璽彙》0214「」字，二者構形大致相似，應是同一個字的異體，只是後者省變幅度較大一些。《說文》云：「麓，守山林吏也。」《國語・晉語》云：「主將適螻而麓不聞」，此處「麓」即指「衡麓」，可見「衡麓」又可以省稱為「麓」。因此，《璽彙》0141「彔（麓）官之璽」，就是「衡麓」之類官吏所用的官璽。

二、別　嫌

構形相近的字容易發生混淆，掌握這些形近字的區別特徵，就文字考釋工作而言，自然是一件極為重要的任務。對於形近字的區別特徵，如果認識不清，就會影響文字考釋工作的正確性。下文所舉包山簡「」、「」二字，學者曾有不同的考釋意見，如今在辨明「而」、「安」二字的別嫌特徵之後，已經能夠從各家說法中做出比較合理的裁斷。

釋「而」

包山簡 85 云：「以其受銬缶人逃」，簡文「」字，〈包釋〉釋為「而」，《包 92》、《包 96》、《楚編》等書都沿用此說，袁國華改釋為「天」。〔註31〕

楚簡「天」字與「而」字的區別特徵，袁國華認為在於下垂筆畫中最裏面的左一筆，「天」字必作左下撇之勢，「而」字必作右上鉤之勢，包山簡 85「」字最裏面的左一筆向左下撇，並未向右上鉤，所以應該釋為「天」。

楚簡「天」字與「而」字主要的區別特徵，確實在於下垂筆畫的走向。根據筆者上文歸納的結果顯示，「天」字垂筆外放，「而」字垂筆內收。楚簡「而」字垂筆內收現象，並非只能表現在最裏面的左一筆上，有時也可以表現在外側兩筆，或是最裏面的右一筆上。

包山簡 85「」字，最裏面的左一筆雖然作左下撇之勢，但最裏面的右一筆作半圓形，筆勢明顯向內收斂，符合楚簡「而」字的構形特徵，也與包山簡 92「而」字作「」形相合。再從辭例來看，簡 85 云：「以其受銬缶人逃」，將「」字釋為「而」，也比釋為「天」通順。「某某而逃」之語，也見於包山簡 137「達苟而逃」，可以佐證。

〔註31〕袁國華〈「包山楚簡」文字考釋〉，見《第二屆國際中國古文字學研討會論文集》（香港：中文大學中文系，1993），頁 429～430。

釋「疫」

包山簡 108 有字作「（字形）」，簡 224、225 有字作「（字形）」，簡文都用作人名。

〈包釋〉將前者隸定作「㾱」，後者釋為「妝」。《包 92》沿用〈包釋〉的釋文，將「㾱」與「妝」分立為兩個字頭。《包 96》認為二者是同一個字，都釋為「疫」。《楚編》也分作兩個字頭，分別釋為「痴」與「妝」。

楚簡「女」字作「（字形）」，「安」字簡體作「（字形）」，二者主要區別特徵在於是否有「人」形或「匕」形部件。包山簡 108「（字形）」字，以及簡 224、225「（字形）」字，右旁都有「人」形或「匕」形部件，可見這兩個字都從「安」旁。

「爿」旁與「疒」旁形義相關，在楚國文字中「疒」旁諸字經常改從「爿」旁。譬如：「疾」字既作「（字形）」（包山簡 123），又作「（字形）」（包山簡 236）；「瘳」字既作「（字形）」（包山簡 10），又作「（字形）」（包山簡 188）。綜上所述可知，「（字形）」、「（字形）」二字，都是從疒、安聲，應該釋為「疫」。

第五節　結　語

上述各種構形類化與別嫌現象，除了「更換假借字以別嫌」，目前僅見於楚國文字之外，其餘基本上都是古文字構形演變的通則。

楚國文字的構形，經歷過上述各種類化與別嫌的演變之後，產生許多罕見於其他區域文字的新構形，表現出強烈的區域特徵。茲將本章各節例字中比較特殊的構形擇要列舉如下：

「死」字訛變作「（字形）」、「（字形）」、「（字形）」、「（字形）」等形。

「辰」字增添「日」旁並訛變作「（字形）」、「（字形）」等形。

「戠」字訛變作「（字形）」、「（字形）」、「（字形）」、「（字形）」等形。

「夏」字訛變作「（字形）」、「（字形）」、「（字形）」、「（字形）」等形。

「羑」字訛變作「（字形）」、「（字形）」、「（字形）」、「（字形）」等形。

「樂」字訛變作「（字形）」、「（字形）」等形。

「南」字訛變作「（字形）」、「（字形）」、「（字形）」等形。

「兩」字訛變作「（字形）」、「（字形）」、「（字形）」等形。

「害」字訛變作「（字形）」、「（字形）」等形。

「庚」字訛變作「𤰞」形。

「陳」字訛變作「𨻶」形。

「量」字訛變作「𤱩」形。

「戰」字訛變作「歔」形。

「融」字訛變作「鬵」形。

「冒」字訛變作「䏍」形。

「冠」字訛變作「𡰥」形。

「冢」字訛變作「𧰨」形。

「者」字訛變作「耆」、「者」、「者」、「者」等形。

「真」字訛變作「㫖」形。

「革」字訛變作「革」形。

「遊」字訛變作「遊」、「遊」等形。

「啻」字訛變作「啻」形。

「蜀」字訛變作「罘」、「罘」等形。

「敗」字增添「貝」旁並訛變作「𣀳」、「𣀳」等形。

「綠」字訛變作「綠」形。

「甲」字訛變作「臣」、「𠦪」等形。

「安」字訛變作「安」形。

「而」字訛變作「而」、「而」、「而」等形。

「裏」字更換義符作「裡」形。

「生」字增添義符作「𦅾」形。

「丹」字增添義符作「𦇧」形。

「朱」字增添義符作「絑」形。

「白」字增添義符作「䋎」形。

「黃」字增添義符作「𦆲」形。

　　上述這些新構形，以及表示干支義的「酉」字作「酉」形，都罕見於其他區域文字，是比較具有楚國文字特色的寫法。

　　楚國文字經過形體類化而產生的新構形，有些可以跟後代字書的字形相印證。譬如：「玉」字增添別嫌符號作「」，跟《說文》古文「」相合。「夏」字有些訛變作「」、「」，有些又省略偏旁作「」，結合這兩類構形，就可以理解《三體石經》「夏」字作「」形的由來。

　　對於楚國文字常見的類化與別嫌方式，有了比較深入的認識之後，再回頭檢討歷來爭議未決的文字考釋問題，有時也可以找到一些新線索，有助於問題的解決。茲將筆者做過比較詳細論證的例字，彙整列舉如下：

　　（1）包山簡 85「」字，舊有「而」、「天」二說，筆者認為應釋為「而」。

　　（2）包山簡 108「」字，以及包山簡 224、225「」字，應該如何隸定，是否為同一個字的異體，學者意見頗為分歧，筆者認為都應釋為「疲」。

　　（3）《璽彙》0141「」字，原書未釋，有些學者釋為「襄」，筆者認為應釋為「褒」。

　　（4）《璽彙》0181「」字，原書未釋，學者有「柾」、「梏」二說，筆者認為應釋為「楮」。

　　（5）《璽彙》0252「」字，原書未釋，歷來學者也都闕疑，筆者認為應釋為「粘」。

　　【校按】本章第四節考釋《璽彙》0181、0252、0141 相關內容初稿，曾以〈楚國官璽考釋（五篇）〉為題，發表於《中國文字》新 22 期，頁 209～221。

第六章　構形演變的時代特徵

第一節　前　言

　　在第一章第二節中，筆者曾以歷史發展的觀點，考察楚國金文書體風格演變歷程。根據筆者的觀察記錄可知，不同時期的文字往往會表現出不同的書體風格。在春秋中晚期之際以前，楚國看不到典型的美術風格書體；在戰國中晚期之際以前，楚國草率風格書體也還沒有開始盛行。觀察的焦點，即使縮小到美術書體這一個項目上，仍然可以發現楚國美術書體並非一成不變，在春秋中晚期看不見像楚王酓璋戈那般工整秀麗的銘文，在戰國中晚期也找不到像王子午鼎那般粗獷豪放的銘文。這些現象說明，書體風格的演變過程，雖然極為緩慢，但經過長時間的積累，每一個時代仍然會形成不同於其他時代的書體風格。

　　時代推移不僅會對書體風格產生影響，也會促使文字構形發生變化。同一個字在不同時期，往往會出現不同的構形。秦漢時期所謂的「隸變」，就是文字構形因時代推移而產生變化的最佳佐證。許慎在《說文·敘》中曾說，自從黃帝之史倉頡初造書契以來，「以迄五帝三王之世，改易殊體，封於泰山者，七十有二代，靡有同焉。」上引這段話反映，東漢時期的許慎已經悟出文字構形會因時代推移而產生變異的觀念，對於當時諸生「稱秦之隸書為倉頡時書，云『父子相傳，何得改易？』」的錯誤看法，許慎表示無法認同。

　　文字構形的演變，通常是在自然狀態下，日積月累逐漸形成的。新構形產生之後，往往會跟舊構形並存通用一段相當長的時間，未必會立即取代舊構形。甚至，有許多新構形只是曇花一現，不久之後就遭到淘汰廢棄。秦始皇統一天下之後，採納李斯的建議，實施「書同文」政策，確立「罷其不與秦文合者」的政策方針，而秦國罷黜不用的，正是東土各國在春秋戰國時期衍生出來的新構形。〔註1〕

　　文字構形既然會隨著時代推移而有所變動，那麼每一個文字構形必然都負載著所屬的時代標記。如果我們觀察同一個字各種構形的時代分佈狀況，理論上，應該可以歸納出該字構形演變的時代特徵，從中尋找出足以當作斷代依據的特殊構形。

　　但是，每個字構形演變的速度互不相同，有些字處於長期穩定狀態，在特定時間內，並未發生任何構形變化；或者，構形雖然發生變化，但變化幅度太過細微，而且缺乏明顯的規律性，以致演變歷程不容易確實掌握與描述；或者，構形變化幅度雖然不小，卻因該字出現頻率過低，不適合歸納與分析；或者，一個字的出現頻率雖然不低，但因資料的時代分佈太不平均，在某一個長時期近乎空白，以致無法對不同時期的構形進行對照比較，所謂的時代特徵也就難以獲得確認；或者，某一構形的時代分佈範圍雖然可以歸納得知，但因該構形時代分佈範圍過大，以致喪失作為斷代依據的參考價值。由於上述各種客觀條件限制，真正可以作為斷代依據的特殊構形，事實上不可能太多。

　　在本章第二節中，筆者將針對幾個楚國常用字的各種構形進行時代分佈狀況考察，希望從中找出足以當作斷代依據的特殊構形。張振林在〈試論銅器銘文形式上的時代標記〉一文中，也曾做過類似的研究工作，而且規模宏大，處理的字數多達幾十個，考察的時空範疇涵蓋整個殷周青銅時代，而且不分區域一律納入。〔註2〕本論文討論的例字只有十幾個，其中「貝」、「其」、

〔註1〕由於西土秦國居於宗周故地，文字猶有豐鎬之遺，相對於東土各國文字異體滋生的情況，秦國文字保留較多的西周文字構形。秦國所謂「罷其不與秦文合者」，陳昭容認為是指「廢除戰國東土文字中結構與秦式寫法相異的區域性異體字」。這些區域性異體字，就其本質來說，就是東土各國創造出來的新構形。參閱陳昭容〈秦「書同文字」新探〉，《中央研究院歷史語言研究所集刊》第 68 本第 3 分（1997），頁 605～624。

〔註2〕張振林〈試論銅器銘文形式上的時代標記〉，《古文字研究》第 5 輯（1981），頁 49～88。

「皇」、「皀」等四個字雖與張文重複，但我們對這四個字的觀察重點有別，讀者可以對照參看。

春秋戰國時期，同一個字在不同區域的演變過程，無論是演變進度或演變方向，可能都有相當程度的差別，應該要分國或分區逐一討論，不宜混雜在一起。基於上述理念，本論文只討論楚國文字，針對現有的楚國文字資料進行全面普查，在考察時，只專就某一項最明顯的構形特徵立論，採取二分法，將該字構形區分為舊體與新體兩大類型。所以，本論文跟張振林論文相比，除了討論的例字不同之外，在研究範疇與研究方法等方面也有相當程度的差異。

由於學者間普遍流行一種看法，認為書寫工具屬性的不同，會造成文字構形發生變化。在本章第三節中，筆者將拿曾侯乙墓簡來跟楚簡比較，藉以瞭解書寫工具對文字構形演變所造成的影響。在第四節中，將運用歸納所得的特殊構形，針對若干個鑄造時空背景不詳的器物，進行分域、斷代與銘文通讀的攻堅任務。最後，在結語中，將對戰國文字構形所以發生劇烈變化的原因，提出個人見解。

第二節　時代特徵明確的特殊構形

在考察文字構形的時代特徵時，本論文所選取的例字，至少必須符合下列兩個條件：一、構形必須發生明顯變化；二、出現頻率必須相當高。如果構形沒有明顯變化，所謂的時代特徵就不容易掌握。如果出現頻率不夠高，所歸納出來的時代分佈狀況就很不可靠。

在上述兩項條件限制下，筆者從大量的楚國文字資料中，篩選出「金」、「阜」、「貝」、「壽」、「糸」、「隹」（附論「集」字）、「之」、「匸」、「無」、「鑄」、「其」、「皇」、「歲」、「中」、「皀」、「皿」、「豆」、「壴」等十八個例字，觀察這些例字的各種構形，依據特徵的異同，將之區分為兩個對照組，以便凸顯其時代與質材的分佈狀況。此外，本論文還考察「楚」字構形特徵，並檢討該字是否足以當作楚國文字的斷代依據。

除了上述例字之外，在楚國文字中，具有明顯時代特徵的例字，其實還有不少。譬如：「竹」字作「竹」形，「大」字作「大」形，「网」字作「网」形，也都罕見於戰國時期其他區域文字，應該是戰國時期楚國文字的特有寫

法。但因上一節所說的各種客觀條件限制，這些例字目前還缺乏足夠的對照資料，難以確切證明它們的時空特徵。

　　本章在處理例字資料時，依序採取如下四個步驟；（一）針對本論文〈附錄一·表一〉所列資料進行全面檢索，檢索對象包括單字與偏旁。（二）考察國別明確的楚國官璽、貨幣等資料，這些資料的時代比較模糊，一般都籠統定在戰國時期，為了同步觀察書寫質材對文字構形可能產生的影響，在論證中也將這些資料一併列舉出來，以資對照比較。（三）曾侯乙墓出土的文字資料，同屬於楚系文字，時代為戰國早期，對於楚國文字構形演變歷程的認識具有高度參考價值，可以彌補戰國早期楚國文字資料之不足，因此在得到初步結論之後，將以曾侯乙墓資料進行校正。（四）再取〈表二〉疑似楚國文字資料，針對各項觀察結果進行複驗，以保障結論正確無誤。

　　本章所討論的例字，在楚國文字資料中，都能找到大量例證。不過，為了節約篇幅，同一個時期的同一種質材文字，原則上每一種構形只摹錄其中一、二個字形，聊供參考，恕難一一臚列。

例 1、「金」字

　　楚國「金」字構形，依據中豎畫兩旁小點是否連寫，可以區分為舊體與新體兩大類型。小點不連寫者為舊體，所見構形有如下幾種：

	（楚公豪鐘）		（楚公逆鐘）
	（以鄧匜）		（以鄧鼎）
	（倗鼎）		（王孫遺者鐘）
	（楚子棄疾匜）		（佣子受鐘）
	（鄂君啟節）		（鄟客問量）
	（楚王酓肯匜）		（包山簡 115）
	（包山簡 147）		（包山簡 150）
	（《璽彙》0132）		（《璽彙》0183）

金 （銅錢牌）　　　　　金 （銅錢牌）

小點分別連寫成一筆者為新體，所見構形有如下幾種：

（楚王酓忎鼎）　　　　　（郗陵君王子申鑒）

（集脰大子鎬）　　　　　（郗陵君王子申豆）

金 （包山簡 44）　　　　金 （望山簡 2.12）

金 （仰天湖簡 16）　　　金 （仰天湖簡 24）

金 （《璽彙》0008）　　　金 （《璽彙》0131）

金 （《璽彙》0137）　　　金 （《璽彙》0139）

金 （《璽彙》0145）　　　金 （《璽彙》0160）

金 （《璽彙》0165）　　　金 （《璽彙》0228）

金 （《貨系》4264）　　　金 （《貨系》4266）

　　根據現有資料來看，楚國「金」字，在西周春秋時期都採不連筆寫法，連筆寫法是到戰國中期才開始出現。連筆寫法最早出現在簡帛文字上，戰國中期的天星觀簡皆作不連筆寫法，戰國晚期的仰天湖簡皆作連筆寫法，介於其間的信陽簡、望山簡、包山簡等資料，則是兩體並見，而以不連筆寫法居多數。同屬於楚系文字的曾侯乙墓文字資料，時代為戰國早期，而「金」字皆作不連筆寫法。楚國金文，從戰國中期到戰國晚期，連筆寫法所佔比例明顯提高許多，逐漸取代不連筆寫法，成為當時主要構形。此時的璽印、貨幣文字，多數採用連筆寫法，甚至衍生出許多訛變形體。根據上述資料研判，楚國「金」字的連筆寫法，大概形成於戰國中期，但要到戰國晚期才真正普及盛行。戰國晚期楚國「金」字，雖然盛行連筆寫法，但不連筆寫法仍舊繼續使用，並未立即遭到淘汰。

例2、「阜」字

楚國文字所見「阜」旁，依據表示山巒或階梯之形的鋸齒狀筆畫是否簡省成為三道短橫畫，可以劃分為舊體與新體兩大類型。作鋸齒狀者為舊體，例如：

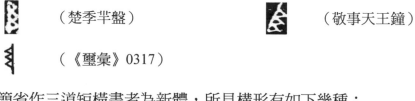

（楚季芈盤）　　　　　　　　　　　　　　（敬事天王鐘）

（《璽彙》0317）

簡省作三道短橫畫者為新體，所見構形有如下幾種：

（鄂君啟節）　　　　　　　　　　　　　　（兼陵公戈）

（鄭客問量）　　　　　　　　　　　　　　（楚帛書）

（包山簡7）　　　　　　　　　　　　　　（包山簡30）

（包山簡228）　　　　　　　　　　　　　（《璽彙》0281）

（《貨系》4261）

楚國「阜」旁構形，在春秋時期，都延續西周金文以來的舊體，作「ß」形。到了戰國中期，新體「ϝ」、「ϝ」或「多」陸續出現。同屬於楚系文字的曾國文字，「阜」旁幾乎全作舊體，目前只發現一個例外，那就是春秋早期的曾伯陭蓋（《集成》9.4631），「晢（哲）」字所從「阜」旁作「ß」形。根據上述資料推測，楚國「阜」旁「ϝ」形寫法，可能經歷過一段萌芽期，要到戰國中期之後才開始真正盛行，並衍生出「ϝ」與「多」兩種新體。從此之後，新體迅速取代舊體地位，成為戰國中晚期主要寫法。

在楚國「阜」旁新體的三種構形中，「ϝ」形最常見，「ϝ」與「多」目前僅見於簡帛文字。「ϝ」右側較短的豎畫，可能是由三個鋸齒狀部件下方的短斜畫連寫而成。此一構形，與「舟」旁作「多」形的寫法相當接近，有時會受「舟」旁影響，類化作「多」形。

例3、「貝」字

楚國「貝」字構形，依據「目」形部件中間橫畫是否與底部二斜畫連筆，可以區分為舊體與新體兩大類型。不連筆者為舊體，所見構形有如下幾種：

	（楚公䜌鐘）		（楚公䜌鐘）
	（楚季芈盤）		（申公彭宇臣）
	（王孫誥鐘）		（鄂君啟節）
	（鄝大廥銅量）		（信陽簡 1.10）
	（包山簡 116）		（天星觀簡）
	（《璽彙》0129）		（《璽彙》0131）

連筆者為新體，所見構形有如下幾種：

	（王命龍節）		（王命虎符）
	（壽春鼎）		（口廥鼎）
	（大廥盞）		（鑄客器甗）
	（包山簡 53）		（包山簡 103）
	（包山簡 175）		（天星觀簡）
	（《璽彙》0127）		（《璽彙》0128）
	（《璽彙》0130）		（《璽彙》5701）

　　楚國「貝」字構形，資料分佈狀況大致如下：西周春秋時期，皆承襲殷周文字不連筆寫法。戰國中期過後，連筆寫法開始出現。同屬於楚系文字的曾侯乙墓文字資料，時代為戰國早期，而「貝」字皆作舊體。根據上述資料研判，楚國「貝」字新體形成的時間，大概是在戰國中期。新體產生之後，雖然有逐漸取代舊體的趨勢，但舊體並未立即遭到淘汰，仍然一直沿用到楚國滅亡前夕。

　　關於「貝」字構形的演變歷程，張振林也曾做過考察，他的結論大致如下：

殷商後期至西周中期，多作「」、「」、「」、「」等形，上端作兩尖角狀，下端作開口狀；西周後期至春秋前期，多作「」形，上端仍作兩尖角狀，但下端改成閉口，而且繫有兩個豎足；春秋後期至戰國末期，多作「」形，上端兩個尖角改成一道橫畫；戰國時期也常作「」形，將二豎足省略。〔註3〕

　　戰國時期楚國「貝」字構形的主要特徵，應該是「目」形部件中間橫畫與底部二斜畫發生連筆現象。張振林上述結論固然精闢，但因忽略了戰國文字的區域差異，對於楚國「貝」字構形在戰國時期的主要特徵也就沒有特別強調。

例4、「壽」字

　　楚國「壽」字的構形，依據所從「老」旁表示四肢身軀的筆畫是否省略不寫，可以區分為舊體與新體兩大類型。筆畫不省略者為舊體，所見構形有如下幾種：

（鼄公彭宇匜）　　　　　（鼄王之孫叔義匜）

（王子申盞）　　　　　　（王子午鼎）

（子季嬴青匜）　　　　　（包山簡108）

（包山簡82）

筆畫省略者為新體，所見構形有如下幾種：

（壽春鼎）　　　　　　　（襄城楚境尹戈）

（望山簡1.54）　　　　　（望山簡1.52）

（包山簡117）　　　　　　（包山簡94）

（包山簡26）　　　　　　（包山簡210）

（《璽彙》3517）　　　　　（《貨系》4277）

〔註3〕張振林〈試論銅器銘文形式上的時代標記〉，《古文字研究》第5輯（1981），頁73。

依據現有資料來看，楚國「壽」字的構形，在春秋時期都承襲西周金文，保留所從「老」旁表示四肢身軀的筆畫。到了戰國中期，所從「老」旁表示四肢身軀的筆畫經常省略。在戰國早期的曾國文字中，「壽」字仍作「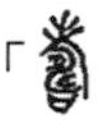」形（曾孟孀諫盆）。根據上述資料推測，楚國「壽」字簡體寫法，可能是到戰國中期才開始盛行的。

例 5、「糸」字

楚國「糸」字的構形，依據糾結的曲畫是否斷裂成若干分離的短斜畫，可以區分為舊體與新體兩大類型。曲畫相互糾結者為舊體，例如：

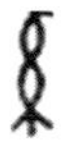（楚公冢鐘）　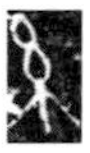（倗鼎）

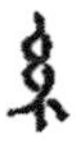（王孫誥戟）　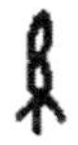（楚叔之孫途盉）

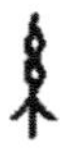（鄂君啟節）　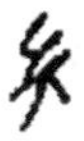（楚王酓忎鼎）

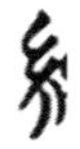（包山簡 259）　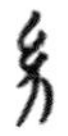（望山簡 2.2）

曲畫斷裂成若干分離的短斜畫者為新體，例如：

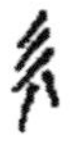（信陽簡 2.23）　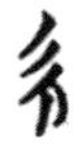（包山簡 270）

楚國「糸」字構形，根據現有資料來看：在西周春秋時期都採連筆寫法，與殷商西周文字無異；直到戰國中期的簡帛文字，才開始出現斷筆寫法；戰國晚期金文所見，多作「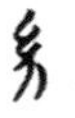」，介於連筆與斷筆之間。戰國早期的曾侯乙墓簡，既作「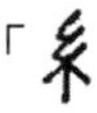」（簡 6），又作「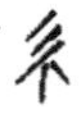」（簡 37），兩體並見。根據上述資料推測，楚國「糸」字斷筆寫法的形成時間，很有可能可以上溯到戰國早期。

例 6、「隹」字

楚國「隹」字的構形，依據表示頭部下緣的筆畫與表示羽翼最上端的筆畫是否連成一筆，可以區分為舊體與新體兩大類型。連成一筆者為舊體，所見構形有如下幾種：

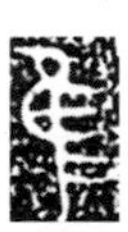（楚公逆鐘）　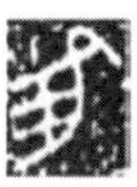（楚嬴盤）

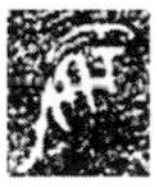（鄦公彭宇匿）　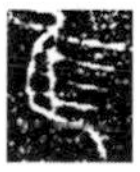（楚子睽匿）

	（以鄧鼎）		（楚屈子赤角匝蓋）
	（孟滕姬缶）		（楚王酓章鎛）
	（包山簡 202）		（天星觀簡）

新體主要有兩種寫法，一是省略表示頭部下緣的筆畫，一是表示頭部下緣的筆畫與表示羽翼最上端的筆畫斷裂為兩筆，所見構形有如下幾種：

	（楚王酓章鐘）		（鄑篙鐘）
	（曾姬無卹壺）		（鄂君啟節）
	（楚王酓忎鼎）		（楚帛書）
	（信陽簡 1.8）		（范家坡簡）
	（包山簡 230）		（包山簡 234）
	（包山簡 268）		（包山簡 209）

楚國「隹」字構形，資料分佈狀況如下：連為一筆的舊體，從西周時期到戰國晚期，一直延續不絕；斷為兩筆或省略一筆的新體，戰國中期才開始盛行。曾侯乙墓簡「隹」字多作「　」形，省略表示頭部下緣的筆畫，據此推測楚國「隹」字新體形成的時間，很有可能也是在戰國早期。隨著時間的推移，新體逐漸取代舊體，有許多例字表示羽翼的筆畫甚至會跟表示軀幹的長豎畫整個分離開來。

至於從「隹」旁的「集」字，在戰國中晚期的國金文中，除了偶見作「　」（鄑客問量）之外，多數例子表示羽翼的筆畫都跟表示身軀的長豎畫完全斷裂脫離，所見構形有如下幾種：

	（鄂君啟節）		（鄑客問量）
	（楚王酓肯鼎）		（大膚鎬）

（鑄客為集脰鼎）　　　　　（鑄客為集脰鼎）

（鑄客為集□鼎）　　　　　（鑄客器鋸）

同一時期的簡帛文字，筆畫脫離現象表現得並不明顯，例如：

（信陽簡 2.24）　　　　（包山簡 1）

（包山簡 232）　　　　（包山簡 234）

（包山簡 10）　　　　（包山簡 212）

（天星觀簡）　　　　（天星觀簡）

根據上述資料可以歸納得知，戰國中晚期楚國「集」字構形的三大特徵：（一）常在頂端增加「宀」旁或「亼」旁；（二）「隹」旁形體訛變，象羽翼形的筆畫，常與象軀幹形的長豎畫分離為二；（三）所從「木」旁的中豎畫，常與「隹」旁的左豎畫或中豎畫發生共用筆畫現象。這些特徵都不見於其他區域文字，既可以當作楚國文字的斷代依據，也可以當作辨識楚國文字的分域標尺。

例 7、「之」字

「之」字殷墟卜辭多作「」（《粹》1043），西周金文多作「」（善夫克鼎），象止在地上準備有所行動之形。楚國「之」字的構形，依據表示腳拇指的曲畫是否拉直變成斜畫，可以區分為舊體與新體兩大類型。

表示腳拇指的筆畫寫作短曲畫者為舊體，所見構形有如下幾種：

（鼄公彭宇簋）　　　　（楚子賸簠）

（永陳缶）　　　　（佣矛）

（楚王酓章鐘）　　　　（曾姬無卹壺）

（繁陽之金劍）　　　　（南君戈）

（《璽彙》0212）　　　　　　　（《璽彙》0230）

曲畫拉直變成斜畫者為新體，所見構形有如下幾種：

（以鄧戟）　　　　　　　　（郳戈）

（周旆戈）　　　　　　　　（鄂君啟節）

（王命龍節）　　　　　　　（郾客問量）

（楚王酓忎鼎）　　　　　　（大麿鎬）

（鑄客鼎）　　　　　　　　（賢子環權）

（信陽簡 2.1）　　　　　　（信陽簡 1.5）

（包山簡 15）　　　　　　 （包山簡 3）

（包山簡 277）　　　　　　（仰天湖簡 15）

（《璽彙》0129）　　　　　　（《璽彙》0128）

（《璽彙》0205）　　　　　　（《璽彙》0204）

依據現有資料來看，楚國「之」字構形時代分佈狀況大致如下：在春秋時期，除了春秋中晚期之際的以鄧戟作「止」、「业」之外，其餘數十見都承襲西周金文以來的舊體，表示腳拇指的筆畫寫作短曲畫。到了戰國中晚期，無論是哪一種質材文字，除了少數美術書體之外，都將表示腳拇指的曲畫拉直，寫作「𡳆」、「𡴁」、「𡴂」等形，後二形目前僅見於楚系文字。

春秋時期各國「之」字多作舊體，但也有少數例外。譬如：晉國智君子鑒作「𡴁」，徐國庚兒鼎作「𡴁」，其構形都屬於新體，時代都在春秋晚期。戰國早期曾侯乙墓「之」字，編鐘銘文多作「𡳆」，木架刻文多作「𡴁」，竹簡文字多作「𡴁」，前者屬於舊體，後二者屬於新體。根據上述資料推測，楚國「之」字三種新體形成的時間，應該以「𡳆」出現最早，大概可以追溯到春秋中期，「𡴁」與「𡴂」可能是到戰國中期才開始盛行。

例 8、「匚」字

「匚」是個象形字，《說文》訓作「受物之器」，籀文作「」。西周金文所見「匚」旁，除了禹鼎「匡」字作「」等少數例外，其餘都作雙廓形，跟籀文構形相合。「匡」字，《說文》訓作「飯器」，或體作「筐」，增添「竹」旁為義符。禹鼎「匡」字讀作「恇」，與「飯器」之義毫無關係，所從「匚」旁作單廓形，所以如此，蓋因鼎銘「匡」字有可能是「匡正」義的專字，也有可能跟「區」、「匿」等字所從「匚」旁形似訛混。總之，西周時期表示「受物之器」的「匚」旁，都作雙廓形。

楚國從「匚」旁的字，在現有金文中只發現「匜」字，在簡文中則有「匜」、「匡」、「匱」等字。其中「匜」字的時代分佈比較均衡，其餘幾個字都集中在戰國中晚期的簡帛文字上。要歸納文字構形的時代特徵，必須有足夠的時間縱深，因此本文所舉例字將以「匜」字為主。

楚國「匚」旁的構形，依據外廓是否由雙廓變成單廓，可以劃分為舊體與新體兩種類型。作雙廓者為舊體，所見構形有如下幾種：

（酅公彭宇匜）　　　　　（楚子賤匜）

（佣匜）　　　　　　　　（郎子匜）

作單廓者為新體，例如：

（楚王酓肯匜）　　　　　（大廥匜）

（包山簡 265）　　　　　（望山簡 2.54）

楚國「匚」旁構形的演變歷程，根據「匜」字構形的時代分佈狀況研判：春秋時期都作雙廓形，與西周金文相合；到了戰國時期，單廓形寫法才開始盛行。在楚國現有資料中，戰國中晚期尚未發現作雙廓形的例子。此一現象可能反映，雙廓形書寫不便，所以單廓形寫法產生之後，就迅速取代雙廓形寫法的地位。

現有楚國「匚」旁資料中，缺乏戰國早期的例證。幸好，在戰國早期的曾國文字中，還保存了不少例證。例如：「匜」字作「」形（曾子㠟匜），「匒」

字作「」形（曾侯乙墓出土衣箱），所從「匚」旁都作雙廓形。根據這個現象推測，楚國「匚」旁單廓形寫法形成的時間，很可能在戰國中期。

例9、「無」字

楚國「無」字構形，依據中間「人」形部件是否省略，可以區分為舊體與新體兩大類型。中間有「人」形部件者為舊體，所見構形有如下幾種：

（申公彭宇臣）　　　　　（鼄王之孫叔義臣）

（王子申盞）　　　　　　（王子午鼎）

（子季嬴青臣）　　　　　（秦家嘴簡 99.4）

省略「人」形部件者為新體，所見構形有如下幾種：

（曾姬無卹壺）　　　　　（無臭鼎）

（郙陵君王子申鑒）　　　（郙陵君王子申豆）

（包山簡 15）　　　　　　（天星觀簡）

楚國「無」字構形，時代分佈狀況大致如下：春秋時期都有「人」形部件，與西周金文寫法相合。省略「人」形部件的簡體，直到戰國中期才開始出現，並有逐漸取代繁體的趨勢。戰國早期曾侯乙墓文字資料，「無」字都作有「人」形部件的繁體。此一現象反映，楚國「無」字簡體寫法，可能是到戰國中期才形成的。

例10、「鑄」字

殷周時期「鑄」字異體繁多，結構最複雜的作「」（鑄子鼎），上象兩手倒持皿形容器，表示傾注銅液，中間從火、從金，表示銷金製器，下方從皿，可能代表器范，「」則為音符，所以「鑄」字是由好幾個義符構成的形聲字。

楚國「鑄」字構形，依據是否省略倒皿形部件，可以區分為舊體與新體兩大類型。有倒皿形部件者為舊體，所見構形有如下幾種：

（楚公𧊒鐘）　　　　　　（楚嬴盤）

（楚子賸臣）　　　　　（以鄧鼎）

省略倒皿形部件者為新體，所見構形有如下幾種：

（鄂君啟節）　　　　　（郘客問量）

（楚王酓肯鼎）　　　　　（楚王酓忎鼎）

（鑄客為集脰鼎）

　　根據現有資料來看，楚國「鑄」字，在西周春秋時期皆作有倒皿形部件的繁體，到了戰國中期，省略倒皿形部件的簡體才開始出現。整體而言，楚國「鑄」字構形，呈現明顯的簡化趨向。西周中晚期之際的楚公豪鐘作「」，所從偏旁多達五個，且為形聲結構。春秋諸例多簡化作「」（以鄧鼎），不但省略「金」旁，甚至將音符「」一併省略，因而轉變成結構簡單的會意字。戰國諸例又進一步簡化，將倒皿形部件也省略掉了。其中，郘客問量作「」，只剩下兩個偏旁，結構最簡單，但字形簡省到這種程度，銷金製器的本義已經隱晦不明，如果沒有明確的辭例為憑依，恐怕連識讀辨認都將感到極為困難。

例11、「其」字

　　「其」字殷商時期作「」（《乙》8685 反），本象箕形，也就是「箕」字初文。到了西周時期，除了原來的「」（盂鼎）之外，開始增添「丌」旁作「」（仲師父鼎）。後來，「其」字多被借為虛詞使用，於是又增添「竹」旁，以恢復它的本義。

　　楚國當作虛詞用的「其」字，依據是否保留象形初文「」，可以區分為舊體與新體兩大類型。保有象形初文者為舊體，所見構形有如下幾種：

（楚公豪鐘）　　　　　（子季嬴青臣）

（楚季芈盤）　　　　　（楚王酓章鐘）

（以鄧匜）　　　　　　（鄂君啟節）

省略象形初文者為新體，所見構形有如下幾種：

（信陽簡 2.25）　　　　 （楚帛書）

（包山簡 91）　　　　 （包山簡 4）

楚國「其」字這兩種構形，在時代與書寫質材兩方面的分佈狀況都相當特殊：金文部份，從西周時期到戰國中期，皆作保留象形初文的繁體；但是，從戰國中晚期之際直到楚國滅亡為止，無論是繁體的「其」或簡體的「亓」，居然完全沒有出現。戰國中晚期的簡帛文字，通通採用省略象形初文的簡體寫法，截至目前為止，尚未發現例外。璽印部份，《璽彙》0279「其」字作「」〔註4〕，《璽彙》2112 所從「其」旁作「」。貨幣等其他質材文字，尚未發現「其」字。

歸納上文可知，楚國「其」字構形的分佈狀況，可以從兩個不同角度觀察：從時代分佈狀況來看，大概以戰國中期晚段為界，在此之前都作保留象形初文的繁體，在此之後都作省略象形初文的簡體。從書寫質材分佈狀況來看，金文都作繁體，簡帛、璽印都作簡體。

根據本節其他例字的演變歷程來看，新構形取代舊構形的過程，通常採取漸進的方式，新、舊二體會並存一段相當長的時期，舊構形不會立即遭到淘汰全面停用。因此，楚國在戰國晚期，尤其是戰國晚期的金文中，繁體「其」字可能還在繼續流傳，只是現有的戰國晚期金文資料恰巧都未用到「其」字，以致沒有機會出現。事實是否如此，有待日後考古資料印證。

楚國簡體「亓」字形成的時間，或許可以根據鄰近國家文字情況略作推測。在春秋晚期侯馬盟書中，「其」、「亓」二體並見。戰國早期的曾侯乙墓簡，「騏」字從「其」作「」（簡 145），「旗」字從「亓」作「」（簡 3），也是「其」、「亓」二體並見。根據這兩項資料推測，楚國簡體「亓」字形成的時間，有可能可以向上追溯到戰國早期，甚至春秋晚期，但真正盛行則在戰國中晚期之間。

〔註 4〕《璽彙》0279「」字，原書未釋，何琳儀釋為「其」。古文字常見「增添同形」現象，望山簡「其」字作「」形即可為證。由此推論，上述璽文應可釋為「其」。參閱何琳儀〈古璽雜識續〉，《古文字研究》第 19 輯（1992），頁 480～482。

例 12、「皇」字

楚國「皇」字構形，依據「日」形部件是否省略，可以劃分為舊體與新體兩大類型。保留「日」形部件者為舊體，所見構形有如下幾種：

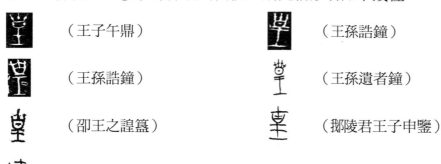

省略「日」形部件者為新體，所見構形有如下幾種：

根據上述資料分析可知，楚國「皇」字構形，在春秋時期都作有「日」形部件的繁體。到了戰國時期，省略「日」形部件的簡體才開始出現。「皇」字簡體產生之後，繁體並未立即遭到淘汰，仍然一直沿用到楚國滅亡前夕。

曾侯乙墓所出的文字資料，性質屬於楚系文字，時代屬於戰國早期，而「皇」字都作有「日」形部件的繁體。邵王之諻簋與邵王之諻鼎，為同一位器主所鑄，時代屬於戰國早期，而「皇」字繁體與簡體互見。根據這兩項資料推測，楚國「皇」字簡體產生的時間，可能是在戰國早期，此時正處於新、舊構形交替之際，新產生的簡體尚未普及，所以曾侯乙墓簡、邵王之諻簋仍然使用舊有的繁體。到了戰國中晚期，簡體已經廣為流通，此一時期的楚簡都改採簡體，繁體只在崇尚古雅的金文中偶而出現。

1985 年出版的《金文編》，「皇」字條最後一列收錄如下三個字形：「![字]」（員作厥皇考尊）、「![字]」（欒書缶）、「![字]」（闔卣）。〔註5〕這三件器的時代，

〔註 5〕尊銘首字作「![字]」，上從「○」，下從「鼎」，應釋作「員」，但《三代吉金文存》、《金文編》、《集成》等書均未辨識出來。

《集成》依序定在西周早期或中期、春秋、西周早期。〔註6〕如果這三個字確實都是「皇」字，而且《集成》所定時代也都可信，那麼筆者對於楚國「皇」字構形演變歷程的理解，就必須重新檢討。因為「皇」字省略「日」形部件的簡體寫法，如果在西周早中期就已經通行，我們就沒有理由推測，楚國「皇」字簡體是在戰國早期才形成的。

容庚在卣銘「」字下，註明「假坒為皇」，根據註文，這個字應該改隸於「坒」字條下。尊銘「 」字，與卣銘「 」字形體相似，二器的時代與辭例也都相近，二者很可能是同一個字的異體，都應該釋作「坒」。至於欒書缶的時代，筆者同意劉彬徽的意見，定在戰國早中期之間，論證詳見本章第四節。綜上所述，「皇」字簡體的形成，應該是在戰國時期，至少在現有的文字資料中，西周春秋時期仍未發現確切可靠的簡體例證。

張振林也曾考察「皇」字構形的演變歷程，他將「 」列為西周前期至春秋前期的寫法，「 」列為春秋後期至戰國時期的寫法。張文列舉的字形，並未詳細註明資料來源，但根據摹寫字形研判，應是引用上述尊銘與缶銘。尊銘的釋讀，缶銘的斷代，既然都有問題，那麼張文對於「皇」字構形演變歷程的論述，也就有待重新商榷了。

例 13、「歲」字

「歲」字殷墟卜辭多作「 」（《佚》211）、「 」（《粹》17）等形，西周金文多作「 」（利簋）、「 」（毛公鼎）等形。

楚國「歲」字構形，依據所從「戉」旁是否類化為比較習見的「戈」旁，可以區分為舊體與新體兩大類型。舊體從「戉」旁，例如：

（敬事天王鐘）

新體從「戈」旁，所見構形有如下幾種：

（鄂君啟節）　　　　　　　　　　　（陳坒戟）

（羕陵公戈）　　　　　　　　　　　（襄城楚境尹戈）

〔註6〕這三件器在《集成》中的編號，尊是 11.5908，缶是 16.10008，卣是 10.5322。

（楚王酓肯鼎）　　　（邥陵君王子申豆）

（楚帛書）　　　（信陽簡 1.3）

（包山簡 226）　　　（包山簡 2）

（包山簡 120）　　　（望山簡 2.1）

（《璽彙》0205）

　　楚國「歲」字構形，時代分佈狀況大致如下：目前所見最早的資料為春秋晚期的敬事天王鐘，鐘銘「歲」字作「」，以義符「月」旁代替左下角的「止」旁，這種形聲字結構從未見於殷商西周文字，構形方面已有重大變革。到了戰國中期，除了以「月」旁代替左下角「止」旁之外，原來的音符「戉」旁，都類化為比較習見的「戈」旁，而且左上角的「止」旁都與「戈」旁共用長橫畫。

　　從楚國其他字的演變過程來看，西周春秋時期的楚國文字構形，通常都跟殷商西周文字大體相合。楚國西周至春秋中期的「歲」字資料，目前雖然完全空白，但根據上述普遍現象推測，這段期間楚國「歲」字的構形，應該也跟西周金文一樣，都是從戉聲的形聲結構。

例 14、「中」字

　　楚國「中」字構形變化多端，依據中長畫是否彎曲變成勾畫，可以劃分為舊體與新體兩大類型。作直豎畫者為舊體，所見構形有如下幾種：

（楚王鐘）　　　（楚屈子赤角臣蓋）

（南君戈）　　　（王孫誥鐘）

（鄂君啟節）　　　（天星觀簡）

（包山簡 138）　　　（包山簡 35）

作勾畫者為新體，所見構形有如下幾種：

（臨所佸鼎）　　　（中陽鼎）

乇 （天星觀簡）　　　　　　乇 （天星觀簡）

金 （天星觀簡）　　　　　　金 （天星觀簡）

乎 （天星觀簡）　　　　　　毛 （包山簡 8）

乇 （包山簡・牘 1）　　　　乇 （包山簡 269）

乇 （包山簡 157）　　　　　金 （包山簡 71）

金 （包山簡 174）　　　　　乎 （仰天湖簡 12）

（《湖南省博物館藏古璽印集》8）

　　楚國「中」字構形，時代分佈狀況大致如下：春秋時期都作舊體，有旗游形短畫的「乇」皆用以表示「中正」義，無旗游形短畫的「中」皆用以表示「伯仲」義，用法跟殷商西周文字相同。〔註7〕舊體至少沿用到戰國中晚期之際，新體則是到了戰國中期才開始出現，並表現出迅速取代舊體的趨勢。戰國早期的曾侯乙墓簡，「中」字皆作「乇」（簡 18），頂端增添「宀」旁，而中長畫仍作直豎畫，同時兼有新、舊兩體的特徵。據此推測，楚國「中」字新體形成的時間，有可能可以上溯到戰國早期。

　　根據上述資料歸納得知，戰國中晚期楚國「中」字構形有四大特徵：（一）絕大多數中長畫，都由直豎畫變成右勾畫；（二）位於「口」形部件上方的短橫畫，多數會延長並跨越中長畫頂端；（三）位於「口」形部件下方的短橫畫，絕大多數都被省略；（四）字的頂端，常會增添「宀」旁。結合上述四大特徵的「中」字，從未見於其他區域文字，既可以當作楚國文字的斷代依據，也可以當作辨識楚國文字的分域標尺。

　　例 15、「皿」、「皀」、「豆」、「壴」等字

　　「皿」、「皀」、「豆」、「壴」都是表示器物的象形字，西周金文分別作「皿」（盂鼎）、「皀」（頌鼎）、「豆」（豆閉簋）、「壴」（史喜鼎）等形，它

―――――――――――――――――――――――――――――
〔註7〕「中」字「乇」、「中」這兩種構形用法的差別，詳見第五章第二節。

們都有表示器物圈足或底座的部件，依據圈足或底座是否訛變為「口」形或「甘」形部件，可將其構形分別區分為舊體與新體兩大類型。

　　圈足或底座未訛變為「口」形或「甘」形部件者為舊體，所見構形有如下幾種：

　　一、「皿」字

图	（楚季苟盤）	图	（以鄧匜）
图	（鄧尹疾鼎）	图	（王子嬰次盧）
图	（王子申盞）	图	（㑇鼎）
图	（王子午鼎）	图	（邵方豆）
图	（曾姬無卹壺）	图	（鄂君啟節）
图	（鑄客匜）	图	（鑄客缶）
图	（楚帛書）	图	（包山簡 115）

　　二、「皀」字

图	（楚公逆鐘）	图	（䣄王之孫叔義匜）
图	（楚子賆匜）	图	（㑇鼎）
图	（佣子匜）	图	（邵王之諻鼎）
图	（鄂君啟節）	图	（無臭鼎）
图	（望山簡 2.50）	图	（包山簡 134）
图	（楚帛書）	图	（《璽彙》0217）

　　三、「豆」字

图	（楚王酓忎鼎）	图	（楚王酓忎鼎）
图	（大䏬鎬）	图	（集胆大子鼎）

（信陽簡 2.6）　　　　　　　　　（包山簡 244）

（楚帛書）

四、「壴」字

（黿公彭宇匜）　　　　　　　　　（王子嬰次鐘）

（王孫誥鐘）　　　　　　　　　　（王孫遺者鐘）

（包山簡 7）　　　　　　　　　　（包山簡 163）

（包山簡 167）

圈足或底座訛變為「口」形或「甘」形部件者為新體，所見構形有如下幾

種：

一、「皿」字

（楚王酓肯匜）　　　　　　　　　（楚王酓肯盤）

（楚王酓忎鼎）　　　　　　　　　（鑄客鼎）

（□益環權）　　　　　　　　　　（分囟益砝碼）

（仰天湖簡 26）　　　　　　　　　（信陽簡 2.3）

（包山簡 132）　　　　　　　　　（包山簡 107）

（望山簡 2.46）　　　　　　　　　（望山簡 2.46）

二、「皀」字

（大腐盞）　　　　　　　　　　　（大腐鎬）

（包山簡 69）　　　　　　　　　　（包山簡 137）

三、「豆」字

（鑄客鼎）　　　　　　　　　　　（鑄客鼎）

（信陽簡 2.12）　　　　　　　　　（包山簡 266）

豆　　　（望山簡 2.45）

四、「壴」字

壴　　　（鄂君啟節）　　　　　　壴　　　（信陽簡 2.3）

壴　　　（包山簡 204）　　　　　　壴　　　（包山簡 133）

　　上述這四個字，在楚國文字資料中，都有大量例證。其中，「皿」字及其從屬字出現最為頻繁，光在金文中就有將近百次之多，而且時代分佈相當平均。「皀」、「壴」二字，出現次數與時代分佈也都還算理想。唯有「豆」字分佈狀況較差，幾乎所有資料都集中在戰國中晚期的簡帛資料上，金文所見只出現在戰國晚期「脰」字偏旁中。

　　楚國「皿」、「皀」、「壴」這三個字，各種構形的時代分佈狀況大致如下：戰國早期及其以前，都是沿用西周金文以來的舊構形，表示圈足或底座的部份，還沒有發現訛變為「口」形或「甘」形的例子。戰國中晚期之間，表示圈足或底座的部份，逐漸出現訛變為「口」形或「甘」形的例子。新體產生之後，舊體還是繼續流通，直到楚國滅亡前夕仍未遭到淘汰。

　　「皿」、「皀」、「壴」這三個字，在戰國早期的曾侯乙墓文字中，依序作「皿」（簡 166）、「皀」（簡 172）、「壴」（C53 編磬）等形，都跟楚國文字舊體寫法相合。根據曾國文字的構形歸屬，以及上述楚國文字資料的時代分佈狀況，可以推測，楚國這三個字新體形成的時間，可能是在戰國中期。

　　至於「豆」字構形的演變歷程，受現有資料時代分佈過度集中的影響，只能歸納出該字在戰國中晚期的構形特徵，至於這些特徵跟西周春秋時期的構形究竟有何不同，無法經由對照比較得知，所謂的時代特徵也就難以獲得確認。

　　戰國中晚期「豆」字的構形，跟「皿」、「皀」、「壴」等字一樣，都是象有圈足或底座的器物之形，而且皆可依據圈足、底座是否訛變為「口」形或「甘」形，區分為兩大類型。況且，戰國早期的曾侯乙墓簡「豆」字作「豆」形（簡 1），仍然採用舊體寫法。根據這兩個現象推論，楚國「豆」字圈足部份訛變為「口」形或「甘」形的時間，筆者認為很可能也是在戰國中期。

　　例 16、「楚」字

　　楚國「楚」字構形，依據「林」旁與「足」旁相對位置的變化，可以劃分

為兩種類型。第一種類型，「足」旁夾在「林」旁二木中間，所見構形有如下幾種：

![字形]（楚公豪鐘）　　　　　　![字形]（楚公豪戈）

![字形]（楚公逆鐘）　　　　　　![字形]（楚季芊盤）

![字形]（楚子賸匜）　　　　　　![字形]（楚屈子赤角匜蓋）

![字形]（佣簋）　　　　　　　　![字形]（楚王領鐘）

![字形]（楚子棄疾匜）　　　　　![字形]（楚子迮鼎）

![字形]（襄城楚境尹戈）

第二種類型，「足」旁整個在「林」旁下面，所見構形有如下幾種：

![字形]（楚嬴盤）　　　　　　　![字形]（以鄧鼎）

![字形]（楚屈叔佗戈）　　　　　![字形]（楚王酓審盞）

![字形]（佣鼎）　　　　　　　　![字形]（王孫誥鐘）

![字形]（楚子敦）　　　　　　　![字形]（楚王孫漁戈）

![字形]（楚王酓璋戈）　　　　　![字形]（楚王酓肯釶鼎）

![字形]（楚王酓忎鼎）　　　　　![字形]（楚尚車轄）

![字形]（包山簡2）　　　　　　![字形]（仰天湖簡40）

　　楚國「楚」字構形的時代分佈狀況，根據現有資料來看，大致如下：西周春秋時期，以「足」旁夾在「林」旁二木中間的寫法居多數，但「足」旁整個在「林」旁下面的例子也有不少，譬如楚嬴盤、楚嬴匜、以鄧鼎、以鄧匜、楚屈叔佗戈、楚王酓審盞、佣鼎、佣戈、王孫誥鐘、楚子敦、楚叔之孫途盃等器銘文皆是，其中前四器的年代比較早，甚至是在春秋早中期之間。由此可見，「足」旁整個在「林」旁下面的構形起源很早，至少可以上溯到春秋早期。到了戰國時期，「足」旁整個在「林」旁下面的例子佔絕大多數，所見只有襄城

楚境尹戈例外。整體而言，這兩類構形出現的時代，雖然大致有所區隔，但彼此仍然摻雜交錯，並非截然劃分。

楚國「楚」字構形的時代特徵，李瑾也主張依據「林」旁與「足」旁相對位置的變化，劃分為兩種類型。這兩種類型的時代分佈，李瑾認為應該以春秋中晚期之際為界。在此之前，「足」旁夾在「林」旁二木中間；在此之後，「足」旁整個在「林」旁下面。李瑾還根據上述結論，推斷中子化盤的年代，認為盤銘「楚」字「足」旁夾在「林」旁二木中間，表示時代應在春秋中晚期之際以前，並進一步考證為楚成王時，反對郭沫若將時代定在戰國早期楚簡王時。〔註8〕

但是，根據筆者全面考察的結果，楚國「楚」字那兩類構形，在時代分佈上，雖然大致有所區隔，但因二者一直摻雜混用，並未截然劃分，僅能做為楚器斷代的旁證，還不足以當作可靠的斷代標尺。因此，中子化盤的年代問題，不宜僅憑盤銘「楚」字構形論定。

第三節　構形演變與書寫工具的關係

在第二節中，筆者曾經考察十幾個楚國常用字的構形演變歷程，結果發現新體形成的時間幾乎都集中在戰國中期。當初，筆者在篩選這些例字時，只考慮兩個條件，一是構形必須發生明顯變化，二是出現頻率必須相當高。除此之外，別無其他考慮。換句話說，上述結論是在正常狀態下歸納所得，不是筆者預設立場人為操作的結果。在這種情況下，楚國文字構形為何集中在戰國中期發生明顯變化？應該是一個值得深思的問題。

現有的楚國手寫體簡帛文字資料，主要集中出現於戰國中期晚段，跟楚國文字構形發生明顯變化的時間大致相近。在這種情況下，書寫工具與書寫質材的改變，對文字構形演變是否造成影響，應該是值得關心的課題。我們要問：以毛筆書寫，以范模鑄印，或以尖刀刻劃，這三種屬性不同的書寫工具，所寫出來的字，是否就會表現出不同的構形特徵？

〔註 8〕郭沫若《兩周金文辭大系圖錄考釋》（北京：科學出版社，1957），頁 167；李瑾〈楚器「中子化盤」作器年代管窺〉，見《殷周考古論著》（河南：河南大學出版社，1992），頁 204。

　　書寫工具與文字構形演變的關係，可以從曾侯乙墓出土文字資料獲得啟發。曾侯乙墓文字資料，有竹簡墨書、銅器鑄銘、石器刻文、石器墨書、木器刻文、木器漆書、木器墨書等類，合計共有 12696 個字。這些資料的時空背景完全相同，唯一差別在於書寫工具不同，最適合用來觀察各類書寫工具對文字構形演變造成的影響。同時，戰國早期的曾侯乙墓簡，與戰國中晚期的楚簡，書寫工具與書寫質材相同，主要差別在於時空背景不同，空間上二者分屬兩個鄰近國家，時間上二者分屬兩個相互銜接時段，比較此二者的文字構形特徵，對於瞭解書寫工具屬性是否必然影響文字構形演變，相信有很大的幫助。

　　為了方便與楚簡文字相互比較，下文考察曾侯乙墓簡時，所考察的例字及資料處理方式，都跟上一節處理楚簡時完全一樣。第二節那些例字，在曾侯乙墓簡的寫法，詳見下文〈曾侯乙墓簡文字構形簡表〉。

▲曾侯乙墓簡文字構形簡表

例字	曾侯乙墓簡		說明	例字	曾侯乙墓簡		說明
金	簡6	簡80	舊體	阜	簡45		舊體
貝	簡80		舊體	糸	簡3	簡28	舊體新體
隹	簡133	簡124	舊體新體	之	簡2	簡53	新體
無	簡48		舊體	其	簡145	簡6	舊體新體
皇	簡166		舊體	中	簡18		舊體
皿	簡214		舊體	皀	簡172		舊體
豆	簡1		舊體				

　　上列十三個例字，在楚簡文字中都有新、舊兩體。在曾侯乙墓簡中，卻只有「糸」、「隹」、「之」、「其」等四個字產生新體，其餘諸字的構形都跟西周金文大致相合。譬如：「金」字出現七十餘次，「貝」字出現二百四十餘次，在如此大量的資料中，居然完全找不到新體的例證。

　　楚簡與曾侯乙墓簡二者，同樣是以毛筆寫在竹簡上，而且同屬於楚系文字，

只是時代先後有別而已。但是，同一個字的構形，竟然存在如此明顯的差異。這個現象顯示，即使書寫工具相同，文字構形演變情況也未必一致。換個角度說，文字構形所以發生變化，跟更換不同屬性的書寫工具這件事，未必有非常密切的關係。從戰國到明清，日常文書都是用毛筆書寫，書寫工具雖然相同，可是文字構形並未因而停止演變，古文、篆書、隸書、行書、草書、楷書等各種字體仍然不斷更替。這些客觀事實反映，書寫工具與書寫質材的更換，對文字構形演變所造成的影響，不宜過度誇大。

　　曾侯乙墓出土的文字資料，不但字數龐大，而且書體風格多樣，整體而言，竹簡、木器的墨書比較草率，石器刻文與木器漆書比較規整，銅器鑄銘最為講究，而且往往帶有美術字意味。〔註9〕姑以「之」、「大」二字為例，編鐘鑄銘作「㞢」、「夨」，編鐘掛件刻銘作「㞢」、「大」，竹簡墨書作「㞢」、「大」。大致來說，鑄銘筆畫圓轉，保留較多篆書面貌；刻銘與墨書筆畫方折，已顯露出濃厚的隸書意味。乍看之下，上述現象似乎顯示，書寫工具的選擇，會對文字構形造成重大影響。但是，刻銘是使用堅硬的銳器，墨書是使用柔軟的毛筆，二者工具屬性恰恰相反，可是表現出來的構形特徵卻又相當雷同。由此可見，書寫工具的屬性不同，不必然導致文字構形跟著發生變化。

　　刻銘與墨書的字形，一般比較草率，跟鐘鼎彝器范鑄的銘文相比，往往有明顯差別。所以會有這種差別，主要關鍵在於書寫動機不同。古人鑄造鐘鼎彝器，總是希望「子子孫孫永寶用享」，銘文書寫態度必然嚴謹，而且為了營造莊嚴肅穆的氣氛，往往會選用比較古雅的舊體。至於竹簡墨書，以及一般器物常見的工匠刻款，只是出於日常記事的需要，沒有傳之久遠的想法，書寫態度難免因而流於草率，原本應該圓轉的筆畫，往往變成比較容易書寫的直畫，甚至產生各種類型的簡省訛變。

　　由於書寫態度不同，器物刻銘與竹簡墨書的文字構形，相對於莊嚴肅穆崇尚古雅的彝器鑄銘而言，往往更能反映當時不斷形成的新體。楚國文字的刻銘與墨書，依據現有資料來說，幾乎都集中在戰國中晚期。正因為這個緣故，所以楚國文字新體要到戰國中期才開始大量出現。如果能夠發現戰國早期的楚國刻銘與墨書資料，楚國文字新體開始出現的時間，預料將會跟著往前提早一些。

〔註9〕中國社會科學院考古研究所《曾侯乙墓》（北京：文物出版社，1989），頁483～484。

　　戰國時期楚國文字構形所以發生重大變化，主要力量既然不是來自書寫工具的變革，那麼促使戰國文字構形發生劇烈變化的力量，究竟來自哪裏？筆者認為應該是時代推移、社會變遷的結果。

　　眾所周知，中國社會在進入戰國時期之後，經濟、政治、教育、文化等各方面都發生巨大變化。教育日趨普及，工商往來日益頻繁，識字用字的人口快速增加。在整個社會急遽變遷的過程中，難免促使文字隨著發生劇烈變化，新字因而不斷衍生，舊字構形也因而處於高度不穩定狀態。當時各國政府都急於發展自己的文化特色，疏於文字規範工作，終於導致《說文·敘》所謂的「文字異形」現象。

　　戰國時期文字構形的劇烈變化，主要表現在俗體字的迅速發展上。裘錫圭說：

> 東方各國俗體的字形跟傳統的正體的差別往往很大，而且由於俗體使用得非常廣泛，傳統的正體幾乎已經被衝擊得潰不成軍了。……戰國時代東方各國通行的文字，跟西周晚期和春秋時代的傳統的正體相比，幾乎已經面目全非。……六國文字裏正體和俗體的關係比較複雜。有的俗體幾乎已經完全把原來的正體字排擠掉了。〔註10〕

裘錫圭所謂「俗體」，應該是指異於傳統正體的構形，也就是當代才衍生出來的新構形。

　　在本章第二節處理例字時，筆者為了論述方便，曾依據該字某項特徵之有無，將之區分為「舊體」與「新體」兩種類型。筆者所謂「舊體」與「新體」，跟一般所謂「正體」與「俗體」，指涉的具體內涵其實相去不遠，只不過前者側重該構形產生的時間順序，後者強調該構形的社會地位。

　　在古文字發展的過程中，有些使用比較廣泛的民間俗體，後來往往取代原有正體的地位，成為官方文書使用的字體。姑以楚國「金」字為例，中豎畫兩旁小點連筆作「金」，大概是戰國中期形成的新體。戰國中期的鄂君啟節，為楚王頒發給鄂君啟的通行憑證，屬於官方文書，「金」字仍採舊體作「金」。戰國晚期的楚王酓忈鼎、斜陵君鑑等器，都是楚國王室的器物，銘文內容都

是記載楚國王室的事情，也屬於官方文書，可是銘文「金」字已經改採連筆的新體。

上述現象說明，「金」字連筆寫法，到了戰國晚期，不僅在民間盛行，官方也已普遍使用，渾然不知其為新體或俗體。由此可知，俗體雖然多半來自民間，但是經過一段時日的使用之後，如果能夠得到社會大眾的廣泛認同，就有可能逐漸取代傳統正體的地位，成為新的正體。

第四節　特殊構形的分域斷代功能舉例

關於銅器斷代工作，郭沫若曾提倡所謂「標準器斷代法」，也就是以年代確切的器物為標準器，再根據標準器的形制紋飾、辭例內容、文字構形、書體風格等特徵，去推測其他器物的年代。〔註11〕

春秋戰國時期文字演變的趨勢，基本上朝著建立區域特徵的方向發展，愈晚形成的新構形，區域特徵往往愈明顯。本章第二節曾針對十幾個構形變化比較明顯的楚國常用字，觀察這些例字各種構形的時代分佈狀況，並從中篩選出下列時代特徵明確的新構形：

「金」字連筆作「金」、「金」等形。

「阜」字連筆作「阝」、「多」等形。

「貝」字連筆作「𨳇」、「𨳇」等形。

「壽」字省筆作「壽」、「𦓀」等形。

「糸」字斷筆作「糸」形。

「隹」字斷筆作「隹」形。

「集」字斷筆、省筆、借筆或增添偏旁，作「」、「集」、「」等形。

「臣」字簡省作「臣」形。

「無」字簡省作「無」、「無」等形。之」字訛變作「𡳴」、「𡳴」等形。

「鑄」字簡省作「鑄」、「臾」等形。

「其」字簡省作「丌」、「亓」等形。

「皇」字簡省作「𡶆」、「𡶆」等形。

〔註11〕郭沫若《兩周金文辭大系圖錄考釋》，初序，頁3～4。

「中」字訛變或增繁作「」、「」、「」等形。

「皿」字訛變作「」形。

「皀」字訛變作「」形。

「豆」字訛變作「」形。

「豆」字訛變作「」形。

「歲」字更換偏旁作「」、「」等形。

　　這些新構形，都是楚國在戰國中晚期才發展出來的，時空背景明確可考，當可做為其他相關器物分域、斷代的重要參考標尺。運用特定的文字構形，來為國別、年代不詳器物斷代、分域的方法，可參照「標準器斷代法」的稱呼，名之為「標準構形斷代法」。

　　下文將運用「標準構形斷代法」，針對幾件鑄造時空背景不詳的銅器，進行分域、斷代的工作。這些銅器都收錄在《集成》中，有些是第一次著錄，有些是分域斷代問題爭議不休的器物，本節除了處理國別、時代問題外，也將對器物銘文內容略作討論。

一、羅高之官壺

　　此壺現藏北京故宮博物院，曾先後著錄於《錄遺》227、《總集》7.5700、《集成》15.9589 等書中。《錄遺》與《總集》稱之為「□壺」，《集成》稱之為「□客壺」，顯示這些書都無法完整識讀銘文。壺銘共有八個字，先後接續，沿著壺體，排成一橫列。各書在著錄時，受版面大小的牽制，不得不剪裁切割，《錄遺》裁為四小段，《集成》剪成兩小段。周何等人編纂的《青銅器銘文檢索》一書，大概是根據《錄遺》的拓片，遂將壺銘斷讀為「□客、之官□、辛、五官」。〔註12〕

　　《集成》15.9589.1 首字作「」，舊皆不識，筆者釋為「羅」。楚國「羅」字，作「」（包山簡 68）、「」（仰天湖簡 10）、「」（鄰客問量）等形。壺銘這個字，上從「网」，中從「隹」，下從「糸」，跟上引「羅」字相比，僅僅「隹」旁的形體，以及「糸」旁的位置略有不同。「隹」旁表示羽翼的中豎畫，一般是在並列橫畫的中間，壺銘將其外移到接近羽翼末梢處。「隹」旁

〔註12〕周何、季旭昇、汪中文等《青銅器銘文檢索》（台北：文史哲出版社，1995），頁 1945。

中豎畫位置外移到接近羽翼末梢處，在楚國文字中例證不少，包山簡268「集」字作「」，就是典型的例子。至於偏旁相對位置，由左右式變成上下式，更是楚國文字的常態，詳見本論文第四章第七節，不再贅述。

壺銘「羅」後之字作「」形，舊皆誤釋為「客」，其實是「高」字。楚國「客」字皆作「」（包山簡125），從「宀」、「各」聲；「高」字多作「」（包山簡237），係由「」（楚公逆鐘）訛變而來。壺銘「羅」後之字，與「高」字構形完全相同，既不從「宀」，也不從「各」，不能釋為「客」，只能釋為「高」。

《集成》15.9589.2首字作「」，而楚國「苛」字作「」（秦苛膡勺）、「」（包山簡135）等形，跟壺銘首字相比，只是多了幾道贅筆。壺銘次字作「」，而楚國「事」字作「」（包山簡131）、「」（包山簡81）等形，二者構形相同。因此，壺銘上述二字，應分別釋為「苛」與「事」。

綜上所述，銅壺全銘應該釋為「羅高之官／苛事之官」。壺的國別與年代，可以由銘文構形觀察得知。「之」字作「」，「事」字作「」，都是分辨楚國文字的重要標尺。「之」字作「」，「糸」旁作「」，「隹」旁作「」，「宀」旁作「」，都跟戰國中晚期楚國文字特有構形相合。〔註13〕其餘，「羅」字所從的「网」旁作「」，「高」字作「」，「苛」字作「」，也都跟戰國時期楚國文字相合。因此，經由文字構形比對，可以確定此壺為戰國中晚期的楚國器。

壺銘包括兩個並列片語，內容都是「某某之官」，二者語意應該大致相當。類似辭例也見於下列楚國文字資料：

（1）賢子環權：臤（賢）子之倌

（2）包山簡18：鑄劍之官

（3）包山簡87：鄸易之櫃官

（4）包山簡121：競（景）不割（害）之官

（5）包山簡124：疋昜之酷官

（6）包山簡125：疋昜之酷倌

〔註13〕楚國「之」、「糸」、「隹」、「宀」、「网」等字構形的斷代特徵，詳見本章第二節。楚國「事」字的分域特徵，詳見第三章第六節。

例（1）「賢子」，應該是楚國人名，「子」為尊稱用語。例（2）「鑄劍」，係指某項特定職事。例（3）「鄟易」，以及例（5）、（6）「疋易」，係指楚國地名。例（4）「景不害」，是楚國人名。其中例（6）的「官」字，從「人」旁，寫作「倌」。「官」、「倌」通用的例子，也見於包山簡「宵官司敗」的「官」字，簡176寫作「官」，簡15寫作「倌」。

壺銘「羅高」與「苛事」的詞義，不外乎人名、地名與職事三項，但究竟應以何者為是？仍然頗費斟酌。筆者主張解釋為人名，理由如下：

（一）「羅高」與「苛事」的詞義都無法由字面獲得理解，與「鑄劍」之類表示職事的詞組相比，構詞方式明顯有別，因而比較不可能當作「職事」解釋。

（二）楚國雖有「羅」這個地名，見於鄂客問量、包山簡83等資料中，但無論是傳世典籍或出土文獻，從未見到地名「羅高」。況且，「苛事」一詞，也與先秦地名用字習慣格格不入。因此，這兩個詞組當作地名的可能性應該不大。

（三）「羅」與「苛（柯）」都是先秦常見姓氏，楚國文字資料中屢見不鮮，譬如包山簡93的「羅軍」、包山簡135的「苛冒」、楚王酓忎鼎的「苛朕」等，都是楚國人名。「人名＋之＋官」的辭例，也見於賢子環權，可以做為佐證。

壺銘的「羅高」與「苛事」，上述三種可能解釋，經過反覆推敲之後，筆者主張採用楚國人名說。

上述例句的「官」字，應該如何解釋？宜從詞義最清楚的例（2）入手。例（2）的「鑄劍」，既然表示「職事」，緊接其後的「官」字，無疑是指該項職事負責人的身份。如前所述，楚國表示特定身份的「官」，又寫作「倌」。楚簡所見「倌（官）」字，其後往往緊接著「人」字，結合成為「倌（官）人」固定詞組。《說文》：「倌，小臣也。」《詩·鄘風·定之方中》：「命彼倌人，星言宿駕。」毛《傳》：「倌人，主駕者。」由此可見，「倌（官）人」是指具有特殊技能的人，類似今日所謂的「師傅」，身份地位並不高。從這個角度出發，檢視上述例句的「官」字，除了例（4）應該讀為「館舍」之「館」外，其餘諸例解釋作「倌（官）人」，讀起來都非常通順合理。

　　周鳳五認為包山簡的「倌（官）人」，是指官營手工作坊的工匠。對於包山簡所見的「倌（官）」，周鳳五逐一詮釋如下：簡 18 的「鑄劍之官」，指「鑄冶刀劍的工匠」；簡 87 的「郫易之梮官」，指「製造『梮』這種高足案的工匠」；簡 125 的「疋易之酷倌」，指「釀酒的工匠」；簡 121 的「競不割之官」，指「競不害私營的手工作坊」。〔註 14〕

　　周鳳五對於包山簡 18、87、125 的理解，堪稱卓識。但是，所謂「官營手工作坊的工匠」、「私營手工作坊」之說，還有商榷的餘地。「官」字固然可以引申出「官營」義，也可以讀作「館」，再引申出「作坊」義。但是，若將「倌（官）人」解釋為「官營手工作坊的工匠」，如此一來，「官」字必須同時兼領「官營」與「作坊」二義，不合古籍訓解常例。如果包山簡「倌（官）」字，確實兼有「官營」與「作坊」二義，那麼簡 121 就不應該解釋為「私營」義。至於「手工工匠」一義，用以理解上述資料，雖然大致通順，但由〈定之方中〉稱呼主駕者為「倌人」來看，倒不如將「倌人」理解為「擁有特殊技能的師傅」，更為周全一些。

　　三晉負責鑄造銅器的人事制度，根據黃盛璋的研究，應該包括監造、主造與製造三級。〔註 15〕戰國時期楚國銅器鑄造制度，根據李零的研究，大致也是如此，只是各級官員的稱呼不同而已。〔註 16〕楚國銅器銘文往往省略監造、主造二級，只標示製造者。例如，楚王酓忎鼎銘文云：

　　冶師紹、夆差（佐）陳共為之

秦苛臙勺銘文云：

　　冶專（傅）秦、苛（柯）臙為之

其中「冶師」、「夆者差（佐）」、「冶」等職務，都是實際負責冶鑄事務的技師。

　　壺銘「羅高之官」與「苛事之官」，辭例跟賢子環權「賢子之倌」相同。根據楚王酓忎鼎、秦苛臙勺等銘文辭例來看，壺銘的「羅高」與「苛事」及權銘的「賢子」，應該都是實際負責操作製造的師傅，至於監造、主造二級官員則予

〔註14〕周鳳五〈包山楚簡《集著》《集著言》析論〉，《中國文字》新 21 期（1996），頁 29～31。

〔註15〕黃盛璋〈三晉銅器的國別、年代與相關制度問題〉，《古文字研究》第 17 輯（1989），頁 45～52。

〔註16〕李零〈楚燕客銅量銘文補正〉，《江漢考古》1988 年 4 期，頁 102～103。

以省略。

二、斿子壺與畀君壺

　　《集成》著錄的斿子壺，共有五件。編號 15.9516 的「![字]斿子壺」，曾著錄於《尊古》2.33，現藏北京故宮博物院。編號 15.9538～9539 的「左斿子壺」，未曾著錄，現藏上海博物館。編號 15.9540～9541 的「己斿子壺」，未曾著錄，現藏北京故宮博物院。此外，編號 15.9542 的「![字]君壺」，曾著錄於《三代》12.6.1 等書，現藏台北故宮博物院，壺銘內容與文字構形，都與上述諸壺關係密切，可以一併討論。

　　先考釋「![字]斿子壺」，銘文首字作「![字]」，《尊古》與《集成》都未考釋。楚簡屢見「〔某人〕畀（聘）於楚之歲」，「畀」字作「![字]」（包山簡 197）、「![字]」（秦家嘴簡 99.15）等形，與壺銘構形相同，可知壺銘此字也應釋為「畀」。次字作「![字]」，《尊古》釋為「斿」，《集成》釋為「斿子」二字合文。楚國「遊」字作「![字]」（鄂君啟節）、「![字]」（包山簡 181）、「![字]」（包山簡 187）等形，所從「斿」旁都與上述壺銘構形相似。壺銘「斿」字右下角，有合文符號「＝」，應從《集成》釋為「斿子」二字合文。末字作「![字]」形，也見於楚王酓肯鼎，應釋為「鼎」。

　　此壺的國別與時代，可以根據文字構形與器物形制判斷。「畀」字作「![字]」，「鼎」字作「![字]」，都僅見於戰國中晚期的楚國文字。「斿」字的構形，也與戰國中晚期楚國文字相合。根據《尊古》著錄的器形來看，此壺為短頸深腹舖首銜環圓壺，這種形制的壺為典型楚式器，年代都在戰國時期。〔註17〕根據上述線索綜合研判，此壺應該是戰國中晚期的楚國器物。

　　其次，再討論《集成》15.9538～9541 這四件銅壺。壺銘「斿子」二字分別作「![字]」與「![字]」，結構跟上述「畀斿子壺」大致相合，但形體略有訛變。銘文「壺」字，兩件作「![字]」，另外兩件作「![字]」與「![字]」。筆者推測後二者原本應作「![字]」，上半表示壺蓋的部份訛為「去」字，下半表示壺身的部份訛為

〔註17〕「畀斿子壺」的類型，根據高崇文的分類，屬於戰國典型楚式銅壺。參閱高崇文〈兩周時期銅壺的形態學研究〉，見《考古類型學的理論與實踐》（北京：文物出版社，1989），頁 188～207。

「豆」字，但因銘文出於刻劃，線條太過細淺，以致若干筆畫無法拓出。這四件銅壺的國別與時代，根據「斿子」二字的構形與書體來看，應該跟「甹斿子壺」一樣，都是戰國中晚期的楚國器物。銘文「之」字表示腳拇指的曲畫拉直作「」，「壺」字表示圈足的部份訛變成「口」形，都是戰國中晚期楚國文字典型寫法，詳見上一節論述。這些線索，對於銅壺國別與時代的判斷，都具有積極的證明效用。

接著討論「君壺」，銘文首字作「」，《集成》不識，其實此字也是「甹」字，跟上述「甹斿子壺」的「甹」字相比，除了下半段部件方向相反之外，基本構形相同。「君」字作「」，與鄂君啟節、郙陵君王子申豆等楚國文字構形一致。「壺」字作「」，上半表示壺蓋的部份訛為「大」旁，下半表示壺身的部份訛為「豆」旁。「大」字作「」，「豆」字作「」，都是戰國中晚期楚國文字特有寫法。根據上述線索綜合研判，此壺應是戰國中晚期的楚國器物。

最後，通讀上述各器銘文內容。根據何浩的研究，以封地之名冠稱君號，是戰國時期楚國封君制度的定例。〔註18〕由此可知，「甹君」應該是楚國封君，「甹」則是楚國地名。根據何浩的統計，目前已知的楚國封君，至少有五十四位，其中有許多都是史書缺載，僅見於出土文獻者。〔註19〕「甹君壺」若為楚國器，已知的楚國封君就可以再增加一位。

楚人喜好在名字之前冠上地望，以包山簡為例：

（1）簡193：「正昜邵奊」

（2）簡150：「正昜之酷里人邵奊」

（3）簡86：「羕陵君之陳淵邑人遊塙」

（4）簡169：「鄝陵人邵快」

例（1）是「縣名＋人名」，例（2）是「縣名＋里名＋人名」，例（3）是「封君名＋邑名＋人名」，例（4）是「封邑名＋人名」，除此之外，還有多種組合型態，不一一列舉。壺銘「甹斿子」的辭例，應該跟例（4）相同，都是「封邑名＋人名」。「斿」應讀作姓氏之「游」，有時又寫作「遊」，例如包山簡181人名「遊

〔註18〕何浩〈楚國封君封邑地望續考〉，《江漢考古》1991年4期，頁63。

〔註19〕何浩、劉彬徽〈包山楚簡「封君」釋地〉，見《包山楚墓》（北京：文物出版社，1991），頁578。

倉」。「子」為古代對男子的尊稱，也見於賢子環權。其他幾件壺銘的「斿子」，根據銘文書體來看，跟「粵斿子壺」的「斿子」，應該是同一個人，都是器主之名。

《集成》15.9538～9541 的「斿子壺」，銘文頭尾有「左」、「己」、「五」、「二」等字，可能跟器物編號有關。至於「粵斿子壺」，明明是銅壺，為何自名為「鼎」，原因待考。

三、書也缶（欒書缶）

這裏所謂「書也缶」，一般稱為「欒書缶」（器名問題詳見下文說解）。據說是容庚在 1942 年購自北京估人倪玉書之手，可惜出土時間與地點都不清楚，現歸中國歷史博物館收藏。[註20] 器腹內面有刻銘兩行，銘文云：

　　正月季春，元日己丑。

器腹外表有錯金銘文五行，每行八字，由左至右，直行排列。銘文云：

　　正月季春，元日己丑。

　　余畜孫書也，擇其吉

　　金，以作鑄缶，以祭我

　　皇祖，虘以祈眉壽，欒

　　書之子孫，萬葉是寶。

其中「丑」、「缶」、「壽」、「寶」四字，古音都在幽部，由此看來，這應該是一篇韻文。

書也缶的器名、時代、國別、真偽與銘文通讀等問題，學者間存在很深的歧見，至今仍然爭議不休。書也缶最早著錄於《商周彝器通考》附圖 803，容庚稱之為「□兄缶」。[註21] 其後，容庚、張維持在《殷周青銅器通論》一書中，改稱之為「欒書缶」，認為缶銘「欒書」就是晉國執政者「欒書」，並引區昭文的考證，將鑄缶的年代定在魯成公 12 年（前 578）。[註22]

容庚、張維持上述說法發表後，廣為學者所接受，幾乎已經成為定論，時

〔註20〕馬國權〈欒書缶考釋〉，見《藝林叢錄》第 4 編（1964），頁 245～246。
〔註21〕容庚《商周彝器通考》（哈佛燕京學社，1941），頁 453。
〔註22〕容庚、張維持《殷周青銅器通論》（北京：科學出版社，1958），頁 61、96。

至今日，仍有許多人深信不疑。《集成》16.10008 稱之為「欒書缶」，並將時代定在春秋時期，即是沿用容庚舊說。〔註23〕事隔三、四十年，直到 1990 年，始見甌燕、王冠英、劉彬徽、石泉等人陸續撰文檢討，他們都反對春秋中期晉器之說，但具體意見仍有許多不一致的地方。

甌燕主張應是戰國或更後一些時期的楚國器，他的意見主要有三點：（一）類似書也缶的形制，僅見於楚系國家的尊缶，且其時代在春秋末年至戰國之間。（二）書也缶器腹銘文四十個字都有精美錯金，此類長篇錯金銘文都出現在戰國時期楚系國家。（三）書也缶是真是偽，成於何人之手，目前尚難遽定。〔註24〕

王冠英主張應是春秋晚期楚國器，他的意見主要有四點：（一）書也缶的形制，應屬流行於江漢平原和江淮流域的尊缶，其時代在春秋中晚期至戰國之間。（二）書也缶部份銘文書體，與楚國金文俗體寫法有相通之處。（三）書也缶銘文從左至右行文，此類銘文行款，除了少數北方器物之外，絕大多數是楚系國家器物。（四）器主應該是欒書的後人欒盈，作器時間當在魯襄公 21 年或 22 年（前 551～550），缶名應改稱為「欒盈缶」。〔註25〕

劉彬徽主張應是晉國仿造的楚式器，他的意見主要有三點：（一）書也缶為典型楚式器，形制介於下寺 M11 和江陵望山 M2 的尊缶之間，時代應在戰國早中期。（二）書也缶記時銘文「正月季春元日己丑」，係採用晉國夏正曆法，而非楚國丑正曆法，所以書也缶並非楚國器，而是晉國仿造楚國器。（三）書也缶的名稱，宜從于省吾的看法，改定為「書巳缶」。〔註26〕

〔註23〕在 1990 年之後發表的論著中，對於書也缶的國別與時代，採取容庚舊說，定為春秋中期晉器的學者仍有不少。參閱杜迺松《中國青銅器發展史》（北京：紫禁城出版社，1995），頁 66；朱鳳瀚《古代中國青銅器》（天津：南開大學出版社，1995），頁 458；中國青銅器全集編輯委員會《中國青銅器全集·第 8 卷·東周（二）》（北京：文物出版社，1995），圖版說明，頁 18；中國社會科學院考古研究所《集成》編號 16.10008；潘慧如〈欒書缶國別再探〉，第三屆國際中國古文字學研討會論文（1997）。

〔註24〕甌燕將書也缶的時代定在「戰國時期或其後」，但是楚國歷史止於戰國晚期，「或其後」三字有語病，當刪。此外，甌燕在正文中既已明確斷定器物的時代與國別，在結論中卻又認為該器真偽尚難確定，邏輯順序不太合理。參閱甌燕〈欒書缶質疑〉，《文物》1990 年 12 期，頁 37～41、79。

〔註25〕王冠英〈欒書缶應稱名為欒盈缶〉，《文物》1990 年 12 期，頁 42～44、82。

〔註26〕劉彬徽〈論東周青銅缶〉，《考古》1994 年 10 期，頁 939。

　　石泉主編的《楚國歷史文化辭典》，主張定為戰國中期楚器。該文云：「根據器形及銘文字形特點，此器應為戰國中期楚物。器屬楚而銘文記晉事，與襄陽出土器屬楚而銘文記鄭事之鄭臧公之孫鼎、缶類同，都是當時王公大臣的後裔，因某種原因離開本土客居他國，在他國他地作器，以紀念自己的先祖。」〔註27〕

　　關於書也缶的國別，筆者贊成定為楚國器。從器物形制來講，書也缶為楚式器，經過甌燕、王冠英、劉彬徽、石泉等人的比對，已經可以論定。從記時銘文來講，缶銘所以採用晉國曆法，蓋因作器者為身居楚國的晉人後裔，他為了緬懷先祖欒書等人，不用楚曆，而用晉曆，這種心態應該可以理解。從文字構形來講，缶銘「丑」字作「」，「余」字作「」，「也」字作「」，「皇」字作「」，都僅見於楚國文字，未見於晉系文字。「春」字從「月」作「」，「日」旁與「月」旁義近互用的現象，也見於望山簡 2.1「歲」字從「日」作「」。根據上述三個觀點綜合考慮的結果，將書也缶定為楚國器的說法，應該可以獲得肯定。

　　至於書也缶的時代，上述各家意見頗不一致。王冠英定在春秋晚期，甌燕定在戰國或更後一些的時期，劉彬徽定在戰國早中期之間，石泉等人定在戰國中期。

　　根據缶銘，器主自稱是「欒書之子孫」，又說自己是「畜孫書也」，表明器主是欒書的後人，而且至少是孫子輩。欒書是春秋中期人，所以書也缶的時代上限應該在春秋晚期。劉彬徽考察書也缶的形制，認為應將時代定在戰國早中期之間，舉證翔實，可以信從。下文筆者將從銘文錯金與文字構形的角度，證明書也缶的時代確實以定在戰國早中期之間為宜。

　　春秋中期過後，銅器鑲嵌裝飾風氣開始盛行。在淅川下寺春秋楚墓出土的銅器中，就發現不少以紅銅或綠松石鑲嵌裝飾的銅器。〔註28〕鑲嵌工藝施之於銅器銘文，大概也是起於春秋中晚期之際，但當時的錯金銘文都很簡短，到了戰國時期，才有比較長篇的錯金銘文。〔註29〕楚國銅器銘文錯金的例子，有王孫誥戟、楚王孫漁戈、楚王酓璋戈、繁陽之金劍等器，時代集中在春秋晚期至

〔註27〕石泉《楚國歷史文化辭典》（武昌：武漢大學出版社，1996），頁 346。
〔註28〕皮道堅《楚藝術史》（武漢：湖北教育出版社，1995），頁 72。
〔註29〕甌燕〈欒書缶質疑〉，《文物》1990 年 12 期，頁 39~40。

戰國中期之間。戰國晚期的楚國書體，以草率風格為主，迄今未見錯金銘文。書也缶器腹銘文四十個字，通通錯金，如此長篇的錯金銘文，在楚系金文中，只有戰國早期的曾侯乙編鐘，以及戰國中期的鄂君啟節，足以與之比擬。因此，從銘文錯金的角度考量，書也缶的時代下限，應該定在戰國中期。

再從文字構形演變的角度考察，在現有的楚國文字資料中，「余」字作「（字形）」，「也」字作「（字形）」，「皿」旁作「（字形）」，「皇」字作「（字形）」，「宀」旁作「（字形）」，都僅見於戰國時期文字，從未見於春秋時期文字，詳見下文〈缶銘構形與春秋戰國文字對照表〉。由此可見，書也缶的時代上限，根據銘文構形特徵判斷，應該定在戰國早期。

▲缶銘構形春秋戰國文字對照表

例字	缶銘	春秋楚文字		戰國楚文字	
余	（字形）	（字形）王孫誥鐘	（字形）王孫遺者鐘	（字形）包山簡132	（字形）包山簡132
也	（字形）	（字形）楚嬴匜	（字形）楚屈叔佗戈	（字形）信陽簡1.7	（字形）包山簡204
皿	（字形）	（字形）楚王酓審盞	（字形）佣盤	（字形）鑄客鼎	（字形）包山簡132
皇	（字形）	（字形）王孫誥鐘	（字形）王孫遺者鐘	（字形）邵王之諻鼎	（字形）包山簡266
宀	（字形）	（字形）王孫誥鐘	（字形）王孫遺者鐘	（字形）壽春鼎	（字形）郏陵君鑒

缶銘「也」字的考釋，諸家意見相當分歧，所見大概有如下幾種：

（一）釋為「兄」～容庚；[註30]

（二）釋為「㠯」，讀為「以」～容庚、張維持、馬國權、馬承源、王冠英、劉彬徽等人；[註31]

（三）釋為「老」～平心；[註32]

〔註30〕容庚《商周彝器通考》，頁453。

〔註31〕容庚、張維持《殷周青銅器通論》，頁96；馬國權〈樂書缶考釋〉，見《藝林叢錄》第4編（1964），頁245～247；馬承源等人《商周青銅器銘文選》（北京：文物出版社，1990），頁586；王冠英〈樂書缶應稱名為樂盈缶〉，《文物》1990年12期，頁42～44；劉彬徽〈論東周青銅缶〉，《考古》1994年10期，頁939。

〔註32〕平心〈樂書缶銘文略釋〉，《華東師大學報》1958年1期。

（四）釋為「也」～李學勤、甌燕、林素清、石泉等人；〔註33〕

（五）釋為「乃」～洪家義；〔註34〕

現在根據信陽簡、包山簡等資料比對，已經可以確定應該釋為「也」。缶銘「余畜孫書也擇其吉金」句，「書也」是器主之名，所以器名應該改稱為「書也缶」。

甌燕等人曾經懷疑缶銘出於偽造，但是能夠跟缶銘「也」字對應的資料，到目前為止，只有信陽簡與包山簡。信陽簡發現於 1957 年，包山簡發現於 1986 年，調查報告出版的時間更晚。容庚購得書也缶的時間是在 1942 年，跟缶銘「也」字構形相合的楚簡資料，當時根本還未出土。從這個線索思考，筆者認為缶銘應該是真的，至少沒有理由懷疑器腹銘文出於偽造。因為造偽者不太可能憑空造字，卻又能夠跟後出的資料完全吻合。

根據上文論證的結果，書也缶的鑄造年代，應該是在戰國早中期之間。缶銘「畜孫」一詞，文獻未見記載。《禮記‧祭統》云：「孝者，畜也。順于道不逆於倫，是之謂畜。」歷來諸家都根據這段話，把「畜孫」訓為「孝孫」。但是，《禮記‧祭統》那段話，只是在解釋所謂的「畜」，是指順而不逆的孝道精神，並未暗示「畜」字與「孝」字之間存在字義關係。

缶銘「畜」字，筆者認為可能是「玄」字或體，所從「田」旁只有裝飾作用。例如，「荊」字曾侯乙墓簡作「」（簡 75），或增「田」旁作「」（簡 63），戰國楚簡也多增添「田」旁作「」（包山簡 208）。《爾雅‧釋親》：「曾孫之子為玄孫」，《莊子》成玄英《疏》：「玄，遠也。」缶銘的「畜孫」就是玄孫，有可能指曾孫之子，也有可能指輩份更遠的子孫。

缶銘「以祭我皇祖鸓以祈眉壽」句，「鸓」字從「虍」從「魚」，歷來諸家都讀作「余」或「吾」，認為是第一人稱代名詞。但是，缶銘已有「余」字，如果「鸓」字也當作第一人稱代名詞，這種在同一段文字中變換第一人稱代名詞的情況，似乎極為罕見。再從語法的角度推敲，「余畜孫書也」是主語，「擇其吉金以作鑄缶」是述語，緊接其後的「以祭我皇祖」與「以祈眉壽」都是補語。換句話說，「以祈眉壽」之前，原本已有主語，是否有必要再贅加一個代名詞作

〔註33〕李學勤〈戰國題銘概述〉，《文物》1959 年 7 期，頁 50；甌燕〈樂書缶質疑〉，《文物》1990 年 12 期，頁 39；林素清〈讀《包山楚簡》札記〉（南京：中國古文字研究會第九屆學術研討會論文，1992），頁 6～7；石泉《楚國歷史文化辭典》，頁 346。

〔註34〕洪家義《金文選注繹》（南京：江蘇教育出版社，1988），頁 531～534。

為主語，也值得仔細斟酌。

「某人（主語）＋擇其吉金以作某器（述語）＋某事（補語）」的辭例，在楚國金文中經常出現。現在將楚國金文所有符合上述辭例，而且補語中包含「用祈眉壽」之類吉語的例子，逐一條列如下。

（1）隹王正月初吉丁亥，王子昃擇其吉金，自作飤𪔂，其眉壽無諆（期），子＝孫＝永保用之。（王子昃鼎）

（2）楚叔之孫倗擇其吉金，自作俗（浴）□，眉壽無諆（期），永保用之。（倗鼎）

（3）隹正月初吉丁亥，王子午擇其吉金，自作鑄彝𪔂鼎，用享以孝，于我皇祖文考，用祈眉壽。（王子午鼎）

（4）隹正月初吉丁亥，王孫遺者擇其吉金，自作龢鐘，中𣉟（翰）叔鍚，元鳴孔諻，用享以孝，于我皇且（祖）文考，用祈眉壽。（王孫遺者鐘）

（5）子季嬴青擇其吉金，自作飤匜，眉壽無其（期），子＝孫永保用之。（子季嬴青匜）

檢查結果發現，各例在補語之前，都不再贅加代名詞主語。補語中不包含「用祈眉壽」之類吉語的例子，情況也都相同。由此推論，缶銘「𧆘」字，在句中很可能不當作主語，也不讀作代名詞「余」或「吾」。

筆者懷疑「𧆘」字，可能是「盧」字或體。「且」字古音在精紐、魚部，「魚」字在疑紐、魚部，聲近韻同，當作音符使用時，應該可以互換。缶銘「盧」字，有可能是語氣詞，或者讀作「且」當作連接詞，也有可能只是無意義的助詞。〔註35〕上述假設，只是筆者個人粗淺猜想，是否經得起考驗，有待進一步觀察。

書也缶全銘大意是說：在「正月季春元日己丑」這一天，器主「畜孫書也」，要「擇其吉金以作鑄缶」，用來「祭我皇祖」，並且「祈求眉壽」，希望「欒書的子孫」，能夠永遠保有此缶。

〔註35〕兩周金文「盧」字的用法，參閱崔永東《兩周金文虛詞集釋》（北京：中華書局，1994），頁62～63。

第五節　結　語

　　筆者在緒論中曾經指出，文字構形演變研究的意義之一，在於篩選出具有特定時空背景的構形，做為其他文字資料分域與斷代的參考。

　　古璽如何更精細地斷代，一直是個久懸未解的難題。關於這個問題，高明曾經感慨萬千地說：

> 古璽時代的考定工作，目前仍處於非常幼稚的階段。……時至今日，
> 在所見的數以千計的先秦古璽中，還沒有人能夠準確無誤地將春秋
> 時代的古璽辨識出來。這是當前對古璽時代研究中的一個重要問題。
> 再如，目前所謂戰國古璽，不過是一個非常籠統的概念。所謂戰國，
> 如以三家分晉起算，到秦始皇統一六國為止，前後將近兩個半世紀
> 之久，璽印及其文字不可能沒有變化。它的變化情況如何，能否理
> 出幾個階段，目前也還沒有人能夠解釋清楚。〔註36〕

古璽斷代工作，所以遲遲無法獲得重大進展，一方面是因古璽內容極為簡略，本身無法提供充分的時空背景訊息，另一方面是因現有古璽多為傳世遺物，缺乏相關的出土器物佐證。

　　筆者認為在還沒有找到更合適的辦法之前，不妨從文字構形的時代特徵入手，或許可以找到一些斷代的線索。以楚國官璽為例，印文中多有「璽」字，且「璽」字皆從「金」旁作「鉩」形。筆者曾以《璽彙》一書為範圍，檢視該書印文中所有從「金」旁的字，經過粗略統計的結果，得知該書印文中「金」旁作連筆構形的璽印，至少就有五十枚以上。在本章第二節中，筆者曾經歸納楚國「金」字構形的時代特徵，認為「金」字中豎畫兩側小點連筆的寫法，應該是戰國中晚期楚國文字的特有構形。如果筆者所得結論正確，那麼上述幾十枚璽印就可以斷定為戰國中晚期的楚國璽印。

　　類似的工作，如果能夠全面展開，以文字構形的時代特徵為基礎，再聯繫各種相關訊息，或許可以為古璽斷代體系的建立，提供一個新的工作方向。

　　【校按】本章第四節第三目「書也缶（樂書缶）」考釋相關內容，修訂後，曾以〈樂書缶的時代、國別與器主〉為題，發表於《中央研究院歷史語言研究

〔註36〕高明《中國古文字學通論》（北京：文物出版社，1987），頁571。

所集刊》第 73 本第 1 分，頁 1～41。本章其餘內容，修訂後，曾以〈新舊交替：論楚國文字構形的時代特徵〉為題，發表於《中央研究院歷史語言研究所集刊》第 76 本第 4 分，頁 711～756。

第七章　結　論

　　筆者廣泛蒐集各類楚國文字資料，據以製作成〈楚國金文與簡帛資料分期簡表〉，表中共列出 10 批簡帛資料，252 件楚國有銘銅器，以及 62 件疑似楚國有銘銅器，該表很可能是目前最豐富的楚國文字資料總匯。

　　根據資料分期簡表可知，楚國文字資料數量龐大，時間跨度長，時代序列完整，並擁有大量手寫體的竹簡帛書，這些特色都是其他區域文字資料無法相提並論的。本論文試圖運用這些特色，著重歸納楚國文字構形的演變規律，連帶考察楚國書體風格的演變傾向。

　　楚國文字構形演變現象，歸納起來，不外乎簡化、繁化、變異、類化與別嫌等五大類型。這些演變規律，雖然是古文字構形演變的通則，但是楚國文字在演變過程中，卻藉此發展出許多罕見於其他區域文字的新構形。譬如：

「安」字作「多」。

「躬」字作「金」。

「睘」字作「暴」。

「袁」字作「茶」。

「衣」旁作「心」。

「瘳」字作「羽」。

「羽」字作「翠」。

「丙」字作「￼」。

「竹」字作「￼」。

「造」字作「￼」。

「事」字作「￼」。

「客」字作「￼」。

「周」字作「￼」。

「文」字作「￼」。

「庚」字作「￼」。

「陳」字作「￼」。

「融」字作「￼」。

「癸」字作「￼」。

「兄」字作「￼」、「￼」。

「喬」字作「￼」、「￼」。

「既」字作「￼」、「￼」。

「辰」字作「￼」、「￼」。

「戠」字作「￼」、「￼」。

「南」字作「￼」、「￼」。

「兩」字作「￼」、「￼」。

「者」字作「￼」、「￼」。

「甲」字作「￼」、「￼」。

「而」字作「￼」、「￼」。

「之歲」合文作「￼」。

上列新構形都罕見於其他區域文字，表現出強烈的區域特徵。這些具有明顯區域特徵的構形，對於其他文字資料的分域工作，往往可以提供許多有意義的線索。

在楚國文字發展過程中，曾經出現一些比較特殊的構形演變現象。譬如：

（1）喜好採用「截取特徵」的簡化方式，並且多以「＝」或「－」等簡單

　　點畫，代替被刪減的繁複筆畫。

（2）習慣在「又」旁外側，附加一道短斜畫贅筆。

（3）從「豸」旁與「犬」旁的字，往往改以「鼠」旁代替。

（4）許多來源不同的字形，後來都類化為「![上]」、「![尸]」、「![尖]」等形。

（5）表示干支義的「酉」字，為了與表示酒食義的「酉」字有所區別，幾
　　　乎都改用從「木」旁的「槽」字。

　　文字構形既然會隨著時代推移而有所變動，那麼每一個構形必然都負載著
所屬的時代標記。筆者觀察楚國文字構形演變歷程，發現有些構形確實表現出
明顯的時代特徵。譬如：

　　「金」字作「![金]」、「![金]」等形。

　　「阜」字作「![阜]」、「![阜]」等形。

　　「貝」字作「![貝]」、「![貝]」等形。

　　「壽」字作「![壽]」、「![壽]」等形。

　　「糸」字作「![糸]」形。

　　「隹」字作「![隹]」、「![隹]」等形。

　　「集」字作「![集]」、「![集]」等形。

　　「之」字作「![之]」、「![之]」等形。

　　「匚」字作「![匚]」形。

　　「無」字作「![無]」、「![無]」等形。

　　「鑄」字作「![鑄]」、「![鑄]」等形。

　　「其」字作「![其]」、「![其]」等形。

　　「皇」字作「![皇]」、「![皇]」等形。

　　「歲」字作「![歲]」、「![歲]」等形。

　　「中」字作「![中]」、「![中]」等形。

　　「皀」字作「![皀]」形。

　　「皿」字作「![皿]」形。

　　「豆」字作「![豆]」形。

　　「壴」字作「![壴]」形。

　　以上這些構形都是戰國中期以後才形成的，而且多數都是楚國文字特有構形。這些特殊構形，對於其他文字資料的分域與斷代，都具有重要參考價值。

　　在第六章第四節中，筆者運用上述具有特定時空特徵的楚國文字構形，針對八件國別、時代不詳的銅器，進行分域、斷代與銘文通讀的工作。譬如：

　　（1）《集成》15.9589 的「□客壺」，過去無法通讀銘文內容，如今筆者將之考釋為「羅高之官／苛事之官」，並斷定為戰國中晚期的楚國器。

　　（2）《集成》所著錄的「𡧫君壺」（15.9542）、「𡧫𠬝子壺」（15.9516）、「左𠬝子壺」（15.9538～9539）、「己𠬝子壺」（15.9540～9541）等六件銅器，過去不識「𡧫」、「𡧫」二字，如今筆者將之考釋為「甹」，並斷定各器都是戰國中晚期的楚國器。

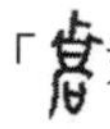

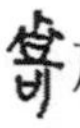

　　（3）《集成》16.10008 的「欒書缶」，過去都認為是春秋中期晉國器，近年來雖有學者主張應是戰國時期楚國器，但並未引起學界重視。如今筆者根據缶銘構形特徵判斷，贊成定為戰國早中期楚國器，同時也對缶銘內容進行疏通。

　　對於楚國文字各種常見的構形演變現象，有了比較深入的認識之後，再回頭檢討歷來爭議未決的文字考釋問題，往往可以找到一些新的線索，有助於問題的解決。譬如：

　　（1）包山簡 99「𡶲」字，舊多未釋，或釋為「岳」，筆者認為應釋為「昔」。

　　（2）包山簡 189「𦏆」字，舊多存疑，或釋為「羽」、「雪」、「翏」等字，筆者認為應釋為「翏」。包山簡 188「𤻔」字，則應釋為「瘳」。

　　（3）包山牘 1「𠂤」字，舊多存疑，或釋為「色」、「攸」等字，筆者認為應釋為「攸」。包山簡 269「𦏆」字，包山牘 1「𥿠」字，筆者認為應分別釋為「𧝓」與「緻」。

　　（4）包山簡 164「𣏌」字，原書未釋，學者釋為「年」或「末」，筆者認為應釋為「末」。

　　（5）包山簡 276「𤲞」字，舊有「遺」、「𤲞」兩說，筆者認為應釋為「𤲞」。

　　（6）包山簡 3「�」字，舊有「戉」、「或」兩說，筆者認為應釋為「或」。

　　（7）包山簡 57「𢓉」字，舊有「惑」、「國」兩說，筆者認為應釋為「惑」。

　　（8）包山簡 58「𦱤」字，舊有「夢」、「暮」二說，筆者認為應釋為「暮」。

（9）包山簡 258「⿰歺⿱⿰ 」字，舊有「㿓」、「脩」二說，筆者認為應釋為「脩」。

（10）包山簡 131「⿱ 」字，舊有「陰」、「郐」二說，筆者認為應釋為「郐」。

（11）包山簡 181「⿰ 」字，舊有「陽」、「鄸」二說，筆者認為應釋為「鄸」。

（12）包山簡 85「⿰ 」字，舊有「而」、「天」二說，筆者認為應釋為「而」。

（13）包山簡 108「⿰ 」字、簡 224「⿰ 」字，應該如何隸定，究竟是否為同一個字的異體，學者意見分歧，筆者認為都應釋為「疢」。

（14）包山簡 116「產」字作「⿱ 」形，上半所從部件，學者多認定為「乘」旁，筆者認為應是「文」形部件增添贅筆的產物。

（15）信陽簡 1.3「⿱ 」字，舊有「晶」、「參」兩說，筆者認為應釋為「參」。

（16）信陽簡 2.13「⿱ 」字，舊有「景」、「禃」二說，筆者認為應釋為「禃」。

（17）仰天湖簡 17「⿱ 」字，舊有「盍」、「盒」兩說，筆者認為應釋為「盒」。

（18）仰天湖簡 8「⿱ 」字，學者多認為是「柜」字增添「日」旁而成的繁文，筆者認為所謂「日」旁其實是簡文句讀符號「⿰ 」。

（19）楚簡「⿰ 」（望山簡 2.12）、「⿰ 」（仰天湖簡 15）、「⿰ 」（包山簡牘 1）、「⿱ 」（包山簡 103）等字所從的「⿱ 」旁，舊有「坐」、「異」兩說，筆者認為應釋為「異」。

（20）楚簡「⿰ 」（包山簡 265）、「⿰ 」（包山簡 252）與「⿰ 」字（信陽簡 2.14），舊多當作三個不同的字，筆者認為應該都是「瓶」字異體。

（21）楚帛書「⿰ 」字，舊有「也」、「弋」、「公」「同」、「冋」等說，筆者認為應釋為「冋」。

（22）《集成》4.1801「⿰ 」字，舊有「石」、「右」二說，筆者認為應釋為「石」。

（23）《集成》17.11042「⿰ 」字，舊有「戒」、「邦」、「郣」三說，筆者認為應釋為「郣」。

（24）《璽彙》0141「⿱ 」字，原書未釋，近年來有些學者釋為「襄」，筆者認為應釋為「㝨」。

（25）《璽彙》0181「⿰ 」字，原書未釋，近年來學者有「柜」、「梏」二說，筆者認為應釋為「楮」。

（26）《璽彙》0183「」字，舊有「愧」、「婓」、「思」三說，筆者認為應釋為「愧」。

（27）《璽彙》0206「」字，舊皆不識，筆者認為應釋為「良」。

（28）《璽彙》0206「」字，舊皆不識，筆者認為應釋為「寇」或「宬」。

（29）《璽彙》0230「」字，舊或釋為「蓳（權）」字，或釋為「蓳（權）君」二字合文，筆者認為應採用後說。

（30）《璽彙》0252「」字，原書未釋，歷來學者也都闕疑，筆者認為應釋為「粗」。

（31）《貨系》4171「」字，舊有「金」、「百」二說，筆者認為應改釋為「全」字。

（32）《古陶文彙編》3.857「」字及 3.858「」字，原書存疑待考，筆者認為應釋為「樹」。

在現有的楚國文字中，有不少字的構形，可以跟後代字書所保存的文字資料相互印證。譬如：

（1）「敗」字作「」，跟《說文》籀文「」相合。

（2）「城」字作「」，跟《說文》籀文「」相合。

（3）「戶」字作「」，跟《說文》古文「」相合。

（4）「僕」字作「」，跟《說文》古文「」相合。

（5）「玉」字作「」，跟《說文》古文「」相合。

（6）「組」字作「」，跟《汗簡》古文「」相合。

（7）「遊」字作「」，跟《集韻》或體「迂」相合。

（8）「彝」字作「」，跟《說文》古文「」相近。

（9）「胄」字作「」，跟《說文》或體「」相合，都是從「革」、不從「月」。

楚國文字所保存的構形，對於理解後代字書的文字形義分析，有時也很有幫助。譬如：

（1）「聖」字訛作「」，據此可以瞭解《說文》將「聖」字分析為「從耳、呈聲」的由來。

（2）「复」字訛作「夏」，據此可以瞭解《說文》將「复」字分析為「從畐省聲」的由來。

（3）「陰」字既作「」，又作「」形，據此可以瞭解《說文》「陰」字「闇也」、「山之南、水之北也」二訓並存的由來。

（4）「合」字繁化作「」、「」等形，據此可以瞭解《汗簡》以「」為「合」字、以「」為「荅」字的由來。

（5）「夏」字類化作「」、「」「」等形，據此可以瞭解《三體石經》「夏」字古文作「」的由來。

楚國金文的書體風格，經歷三個階段的演變歷程。第一階段從楚國立國到春秋早期，此時的金文書體，筆畫渾厚，間架方正，與西周金文風格相近，可以稱之為傳統風格書體。第二階段從春秋中期到戰國早期，此時的金文書體，經常刻意變化正常的筆畫線條，使之盤旋迴繞，粗細相間，甚至添加鳥形、蟲形等各類裝飾部件，可以稱之為美術風格書體。第三階段從戰國中期到楚國滅亡，此時的金文書體，體式扁平，刻鑄草率，可以稱之為草率風格書體。本論文雖然將楚國金文書體風格劃分為三個演變階段，但是書體風格的演變過程相當緩慢，前後兩個階段轉換之際，不僅會出現若干過渡現象，即使在同一個階段中，也都有多種風格書體並存。這三種風格互異的書體，彼此交錯互動，時代越晚，關係越複雜，並不是簡單三分法可以表述清楚的。

楚國文字的構形，發展到戰國中晚期之際，銅器刻銘、簡帛墨書等草率風格書體盛行，人們在書寫時，往往任意簡省，解散篆體，破圓為方，不僅表現出強烈的隸化傾向，偶而還會夾雜幾個接近草書意味的字形，因而產生大量的新體俗體。戰國中晚期之際，東土各國所以會產生大量的新體俗體，應該跟當時整個社會文化急遽變遷有關，不宜完全歸因於書寫工具的變革。

總之，楚國文字的書體風格與構形特徵，隨著時間的推移及社會環境的變遷，一直處於變動不居的狀態中。在整個楚國文字發展歷程中，大概以戰國中晚期之際的轉變最為激烈，此時書體風格由工整變為草率，字體由篆體變為隸體，文字構形則陷於空前混亂的狀態中。

附錄：楚國金文與簡帛資料分期簡表

　　由於楚國文字資料相當龐大，每筆資料可能都有一些複雜的問題，若要逐一詳細考釋論證，附錄的篇幅將比正文還多，造成喧賓奪主的情況。因此，為求繁簡適中，條理清晰，只能以簡表的方式呈現，擇要說明所收資料分域斷代等問題。簡表「主要著錄」欄中，見於《集成》的資料，原則上僅列《集成》器號，相關著錄詳見《集成》書後的「說明」。《集成》未收的資料，改列原始出處。「資料名稱」欄，見於《集成》的，原則上沿用《集成》的命名；〔註1〕不見於《集成》的，原則上尊重原著錄書的命名；需要討論的，則於註文中說明。〔註2〕「期別」欄中，西周晚期簡稱「周晚」，春秋早期簡稱「春早」，其餘類推。〔註3〕筆者辨認出的楚國文字資料，一律置於表二，並在「編號」前加上「★」號，以資區別。

〔註1〕《集成》稱為「毁」的器物，今依一般習慣稱之為「簋」。《集成》稱為「簠」的器物，今採高明的意見，以及楚國器物自名的實際情況，改稱為「匡」。容庚《金文編》一書，對這兩類器物，也是分別稱為「簋」與「匡」。參閱高明〈鹽、簠考辨〉，《文物》1982 年 6 期，頁 70～73、85。

〔註2〕為了方便電腦打字，有些罕見字必須改用常見字。例如：「楚季哶盤」的「哶」字，「王子吳鼎」的「吳」字，「繁湯之金劍」的「湯」字，以及「霝君啟節」的「霝」字，都分別改用比較通行的「芈」、「戻」、「陽」與「鄂」字代替。

〔註3〕戰國的起始年代，歷代學者意見頗為分歧，主要有前 481 年、前 475 年、前 468 年、前 403 年四種說法。本文根據《中國歷史紀年表》（台北：華世出版社，1978），暫時定在前 475 年。參閱楊寬《戰國史》（台北：谷風出版社，1986 增訂本），頁 4～6。

表一：楚國金文與簡帛資料分期簡表

編號	期別	資料名稱	主要著錄	註
1	周晚	楚公豪鐘	集成 1.43	〔註4〕
2	周晚	楚公豪鐘	集成 1.44	
3	周晚	楚公豪鐘	集成 1.45	
4	周晚	楚公豪鐘	集成 1.42	
5	周晚	楚公豪戈	集成 17.11064	
6	周晚	楚公逆鐘	集成 1.106	〔註5〕
7	周晚	楚公逆鐘	文物 1994.8.6	
8	春早	楚季芈盤	集成 16.10125	〔註6〕
9	春早	楚嬴盤	集成 16.10148	〔註7〕
10	春早	楚嬴匜	集成 16.10273	
11	春早	郢侯戈	集成 17.11202	〔註8〕
12	春中	�公彭宇匜	集成 9.4610	〔註9〕
13	春中	鄢公彭宇匜	集成 9.4611	
14	春中	鄢王之孫叔義匜	于省吾百年紀念文集 296	〔註10〕
15	春中	楚王鐘	集成 1.72	〔註11〕

〔註4〕「楚公豪」就是楚公熊渠，約當周夷王、厲王時，詳見第一章第一節。

〔註5〕「楚公逆」就是楚公熊鄂，約當周宣王時，詳見第一章第一節。

〔註6〕原器現藏吉林大學考古系文物室，劉彬徽根據器形比對，定其年代為兩周之際至春秋早期前段。參閱劉彬徽《楚銅》，頁291。

〔註7〕李零根據器形與紋飾的比對，將楚嬴盤、匜的年代定在春秋早期。參閱李零〈匯釋〉，頁373。

〔註8〕戈銘「郢侯」，應指楚王。據《史記・楚世家》記載，楚國是在楚武王37年自稱為王（前704），戈銘既然稱其國君為「郢侯」，表示此戈的年代應在楚武王37年之前。參閱石泉《楚國歷史文化辭典》（武昌：武漢大學出版社，1996），頁296。

〔註9〕「鄢」字應從裘錫圭、李家浩釋作「紳」讀為「申」。此二匜出土於河南南陽西關，正是古申國所在地。申國在春秋早期被楚文王所滅，這兩件匜的形制不早於春秋中期前段，所以匜銘的申公應該是楚國封君。參閱裘錫圭、李家浩〈談曾侯乙墓鐘磬銘文中的幾個字〉，《古文字論集》（北京：中華書局，1992），頁422～428；何浩《楚滅國研究》（武漢：武漢出版社，1989），頁207；徐少華《周代南土歷史地理與文化》（武昌：武漢大學出版社，1994），頁33。

〔註10〕此匜出土於湖北鄖陽地區，劉彬徽將年代定在春秋中期，此時申國已被楚國吞併，所以此匜應當是申國公族後裔之器。參閱劉彬徽〈楚金文和竹簡的新發現與研究〉，《于省吾教授百年誕辰紀念文集》（長春：吉林大學出版社，1996），頁292～296。

〔註11〕此鐘是楚王為江仲嬭所作媵器，鑄造下限應當在楚滅江之前（前623）。郭沫若認為江仲嬭即《史記》所載的楚成王之妹江芈，器應鑄於楚成王在位時（前671至前626）。參閱郭沫若《兩周金文辭大系圖錄考釋》（北京：科學出版社，1957年修訂本），頁165。

16	春中	楚子賸臣	集成 9.4575	〔註 12〕
17	春中	楚子賸臣	集成 9.4576	
18	春中	楚子賸臣	集成 9.4577	
19	春中	以鄧鼎	淅川 M8：8	〔註 13〕
20	春中	以鄧匜	淅川 M8：5	
21	春中	以鄧戟	淅川 M8：48	
22	春中	以鄧戟	淅川 M8：62	
23	春中	鄧公乘鼎	集成 5.2573	〔註 14〕
24	春中	鄧□鼎	集成 4.2085	
25	春中	鄬兒盉	文物 1993.1.5	〔註 15〕
26	春晚	鄧尹疾鼎	集成 4.2234	
27	春晚	鄧子午鼎	集成 4.2235	
28	春晚	王子啟疆鼎	三代 11.28.4～5	〔註 16〕
29	春晚	楚屈子赤角匜蓋	集成 9.4612	〔註 17〕

〔註12〕 李零考察器形，認為此匜年代應在春秋中期，器主可能是楚成王時的令尹子元（前？至前 664）。參閱黃錫全〈楚器銘文中「楚子某」之稱謂問題辨證〉，《江漢考古》1986 年 4 期，頁 75；李零〈匯釋〉，頁 359～360。

〔註13〕 河南淅川下寺 M7、M8 的年代，發掘報告定在春秋中期後段。參閱河南省文物研究所等《淅川》，頁 315～319。

〔註14〕 鄧公乘鼎與鄧□鼎的年代在春秋中晚期之際，鄧尹疾鼎與鄧子午鼎的年代在春秋晚期。根據《左傳》莊公 6 年的記載，鄧早在春秋早期楚文王 12 年（前 678）被楚國滅亡，所以上述四件鼎並不是鄧國器，而是楚國滅鄧以後所封鄧縣縣公之器。參閱楊權喜〈襄陽山灣出土的鄀國和鄧國銅器〉，《江漢考古》1983 年 1 期，頁 51；王少泉〈襄樊市博物館收藏的襄陽山灣銅器〉，《江漢考古》1988 年 3 期，頁 62；武漢市文物商店〈武漢市文物商店收集的幾件重要的東周青銅器〉，《江漢考古》1983 年 2 期，頁 36；劉彬徽〈考述〉，頁 256～258。

〔註15〕 此盉出土於湖南岳陽市鳳形嘴山 M1，發掘報告將時代定在春秋中期偏晚、或中晚期之交。劉彬徽認為銘文「盉盉」二字的字形與王子申盉盉相同，可以證明同樣都是楚國器。此盉用失蠟法鑄成，在春秋中晚期之際以前，用失蠟法鑄成的銅器僅見於淅川楚墓，從這個觀點來看，正可以作為劉彬徽說法的佐證。參閱岳陽市文物工作隊〈湖南省岳陽縣鳳形嘴山一號墓發掘簡報〉，《文物》1993 年 1 期，頁 8；劉彬徽《楚銅》，頁 322。

〔註16〕 此器形制不詳，《三代》著錄稱為「啟疆尊」，但此器銘文自名為「飤緐」，而「飤緐」是楚鼎的別稱。此外，《周金文存》著錄此鼎蓋銘拓片，並於題記中指稱與楚子遊佗鼎同出，所以此鼎應該也是楚器。李零將時代定在春秋中晚期，並認為鼎銘的王子啟疆，雖與《左傳》昭公元年記載的楚太宰薳啟疆同名，但一個出於王族，一個出於薳氏，不可能是同一個人。參閱李零〈匯釋〉，頁 375。

〔註17〕 根據趙逵夫的考證，赤角是名，子朱是字，屈子赤角就是《左傳》文公 9 年（前 618）記載的楚公子朱，時當春秋中期偏晚。後來施謝捷將「角」字改釋為「目」，認為「楚屈子赤目」可能是楚武王之子莫敖屈瑕，時當春秋早期。筆者贊成將「角」字改釋為「目」，但此器的年代，李零、劉彬徽都考定在春秋中期前段，因此楚屈

30	春晚	王子㠱鼎	集成 5.2717	〔註18〕
31	春晚	王子嬰次盧	集成 16.10386	〔註19〕
32	春晚	王子嬰次鐘	集成 1.52	
33	春晚	楚屈叔佗戈	集成 17.11393	〔註20〕
34	春晚	楚屈叔佗戈	集成 17.11198	
35	春晚	王子申盞	集成 9.4643	〔註21〕
36	春晚	楚王酓審盞	中國文物報 1990.5.31	〔註22〕
37	春晚	子湯簠	東南文化 1993.1.115	〔註23〕
38	春晚	永陳尊缶	江漢考古 1990.1.12	〔註24〕
39	春晚	敬事天王鐘	淅川 M1：20～21	〔註25〕
40	春晚	敬事天王鐘	淅川 M1：22	
41	春晚	敬事天王鐘	淅川 M1：23～24	
42	春晚	敬事天王鐘	淅川 M1：25～26	
43	春晚	敬事天王鐘	淅川 M1：27～28	

子赤目不太可能是春秋早期的屈瑕。其實，赤目與子朱仍然符合名字相應原則，屈子赤目就是楚公子朱，這樣就可以跟器物的年代配合了。參閱趙逵夫〈楚屈子赤角考〉，《江漢考古》1982 年 1 期，頁 46～48、2；施謝捷〈釋楚器中的人名「赤目」、「墨臂」〉，《江漢考古》1995 年 4 期，頁 56～57；李零〈匯釋〉，頁 376；劉彬徽《楚銅》，頁 310。

〔註18〕「王子㠱」就是楚公子側即「司馬子反」，詳見第一章第一節。

〔註19〕「王子嬰次」就是楚莊王之弟令尹子重，詳見第一章第一節。

〔註20〕此戈的形制，與淅川下寺 M8 所出的以鄧戟最接近，劉彬徽認為鑄造時代應當同屬春秋中期。參閱劉彬徽《楚銅》，頁 307～308。

〔註21〕楚國有兩個王子申，一在楚恭王時，一在楚昭王時。李零從紋飾、字體考察，認為盞的年代定在楚恭王時比較合適。楚恭王時的王子申，最早事蹟見於《左傳》成公 6 年（前 585），卒於襄公 2 年（前 571）。參閱李零〈匯釋〉，頁 364～365。

〔註22〕楚王酓審就是楚恭王，詳見第一章第一節。

〔註23〕銘文「子湯」應該讀作「子蕩」，見於《左傳》記載楚國名為子蕩的人共有三位，他們主要活動年代都在魯宣公後期至魯昭公前期之間（大約在前 595 至前 530），約當春秋晚期前段。參閱李勇、胡援〈春秋「子蕩」楚器考〉，《東南文化》1993 年 1 期，頁 114～117；王輝〈子湯簠銘文試解〉，《文物研究》第 6 輯（1990），頁 246～248。

〔註24〕此缶出土於湖北枝江關廟山楚墓 M1，簡報將年代定在春秋晚期。「陳」字寫法以及自名為「尊缶」，均與楚器銘文相合，應該屬於楚器。參閱枝江縣博物館〈湖北枝江關廟山一號春秋墓〉，《江漢考古》1990 年 1 期，頁 12～13、6；黃錫全《輯證》，頁 131。

〔註25〕趙世綱主張敬事天王鐘應該是楚器，李零進一步考定為楚康王器。根據出土地點、銘文字體結構與書體風格判斷，確實與淅川出土的其他楚器文字相合，楚器之說可從。參閱趙世綱〈淅川下寺春秋楚墓青銅器銘文考索〉，見《淅川》，頁 360～361；李零〈再論淅川下寺楚墓──讀《淅川下寺楚墓》〉，《文物》1996 年 1 期，頁 57。

44	春晚	倗鼎	淅川 M1：65	〔註26〕
45	春晚	倗鼎	淅川 M1：66	
46	春晚	倗鼎	淅川 M2：42	
47	春晚	倗鼎	淅川 M2：44	
48	春晚	倗鼎	淅川 M2：46	
49	春晚	倗鼎	淅川 M2：48	
50	春晚	倗鼎	淅川 M2：43	
51	春晚	倗鼎	淅川 M2：47	
52	春晚	倗鼎	淅川 M3：12	
53	春晚	倗鼎	淅川 M2：56	
54	春晚	倗鼎	淅川 M3：4	
55	春晚	倗簋	淅川 M2：63	
56	春晚	倗匜	淅川 M1：44	
57	春晚	倗匜	淅川 M1：45	
58	春晚	倗缶	淅川 M1：51	
59	春晚	倗缶	淅川 M1：54	
60	春晚	倗缶	淅川 M2：60	
61	春晚	倗缶	淅川 M2：61	
62	春晚	倗缶	淅川 M2：51	
63	春晚	倗缶	淅川 M2：55	
64	春晚	倗缶	淅川 M3：5	
65	春晚	倗缶	淅川 M3：6	
66	春晚	倗盤	淅川 M2：52	
67	春晚	倗匜	淅川 M2：53	
68	春晚	倗矛	淅川 M2：88	
69	春晚	倗戈	淅川 M2：82	
70	春晚	孟滕姬缶	淅川 M1：60	
71	春晚	孟滕姬缶	淅川 M1：72	
72	春晚	王子午鼎	淅川 M2：28	〔註27〕
73	春晚	王子午鼎	淅川 M2：30	
74	春晚	王子午鼎	淅川 M2：32	

〔註26〕河南淅川下寺 M1、M2、M3、M4 的年代，發掘報告定在春秋晚期前段，參閱河南省文物研究所等《淅川》，頁 315～319。銘文中的「倗」或「鄀子倗」，就是文獻中的蔿子馮，此人曾在楚康王 9 年擔任令尹（前 551），詳見第一章第一節。

〔註27〕「王子午」就是楚莊王之子令尹子庚，詳見第一章第一節。

75	春晚	王子午鼎	淅川 M2：34	
76	春晚	王子午鼎	淅川 M2：36	
77	春晚	王子午鼎	淅川 M2：38	
78	春晚	王子午鼎	淅川 M2：40	
79	春晚	王子午戟	淅川 M2：74	
80	春晚	王子午戟	淅川 M2：94	
81	春晚	王孫誥鐘	淅川 M2：1	〔註28〕
82	春晚	王孫誥鐘	淅川 M2：2	
83	春晚	王孫誥鐘	淅川 M2：3	
84	春晚	王孫誥鐘	淅川 M2：4	
85	春晚	王孫誥鐘	淅川 M2：5	
86	春晚	王孫誥鐘	淅川 M2：6	
87	春晚	王孫誥鐘	淅川 M2：7	
88	春晚	王孫誥鐘	淅川 M2：8	
89	春晚	王孫誥鐘	淅川 M2：9	
90	春晚	王孫誥鐘	淅川 M2：10	
91	春晚	王孫誥鐘	淅川 M2：11	
92	春晚	王孫誥鐘	淅川 M2：12	
93	春晚	王孫誥鐘	淅川 M2：13、14	
94	春晚	王孫誥鐘	淅川 M2：16、22、21	
95	春晚	王孫誥鐘	淅川 M2：17、19	
96	春晚	王孫誥鐘	淅川 M2：18、15、20	
97	春晚	王孫誥鐘	淅川 M2：26、23、24、25	
98	春晚	王孫誥戟	淅川 M2：72	
99	春晚	王孫誥戟	淅川 M2：84	
100	春晚	王孫遺者鐘	集成 1.261	〔註29〕

〔註28〕器主王孫誥的身份，一般推測可能是王子午之子，但無從查考。陳偉認為就是《左傳》中的楚公子格，但楚國的公子是指王子而言，輩份與王孫不同，不能混用。參閱陳偉〈淅川下寺二號楚墓墓主及相關問題〉，《江漢考古》1983 年 1 期，頁 32；何浩〈「王子某」、「楚子某」與楚人的名和字〉，《江漢論壇》1993 年 7 期，頁 65。

〔註29〕此鐘與王孫誥鐘比較，無論是器形、紋飾，或是銘文書體、辭例，都非常相似，年代應該接近。「王孫遺者」是誰？孫啟康、劉翔都主張是楚公子追舒，他曾在楚康王時出任令尹（前 552 至前 551）。但公子追舒是楚莊王之子，不能把王子與王孫混為一談。參閱孫啟康〈楚器王孫遺者鐘考辨〉，《江漢考古》1983 年 4 期，頁 41～46；劉翔〈王孫遺者鐘新釋〉，《江漢論壇》1983 年 8 期，頁 76～78；何浩〈「王子某」、「楚子某」與楚人的名和字〉，《江漢論壇》1993 年 7 期，頁 65。

101	春晚	楚王領鐘	集成 1.53	〔註 30〕
102	春晚	楚子棄疾匜	中國文物報 1989.5.26	〔註 31〕
103	春晚	楚子趄鼎	集成 4.2231	〔註 32〕
104	春晚	王孫霝匜	集成 9.4501	〔註 33〕
105	春晚	楚子敦	集成 9.4637	〔註 34〕
106	春晚	子季嬴青匜	集成 9.4594	
107	春晚	楚叔之孫途盉	集成 15.9426	〔註 35〕
108	春晚	秦王鐘	集成 1.37	〔註 36〕
109	春晚	佫子匜	文物天地 1993.6.29	〔註 37〕

〔註 30〕 鐘銘所稱的楚王是誰？過去有楚成王、悼王、郟敖、恭王等多種說法，其中以恭王說最為盛行。但李學勤已據楚王酓審盞，證明楚恭王之名為「酓審」，不是鐘銘的「領」。近年李零根據器形比對，認為與淅川下寺 M1 所出的敬事天王鐘相似，時代應該同屬春秋晚期，所以楚王「領」可能是楚靈王（前 540 至前 529）。此說能否成立，猶待驗證。參閱李學勤〈楚王酓審盞及有關問題〉，《中國文物報》1990 年 5 月 31 日；李零〈再論淅川下寺楚墓——讀《淅川下寺楚墓》〉，《文物》1996 年 1 期，頁 53～54。

〔註 31〕 文獻所見楚人名「棄疾」者共有三位，分別是楚平王未即位前的名字（前 528 年即位）、令尹子文的玄孫公廄尹棄疾（前 536 年被殺）、令尹子南之子棄疾（前 551 年被殺）。銘文中的楚子，究竟是哪一位棄疾，難以斷定，但這三個人主要活動時間前後相距不過三十年左右，所以此器年代當在前 528 年之前不久，大約是在春秋晚期的楚靈王時。參閱劉彬徽《楚銅》，頁 319～320。

〔註 32〕 鼎的鑄造年代，劉彬徽根據形制、紋飾與同出銅器組合判斷，定在春秋中晚期之際。參閱劉彬徽《楚銅》，頁 320～321。

〔註 33〕 此匜湖北當陽曹家崗楚墓 M5 出土，器主自稱為「王孫」，可知是楚國貴族所作器。匜的年代，劉彬徽比對器形與紋飾，定在春秋晚期。參閱劉彬徽《楚銅》，頁 321。

〔註 34〕 楚子敦與子季嬴青匜，湖北襄陽山灣楚墓 M33 出土，發掘報告將其年代定在春秋晚期。參閱湖北省博物館〈襄陽山灣東周墓葬發掘報告〉，《江漢考古》1983 年 2 期，頁 26～27。

〔註 35〕 此盉江蘇吳縣楓橋公社何山 M1 出土，發掘報告將其年代定在春秋晚期。參閱吳縣文物管理委員會〈江蘇吳縣何山東周墓〉，《文物》1984 年 5 期，頁 16～19。

〔註 36〕 此鐘又名「秦王卑命鐘」、「王卑命鐘」與「救秦戎鐘」，其國別、時代、銘文釋讀等項都有很大爭議。在分域方面，有秦器與楚器兩種主張，但鐘銘既云「救秦戎」，比較不像秦人口吻，銘文「秦」、「坪」、「王」等字的寫法，又合於楚國文字而不合於秦國文字，因而可以斷定必是楚器。在斷代方面，受銘文釋讀困難的影響，目前仍無一致的看法。黃錫全、劉森淼觀察春秋戰國甬鐘鉦部與鼓部的比例變化，主張秦王鐘的時代應該在春秋晚期，認為鐘銘的「坪王」就是楚平王，平王是諡號，說明秦王鐘鑄於楚平王去世之後（前 516），所以其結論將年代定在楚昭王時，而且很有可能是在吳師入郢之前（前 506）。根據楚平王諡號，將年代上限定在楚昭王時，確為卓識，但吳師入郢一事，與秦王鐘的鑄造並無必然關連，筆者認為年代下限有可能延續至楚惠王時。參閱黃錫全、劉森淼〈「救秦戎」鐘銘文新解〉，《江漢考古》1992 年 1 期，頁 73～77。

〔註 37〕 據徐家嶺楚墓的發掘者曹桂岑判斷，此匜可能出自徐家嶺 M3。「化」、「為」古音相通，前述「鄬子佣」的「鄬」字義作「佫」，所以匜銘的「佫子大」應該與鄬子佣屬

110	春晚	伽子受鐘	中國文物精華 1993.圖版 80	〔註 38〕
111	春晚	襄鼎	集成 5.2551	〔註 39〕
112	戰早	邵王之諻鼎	集成 4.2288	〔註 40〕
113	戰早	邵王之諻簋	集成 6.3634	
114	戰早	邵王之諻簋	集成 6.3635	
115	戰早	邵之飤鼎	集成 4.1980	〔註 41〕
116	戰早	邵方豆	集成 9.4660	
117	戰早	邵方豆	集成 9.4661	
118	戰早	楚王酓章鐘	集成 1.83	〔註 42〕
119	戰早	楚王酓章鐘	集成 1.84	
120	戰早	楚王酓章鎛	集成 1.85	
121	戰早	楚王酓章劍	集成 18.11659	
122	戰早	墉夜君成鼎	集成 4.2305	〔註 43〕
123	戰早	鄯戈	集成 17.11027	〔註 44〕

於同一個宗族。李零認為是春秋晚期楚國器，其說可從。參閱李零〈伽子瑚與淅川楚墓〉，《文物天地》1993 年 6 期，頁 29～31；趙世綱〈淅川楚王族墓地的發現與研究〉，《故宮文物月刊》12 卷 10 期（1995），頁 100。

〔註38〕伽子受編鐘是在 1990 年出土於河南省淅川縣和尚嶺，現藏河南省文物研究所。編鐘上有紀年銘文「唯十又四年參月唯戊申」，核對張培瑜《中國先秦史曆表》（濟南：齊魯書社，1987），在春秋中晚期之間，年、月、干支能夠與鐘銘相合的，只有春秋中期的楚莊王 14 年（前 600），以及春秋晚期的楚惠王 14 年（前 475）。趙世綱根據編鐘件數、形制花紋、銘文書體與構形等多項特徵，主張編鐘鑄造年代應該定在楚惠王 14 年。參閱中國文物精華編輯委員會《中國文物精華·1993》（北京：文物出版社），頁 350～351；趙世綱〈鄯子受鐘與鄯國史跡〉，《故宮文物月刊》12 卷 6 期（1994），頁 111。

〔註39〕此鼎為傳世品，現藏上海博物館，劉彬徽認為應該是春秋晚期楚器。參閱劉彬徽《楚銅》，頁 332。

〔註40〕「邵王之諻」器應鑄於楚惠王時，詳見第一章第一節。

〔註41〕邵之飤鼎出土於四川新都，邵方豆出土於湖北隨州均川。銘文「邵」字應該讀為「昭」，可能是指駐守蜀地的楚國昭氏支裔。新都青銅器的年代，李學勤定在戰國早期公元前 400 年左右。邵方豆的銘文風格，與邵之飤鼎一致，年代應該相當。參閱徐中舒、唐嘉弘〈古代楚蜀的關係〉，《文物》1981 年 6 期，頁 23～24；李學勤〈論新都出土的蜀國青銅器〉，《文物》1982 年 1 期，頁 39。

〔註42〕酓章就是楚惠王，此鐘是在他死前一年所鑄，詳見第一章第一節。

〔註43〕「墉」字原篆作「　」，宜從嚴一萍、裘錫圭釋為「坪」。器主「坪夜君」，又見於曾侯乙墓竹簡和包山楚簡，年代應在戰國早期。參閱嚴一萍〈楚繒書新考〉，《中國文字》第 27 冊（1968），頁 9～10；裘錫圭〈談談隨縣曾侯乙墓的文字資料〉，見《古文字論集》，頁 414～415。

〔註44〕此戈出土於江陵雨台山楚墓 M133，劉彬徽認為是戰國早期的楚國兵器，黃盛璋認為是春秋中晚期的鄯國兵器。楚滅鄯的年代，根據何浩的研究，當在楚康王至楚靈王繼位之初，也就是春秋中期後段（前 559 至前 538）。此戈的年代在戰國早期，

124	戰早	玄鏐戈	江漢考古 1996.3.28	〔註45〕
125	戰早	楚王孫漁戈	集成 17.11152	〔註46〕
126	戰早	楚王孫漁戈	集成 17.11153	
127	戰早	斫君戟	集成 17.11214	〔註47〕
128	戰早	邳君戈	集成 17.11026	〔註48〕
129	戰早	龍公戈	集成 17.10977	〔註49〕
130	戰早	周瑞戈	集成 17.11043	〔註50〕
131	戰中	鄀之新都戈	集成 17.11042	〔註51〕
132	戰中	欒書缶	集成 16.10008	〔註52〕

當時鄀國已經滅亡，所以可以斷定是楚國器。參閱劉彬徽〈考述〉，頁 260；黃盛璋〈鄀器與鄀國地望及與楚之關係考辨〉，《江漢考古》1988 年 1 期，頁 49～51；何浩〈羕器、養國與楚國養縣〉，《江漢考古》1989 年 2 期，頁 63～69。

〔註45〕此戈出土於湖南常德德山戰國墓，簡報認為該墓年代為戰國晚期，但戈的年代為春秋晚期至戰國早期，可能是楚人得自吳越的戰利品，也可能是楚人的製品。根據戈的形制判斷，年代應該屬於戰國早期，戈內的雙線勾連紋為楚國特有紋飾，鳥蟲書的風格也比較接近楚國書體，因此筆者認為應該是戰國早期的楚國器。參閱常德市文物處〈湖南常德德山戰國墓出土鳥篆銘文戈〉，《江漢考古》1996 年 3 期，頁 27～28、44。

〔註46〕戈銘「楚王孫漁」，石志廉認為就是《左傳》昭公 17 年的司馬子魚，也就是公子魴。但劉彬徽認為前者為王孫，後者為王子，輩份不同，不會是同一個人，並將戈的年代定在戰國早期。參閱石志廉〈楚王孫漁銅戈〉，《文物》1963 年 3 期，頁 63～64；劉彬徽《楚銅》，頁 337。

〔註47〕此戈出土於曾侯乙墓，時代屬於戰國早期。銘文首字作「⿰木斤」，與中山王方壺「策」字作「⿱⺮⿰木斤」下半所從的偏旁相同。馬王堆帛書《老子》甲本「策」字作「⿱⺮⿰木斤」，證明戈銘首字與中山王方壺「策」字下半所從皆為「析」字。析君為楚國封君，其封邑在今河南峽縣南。參閱黃錫全《輯證》，頁 98。

〔註48〕此戈出土於江陵拍馬山楚墓 M10，黃盛璋根據同出的陶鬲，將其年代定在戰國早期。參閱黃盛璋〈江陵拍馬山楚墓鳥篆戈銘新釋〉，見《楚文化新探》（武漢：湖北人民出版社，1981），頁 156～159。

〔註49〕此戈出土於江陵雨台山楚墓 M169，從戈的形制判斷，鑄造時代大約是在戰國早期，銘文為刻款，時代可能略晚一些，劉彬徽認為可能晚至戰國中期。參閱劉彬徽《楚銅》，頁 352。

〔註50〕此戈出土於江陵雨台山楚墓 M100，劉彬徽考定為戰國早期楚國兵器。參閱劉彬徽《楚銅》，頁 338。

〔註51〕根據周世榮〈湖南楚墓出土古文字叢考〉一文所述，長沙近郊曾出土一件鄀之新都戈，該文並說「該式戈也見於《商周金文錄遺》」，可見周世榮認為那是兩件不同的戈。但《集成》第 17 冊只收錄一件，並且在書後所附「戈戟類銘文說明」的著錄欄中，將前述兩項資料並列，可見《集成》編者認為只是同一件戈分別著錄於兩處。筆者核對上述三份拓片，認為應該是同一件戈。根據戈的形制可知，年代可能在戰國早中期之間。參閱周世榮〈湖南楚墓出土古文字叢考〉，《湖南考古輯刊》第 1 輯（1982），頁 89。

〔註52〕缶名應改稱為「書也缶」，考證詳見第六章第三節。

133	戰中	䚇篙鐘	集成 1.38	〔註53〕
134	戰中	曾姬無卹壺	集成 15.9710	〔註54〕
135	戰中	曾姬無卹壺	集成 15.9711	
136	戰中	楚王酓璋戈	集成 17.11381	〔註55〕
137	戰中	鄂君啟車節	集成 18.12110	〔註56〕
138	戰中	鄂君啟車節	集成 18.12111	
139	戰中	鄂君啟車節	集成 18.12112	
140	戰中	鄂君啟舟節	集成 18.12113	
141	戰中	王命龍節	集成 18.12097	〔註57〕
142	戰中	王命龍節	集成 18.12098	
143	戰中	王命龍節	集成 18.12099	
144	戰中	王命龍節	集成 18.12100	
145	戰中	王命龍節	集成 18.12101	
146	戰中	王命龍節	集成 18.12102	
147	戰中	王命虎符	集成 18.12094	
148	戰中	王命虎符	集成 18.12095	
149	戰中	王命車駐虎節	西漢南越王墓 316	
150	戰中	正易鼎	集成 3.1500	〔註58〕
151	戰中	陳垕戈	集成 17.10924	〔註59〕
152	戰中	陳垕戟	集成 17.11251	
153	戰中	繁陽之金劍	集成 18.11582	〔註60〕

〔註53〕此鐘河南信陽長台關楚墓 M1 出土，又名「晉人救戎鐘」。「䚇篙」應從朱德熙讀為「荊曆」，猶言「楚曆」，因而可確定為楚鐘。李零、劉彬徽根據器形紋飾比對，都主張將年代定在戰國中期。參閱李零〈論東周時期的楚國典型銅器群〉，《古文字研究》第 19 輯（1992），頁 139～140；劉彬徽《楚銅》，頁 236～237、341。

〔註54〕曾姬無卹壺鑄於楚宣王 26 年（前 344），詳見第一章第一節。

〔註55〕此戈鑄於楚威王時，詳見第一章第一節。

〔註56〕銅節鑄於楚懷王 7 年，詳見第一章第一節。

〔註57〕以下的王命龍節、虎符與虎節，有些是在長沙市郊發現，字體、辭例均與鄂君啟節相合，肯定同是戰國中期楚器。參閱流火〈銅龍節〉，《文物》1960 年 8、9 期，頁 81。

〔註58〕此鼎出土於湖南常德德山楚墓 M26，銘文「正易（陽）」是楚國地名，也見於包山簡，據此可確定為楚國器。鼎的年代，李零認為屬於戰國中晚期。參閱李零〈匯釋〉，頁 387。

〔註59〕根據「陳」字寫法，以及戟銘的大事紀年格式，可以斷定為楚國器，其中陳垕戈出土於湖北鄂王城遺址，更為此說添一佐證。戈、戟的年代，劉彬徽定在戰國中期偏晚。參閱劉彬徽《楚銅》，頁 351。

〔註60〕古籍記載的地名「繁陽」，先秦時期共有南北兩處。南繁陽在今河南省新蔡縣北，戰國時屬於楚。北繁陽在今河南省內黃縣東北，戰國時屬於魏國。根據湯餘惠的

154	戰中	鄂客問量	集成 16.10373	〔註61〕
155	戰中	石板村簡	考古學報 1995.2	〔註62〕
156	戰中	藤店簡	文物 1973.9	〔註63〕
157	戰中	信陽簡	信陽楚墓	〔註64〕
158	戰中	天星觀簡	考古學報 1982.1.108	〔註65〕
159	戰中	望山簡	望山楚簡	〔註66〕
160	戰中	包山簡牘	包山楚墓	〔註67〕
161	戰中	楚帛書	楚帛書	〔註68〕

研究，兩國的「繁」字寫法不同，楚國作「鄉」或「絲」，魏國作「嚣」或「匋」。此劍的年代，劉彬徽定在戰國中期偏晚，此時的南繁陽屬於楚國所有，劍銘「繁」字作「絲」形，跟楚簡寫法相同，劍銘書體也與楚國美術書體相合，因此可以斷定為楚國器。參閱洛陽博物館〈河南洛陽出土「繁陽之金」劍〉，《考古》1980 年 6 期，頁 492；劉彬徽《楚銅》，頁 350；湯餘惠〈戰國文字中的繁陽和繁氏〉，《古文字研究》第 19 輯（1992），頁 505。

〔註61〕 此銅量是湖南省博物館在長沙收集所得，根據大事紀年的銘文格式，官名「莫囂（敖）」、「連囂（敖）」、地名稱「郢」等線索，都可以肯定是楚國器。此銅量的鑄造年代，周世榮定在戰國中晚期。參閱周世榮〈楚鄂客銅量銘文試釋〉，《江漢考古》1987 年 2 期，頁 88。

〔註62〕 湖南慈利縣石板村 M36 出土竹簡，發掘報告將該墓年代定在戰國中期前段。參閱湖南省文物考古研究所等〈湖南慈利縣石板村戰國墓〉，《考古學報》1995 年 2 期，頁 202。

〔註63〕 湖北江陵藤店 M1 出土竹簡，發掘簡報根據同出的越王州句劍，認為時代在公元前 412 年以後的可能性最大。陳振裕從出土器物的形制與組合分析，認為江陵望山 M1、信陽長台關 M1 與藤店 M1，年代都相當於戰國中期偏早。參閱荊州地區博物館〈湖北江陵藤店一號墓發掘簡報〉，《文物》1973 年 9 期，頁 7〜13；陳振裕〈略論九座楚墓的年代〉，《考古》1981 年 4 期，頁 319〜331。

〔註64〕 河南信陽長台關 M1 出土竹簡，發掘報告將該墓年代定在戰國早期，但許多學者認為應該定在戰國中期。參閱河南省文物研究所《信陽楚墓》（北京：文物出版社，1986），頁 120〜121；陳振裕〈略論九座楚墓的年代〉，《考古》1981 年 4 期，頁 319〜331。

〔註65〕 簡文「秦客公孫鞅」的紀年，是指商鞅在秦受封之前（前340），約當楚宣王時期，天星觀簡應該寫於此一時期。參閱湖北省荊州地區博物館〈江陵天星觀一號楚墓〉，《考古學報》1982 年 1 期，頁 110〜111。

〔註66〕 江陵望山 M1 的入葬時間，陳振裕考定為楚威王時期或楚懷王前期，《望山楚簡》編寫者認為墓主「死年應晚於威王，似以定在懷王前期為最合適」。參閱陳振裕〈望山一號墓的年代與墓主〉，《中國考古學會第一次年會論文集》（北京：文物出版社，1980），頁 229〜236；湖北省文物考古研究所等《望山楚簡》（北京：中華書局，1995），頁 136。

〔註67〕 湖北荊門包山 M2 的絕對年代，王紅星、劉彬徽都考證為楚懷王 13 年（前316）。除了簡牘之外，包山 M2 出土的籤牌、馬甲、罐口封泥上也發現若干文字。參閱王紅星〈包山簡牘所反映的楚國曆法問題〉，見《包山楚墓》（北京：文物出版社，1991），頁 521〜532；劉彬徽〈從包山楚簡紀時材料論及楚國紀年與楚曆〉，見《包山楚墓》，頁 533〜547。

〔註68〕 楚帛書的年代，一般均認為在戰國中晚期之際。

162	戰中	九店簡	江陵九店東周墓	〔註69〕
163	戰晚	仰天湖簡	考古學報 1957.2	〔註70〕
164	戰晚	五里牌簡	長沙發掘報告	〔註71〕
165	戰晚	南君戈	江陵九店東周墓 228	〔註72〕
166	戰晚	葇陵公戈	集成 17.11358	〔註73〕
167	戰晚	長邦戈	集成 17.10914	〔註74〕
168	戰晚	長邦戈	集成 17.10915	
169	戰晚	無臭鼎	集成 4.2098	〔註75〕
170	戰晚	無臭鼎	集成 4.2099	
171	戰晚	中易鼎	湖南考古輯刊四.24	〔註76〕
172	戰晚	壽春鼎	集成 4.2397	〔註77〕
173	戰晚	□賸鼎	集成 4.2309	〔註78〕

〔註69〕 九店 M621 時代屬於戰國中期後段，M56 屬於戰國晚期前段。參閱湖北省文物考古研究所《江陵九店東周墓》（北京：科學出版社，1995），頁 340～415。

〔註70〕 湖南長沙仰天湖 M25 出土竹簡，發掘報告將該墓年代定在戰國晚期。參閱湖南省文物管理委員會〈長沙仰天湖第 25 號木槨墓〉，《考古學報》1957 年 2 期，頁 85～94。

〔註71〕 湖南長沙五里牌 M406 出土竹簡，發掘報告將該墓年代籠統定為戰國時期，目前一般看法認為是在戰國晚期。參閱中山大學中文系古文字研究室楚簡整理小組〈戰國楚竹簡概述〉，《中山大學學報》1978 年 4 期，頁 62～63；周世榮〈湖南楚墓出土古文字叢考〉，《湖南考古輯刊》第 1 輯（1982），頁 98～99。

〔註72〕 南君戈出土於江陵九店楚墓 M168，戈的內部有楚國特有的雙線勾連紋，銘文又為楚國風格的美術書體，可以斷定是楚國兵器。據發掘報告考證，該墓的年代屬於戰國晚期早段，戈的年代有可能稍微早一些。參閱湖北省文物考古研究所《江陵九店東周墓》，頁 224、436。

〔註73〕 「葇陵」是楚國地名，也見於包山簡，所以此戈可確定是楚國器。根據戈的形制判斷，年代約在戰國中晚期之間。

〔註74〕 「邦」字原篆作「𦥑」，李學勤釋作「郵」，認為戈銘「長郵」可能是長沙之郵的簡稱。根據戈的形制判斷，年代約在戰國中晚期之間。參閱李學勤〈湖南戰國兵器銘文選釋〉，《古文字研究》第 12 輯（1985），頁 332。

〔註75〕 湯餘惠根據銘文「鼎」字借「貞」字為之，以及「無」字作「𣎴」省去人形，皆與楚文字相合，認為此二鼎應為晚周楚器。參閱湯餘惠〈楚器銘文八考〉，見《古文字論集（一）》（西安：考古與文物編輯部，1983），頁 68。

〔註76〕 鼎銘「中陽」是楚國地名，也見於包山簡。鼎的年代，發掘報告定在戰國中期偏晚，劉彬徽認為定在戰國晚期偏早更為恰當。參閱常德地區文物工作隊等〈桃源三元村一號楚墓〉，《湖南考古輯刊》第 4 輯（1987），頁 29；劉彬徽《楚銅》，頁 354。

〔註77〕 楚考烈王 22 年徙都壽春（前 241），其後壽春改名為郢。鼎銘還稱「壽春賸」，可知作於遷都之前。參閱天津市文化局文物組〈天津市新收集的商周青銅器〉，《文物》1964 年 9 期，頁 35、40。

〔註78〕 此鼎又名「之左鼎」、「造賸之右冶鼎」，器形為戰國晚期環耳高足扁盒式鼎，銘文字體與壽縣所出楚器相似。參閱李零〈匯釋〉，頁 384～385。

174	戰晚	脮所偖鼎	集成 4.2302	〔註79〕
175	戰晚	右坌刃鼎	集成 4.1801	〔註80〕
176	戰晚	東陸鼎蓋	集成 4.2241	〔註81〕
177	戰晚	巨萱王鼎	集成 4.2301	〔註82〕
178	戰晚	巨萱十九鼎	集成 4.1994	
179	戰晚	襄城楚境尹戈	考古 1995.1.76	〔註83〕
180	戰晚	楚王畲肯鼎	集成 5.2623	〔註84〕
181	戰晚	楚王畲肯鈰鼎	集成 4.2479	
182	戰晚	楚王畲肯匜	集成 9.4549	
183	戰晚	楚王畲肯匜	集成 9.4550	
184	戰晚	楚王畲肯匜	集成 9.4551	
185	戰晚	楚王畲肯盤	集成 16.10100	
186	戰晚	楚王畲忎鼎	集成 5.2794	〔註85〕
187	戰晚	楚王畲忎鼎	集成 5.2795	
188	戰晚	楚王畲忎盤	集成 16.10158	

〔註79〕器形為環耳高足扁盒式鼎，時代應該是在戰國晚期。

〔註80〕「右」字原篆作「石」，應改釋為「石」，詳見本論文第四章第八節。此鼎出土於長沙，器形為環耳高足扁盒式鼎，時代應在戰國晚期。參閱何琳儀《戰國文字通論》，頁 139。

〔註81〕「陸」字原篆作「陸」，或釋為「陵」，後說較長。「東陵」是楚國地名，也見於包山簡。目前僅存鼎蓋，現藏浙江省博物館。鼎蓋上有三個伏獸形紐，與壽春鼎、右坌刃鼎相似，銘文「𧆛」、「大右」屢見於壽縣楚器，據此可以斷定同屬戰國晚期楚國器。參閱李零〈匯釋〉，頁 383。

〔註82〕這兩件鼎同出於安徽蚌埠市，形制為高足扁盒式鼎，應該是戰國晚期楚國器。

〔註83〕戈銘「都壽之歲」，指楚考烈王 22 年（前 241）遷都壽春之事，據此可知此戈為戰國晚期楚國器。參閱周曉陸、紀達凱〈江蘇連雲港市出土襄城楚境尹戈讀考〉，《考古》1995 年 1 期，頁 75～77。

〔註84〕以下楚王畲肯、楚王畲忎、集脰、集脩、大脮、鑄客、客豐悤諸器，均出自壽縣朱家集楚幽王墓。楚王畲肯的「肯」字，原篆作「𣎆」，各家考釋意見紛雜，其中以釋為「前」、「肯」、「肭」三種說法比較通行。楚王畲肯諸器出自壽縣朱家集楚幽王墓，時代應在考烈王 22 年徙都壽春之後、幽王卒年之前，因而楚王畲肯只能是考烈王，或者是繼位的幽王。幽王熊悍之名寫作「忎」，顯然不會是楚王畲肯。因此，儘管「𣎆」字的考釋還有爭議，但這位楚王可以肯定就是考烈王熊元。《集成》5.2623 楚王畲肯鼎的蓋，唐蘭、熊海平、劉彬徽都認為是另一件鼎的蓋。參閱李零〈論東周時期的楚國典型銅器群〉，《古文字研究》第 19 輯（1992），頁 144；劉彬徽《楚銅》，頁 366。

〔註85〕畲忎即楚幽王熊悍（前 237 至前 228），學術界已有定論。鼎銘所云「戰獲兵銅」，郭沫若認為可能指幽王 3 年秦楚之戰一事。鼎銘又云「正月吉日」，應指次年正月，所以此鼎應作於幽王 4 年（前 234）。參閱郭沫若《兩周金文辭大系圖錄考釋》（北京：科學出版社，1957 年修訂本），頁 169。

189	戰晚	秦苛臚勺	集成 16.9931	〔註 86〕
190	戰晚	秦苛臚勺	集成 16.9932	
191	戰晚	但盤埜匕	集成 3.975	
192	戰晚	但盤埜匕	集成 3.976	
193	戰晚	但紹坌匕	集成 3.977	
194	戰晚	但紹坌匕	集成 3.978	
195	戰晚	陳共車飾	集成 18.12040	
196	戰晚	大䐗臣	集成 9.4476	〔註 87〕
197	戰晚	大䐗盞	集成 9.4634	
198	戰晚	大䐗鎬	文物 1980.8.28	
199	戰晚	大䐗之器銅牛	集成 16.10438	
200	戰晚	郢大府量	集成 16.10370	
201	戰晚	集脰大子鼎	集成 4.2095	〔註 88〕
202	戰晚	集脰大子鼎	集成 4.2096	
203	戰晚	集脰鎬	集成 16.10291	
204	戰晚	集肴鼎	集成 4.1807	
205	戰晚	鑄客為大句脰官鼎	集成 4.2395	〔註 89〕
206	戰晚	鑄客為王句小䐗鼎	集成 4.2393	
207	戰晚	鑄客為王句小䐗鼎	集成 4.2394	
208	戰晚	鑄客䐗	集成 9.4506	
209	戰晚	鑄客臣	集成 9.4507	
210	戰晚	鑄客臣	集成 9.4508	
211	戰晚	鑄客臣	集成 9.4509	
212	戰晚	鑄客臣	集成 9.4510	
213	戰晚	鑄客臣	集成 9.4511	

〔註 86〕以下幾件勺、匕、車飾，所刻的冶師之名，均見於楚幽王器，時代應該與之相當。

〔註 87〕大（太）䐗諸器的年代，李零認為是在考烈王時，劉彬徽認為是在幽王時。其中，銅量銘文所稱的「郢」，是指安徽境內的楚都壽春，所以鑄造年代應該在楚考烈王 22 年徙都壽春之後。參閱李零〈論東周時期的楚國典型銅器群〉，《古文字研究》第 19 輯（1992），頁 153；劉彬徽《楚銅》，頁 361～362。

〔註 88〕集脰大（太）子諸器與集肴鼎的年代，李零認為考烈王太子或幽王太子兩者都有可能。劉彬徽認為「集脰」二字，未見於考烈王諸器，而見於幽王諸器，此太子應指楚幽王為太子之時，其年代仍屬考烈王之世。參閱李零〈論東周時期的楚國典型銅器群〉，《古文字研究》第 19 輯（1992），頁 153；劉彬徽《楚銅》，頁 358～359。

〔註 89〕鑄客諸器的年代，李零認為可能分屬考烈王與幽王兩代，而以幽王器居多數，劉彬徽認為應該都是幽王的器物。參閱李零〈論東周時期的楚國典型銅器群〉，《古文字研究》第 19 輯（1992），頁 153；劉彬徽《楚銅》，頁 362～365。

214	戰晚	鑄客匜	集成 9.4512	
215	戰晚	鑄客匜	集成 9.4513	
216	戰晚	鑄客豆	集成 9.4675	
217	戰晚	鑄客豆	集成 9.4676	
218	戰晚	鑄客豆	集成 9.4677	
219	戰晚	鑄客豆	集成 9.4678	
220	戰晚	鑄客豆	集成 9.4679	
221	戰晚	鑄客豆	集成 9.4680	
222	戰晚	鑄客缶	集成 16.10002	
223	戰晚	鑄客缶	集成 16.10003	
224	戰晚	鑄客鑑	集成 16.10293	
225	戰晚	鑄客器	集成 16.10577	
226	戰晚	鑄客鼎	集成 4.2480	
227	戰晚	鑄客為集脰鼎	集成 4.2297	
228	戰晚	鑄客為集脰鼎	集成 4.2298	
229	戰晚	鑄客器	集成 16.10578	
230	戰晚	鑄客鼎	集成 4.2296	
231	戰晚	鑄客為集鼎	集成 4.2299	
232	戰晚	鑄客為集□鼎	集成 4.2300	
233	戰晚	鑄□客瓶	集成 3.914	
234	戰晚	鑄客盉	集成 15.9420	
235	戰晚	鑄客盧	集成 16.10388	
236	戰晚	鑄客盧	集成 16.10389	
237	戰晚	鑄客匜	集成 16.10199	
238	戰晚	悤鼎	集成 3.1250	
239	戰晚	客豐悤鼎	集成 4.1803	
240	戰晚	客豐悤鼎	集成 4.1804	
241	戰晚	客豐悤鼎	集成 4.1805	
242	戰晚	客豐悤鼎	集成 4.1806	
243	戰晚	大右鑑	集成 16.10287	〔註90〕
244	戰晚	郲陵君鑑	集成 16.10297	〔註91〕

〔註90〕此鑑也是出自壽縣楚幽王墓，年代可能同屬於考烈王或幽王。

〔註91〕郲陵君三器出土於江蘇無錫，據《史記·春申君列傳》，考烈王元年封黃歇為春申君，先後賜封淮北、江東等地，當時江蘇無錫一帶是黃歇的封地，那裡恐怕不可能再分封一個王族。李學勤根據這項理由，認為王子申受封的時間，應在春申君黃歇

245	戰晚	㟋陵君王子申豆	集成 9.4694	
246	戰晚	㟋陵君王子申豆	集成 9.4695	
247	戰晚	君夫人鼎	集成 4.2106	〔註92〕
248	戰晚	余訓壺	文物研究 6.141.圖 12	〔註93〕
249	戰晚	李筍壺	文物研究 6.141.圖 13	
250	戰晚	南州壺	文物研究 6.141.圖 14	
251	戰晚	蔡長匜	文物研究 6.141.圖 10	
252	戰國	王書刀	文物 1966.5	〔註94〕
253	戰國	王書刀	考古學報 1982.3	
254	戰國	王書刀	包山楚墓 M2：441	
255	戰國	王衡桿	集成 16.10375	
256	戰國	王衡桿	集成 16.10376	
257	戰國	□益環權	集成 16.10378	
258	戰國	賢子環權	集成 16.10379	
259	戰國	王字衡桿	文物 1979.4.74	
260	戰國	分囟益砝碼	考古 1994.8.圖版貳	
261	戰國	君車轄	考古學報 1982.1	
262	戰國	楚尚車轄	集成 18.12022	

被刺殺之後（前 237）。此時楚國可稱為王子的人，據《史記》所載只有王子猶（楚哀王）與王子負芻二人。劉彬徽主張前者，何浩、孔仲溫主張後者，二說對於器主的判斷雖有不同，但都將造器時間定在楚幽王之世（前 237 至前 228）。參閱李學勤〈從新出青銅器看長江下游文化的發展〉，《文物》1980 年 8 期，頁 40；何浩〈㟋陵君與春申君〉，《江漢考古》1985 年 2 期，頁 75～78；劉彬徽《楚銅》，頁 374～375；孔仲溫〈論㟋陵君三器的幾個問題〉，紀念容庚先生百年誕辰暨中國古文字學學術研討會論文（1994），頁 1～5。

〔註92〕此鼎現藏上海博物館，劉彬徽根據器形與字體特徵，認為可能是戰國晚期某個楚王或封君夫人的器物。參閱劉彬徽《楚銅》，頁 367。

〔註93〕以下四件器物，都是出自安徽省舒城縣秦家橋戰國楚墓。器銘都出於刻劃，陳秉新曾經撰文考釋。壺銘「𡥝」字，陳秉新釋作「孝」，茲從鄭剛、何琳儀、劉信芳等人釋為「李」。壺銘「州」前之字，陳秉新摹作「𡘜」形，陳文缺釋，應釋為「南」。匜銘次字「𤉲」，陳文釋為「倅」，疑應釋為「長」。其餘器銘，由於原書印刷品質不良，無法辨認，暫依陳文考釋。根據銘文構形與書體判斷，這幾件器的時代可能是在戰國晚期。參閱舒城縣文物管理所〈舒城縣秦家橋戰國楚墓清理簡報〉，《文物研究》第 6 輯（1990），頁 135～146；陳秉新〈安徽新出楚器銘文考釋〉，《楚文化研究論集》第 3 集（武漢：湖北人民出版社，1994），頁 412～415；劉信芳〈從𡘜之字匯釋〉，紀念容庚先生百年誕辰暨中國古文字學國際學術研討會（1994），頁 7～9。

〔註94〕以下七件器物都出土於楚國境內，一般都將其時代定在戰國中晚期。

表二：疑似楚國金文資料分期簡表

編號	期別	資料名稱	主要著錄	註
263	春早	中子化盤	集成 16.10137	〔註 95〕
264	春早	考叔㠯父匜	集成 9.4608	〔註 96〕
265	春早	考叔㠯父匜	集成 9.4609	
266	春早	塞公孫㠯父匜	集成 16.10276	
267	春中	鄀子敢盨	江漢考古 1993.3.42	〔註 97〕
268	春中	塞王戈	商周青銅兵器 112	〔註 98〕
269	春中	息子行盆	集成 16.10330	〔註 99〕
270	春中	子諆盆	集成 16.10335	〔註 100〕

〔註 95〕 此盤的時代，李零根據銘文特徵定在春秋早期。國別方面，多數學者主張屬於楚國，白川靜、張亞初認為是漢陽諸姬中的「中國」。《左傳》僖公 28 年（前 632）云：「漢陽諸姬楚實盡之」，足見在春秋中期晚段，此一地區已被楚國勢力控制。至於「中國」何時滅亡？文獻不足，無從考查，所以此盤的國別也就難以斷定。參閱張亞初〈論魯台山西周墓的年代及族屬〉，《江漢考古》1984 年 2 期，頁 26；李零〈匯釋〉，頁 374。

〔註 96〕 㠯父諸器的年代，簡報定在春秋早期，劉彬徽定在春秋早期晚段。至於國屬問題，于豪亮主張是息國，王光鎬主張是塞國，劉彬徽主張是楚國。王光鎬指出典籍與出土古文字資料，皆未見假借「塞」字為息國之「息」的例子，息國說應該不能成立。㠯父諸器出土於湖北枝江百里洲，黃錫全認為此時該地已經屬於楚境，所以他贊成劉彬徽的說法，主張器銘的「塞公孫」應指楚國封君，此說值得重視，但因塞國地望與滅亡年代均無法查考，以致難以確切論定。參閱于豪亮〈論息國和樊國的銅器〉，《江漢考古》1980 年 2 期，頁 7～8；王光鎬《楚文化源流新證》（武漢：武漢大學出版社，1988），頁 260～261；劉彬徽《楚銅》，頁 99～101、295；黃錫全《輯證》，頁 129。

〔註 97〕 簡報根據形制與紋飾，將盨的年代定在春秋中期偏早或早期偏晚。參閱張昌平〈襄陽縣新發現一件銅盨〉，《江漢考古》1993 年 3 期，頁 42～43。

〔註 98〕 此戈初次著錄於《商周青銅兵器》，編者考定為春秋中晚期楚國「塞」地封君遺物，黃盛璋斷定為戰國南楚系統之器。從器的形制判斷，應以定在春秋中晚期為宜，此時塞國是否已經被楚國滅亡尚待研究（詳見前註），因此國屬問題目前無法論定。參閱王振華《商周青銅兵器》（台北：古越閣，1993），頁 112；黃盛璋〈古越閣所藏商周青銅兵器擷英〉，《文物研究》第 9 期（1994），頁 161。

〔註 99〕 發掘簡報認為此盆是息國，這個說法廣為學者所接受。劉彬徽起初也是採用這個意見，但近年來他觀察到春秋早期至中期盆的紋飾繁縟，而息子行盆通體素面，風格迥異，於是將年代推遲至春秋中晚期之際，而息國早已於楚文王 6 年（前 684）被楚國併滅，他因此主張此盆應該是楚國器。假若此盆年代確實是在春秋中晚期之際，則楚器說應當可以成立。參閱程欣人〈隨縣涓陽出土楚、曾、息青銅器〉，《江漢考古》1980 年 1 期，頁 97；劉彬徽〈考述〉，頁 266；劉彬徽《楚銅》，頁 299～300。

〔註 100〕 此器自名之字，原篆作「𤿤」，應從張光裕釋作「盂」。此器河南潢川磨盤山出土，李學勤將年代定在春秋中期，認為此時黃國已亡，所以器主子諆很可能是楚國人。此說廣為學者接受，孫稚雛更進一步認為子諆可能是楚平王時的令尹子旗。河南

271	春中	鄴伯受匿	集成 9.4599	〔註 101〕
272	春中	上鄀公匿	淅川 M8：1	〔註 102〕
273	春中	鄀公匿蓋	集成 9.4569	
274	春中	鼎之伐鼎	集成 4.1955	〔註 103〕
275	春中	析君述鼎	彙編 356	〔註 104〕

潢川一帶正是古黃國所在地，同出的伯亞臣鐳，器主自稱為「黃孫」，說明他是黃國公族。據《左傳》僖公 12 年記載，楚人滅黃是在楚成王 24 年（前 648），時當春秋中期中段，與子諆盂的推測年代極為接近，沒有足夠的證據斷定子諆的時代黃國已經滅亡，所以子諆盂仍然有可能是黃國器。參閱張光裕〈從字的釋讀談到盞、盆、盂諸器的定名問題〉，《考古與文物》1982 年 3 期，頁 76～82；李學勤〈論漢淮間的春秋青銅器〉，《文物》1980 年 1 期，頁 55；孫稚雛〈金文釋讀中一些問題的探討（續）〉，《古文字研究》第 9 輯（1984），頁 407～411。

〔註 101〕鄴伯受匿的國別，黃盛璋、王光鎬、何浩都認為是鄴國器，劉彬徽起初也是持這種看法，後來改成主張是楚國器。楚滅鄴的年代，據何浩研究，當在楚康王至楚靈王繼位之初，也就是春秋中期後段（大約在前 559 至前 538）。匿的年代，據劉彬徽的研究，是在春秋中期前段。如果此說可靠，鑄造此匿的時候，鄴地已經被楚國兼併，器主鄴伯受只能是楚國鄴氏，不會是鄴國人。但因楚滅鄴的年代，以及匿的鑄造年代，都是出於推測，二者的時間又相距不遠，所以筆者寧可採取比較保留的態度，暫時將之安置於表二。參閱黃盛璋〈鄴器與鄴國地望及與楚之關係考辨〉，《江漢考古》1988 年 1 期，頁 49～51；王光鎬《楚文化源流新證》，頁 262～263；何浩〈羕器、養國與楚國養縣〉，《江漢考古》1989 年 2 期，頁 63～66；劉彬徽《楚銅》，頁 101～104、302～303。

〔註 102〕據《路史・國名紀》引《世本》記載，鄀為允姓國，而上鄀公匿銘文云：「上鄀公擇其吉金鑄叔嬭番妃媵匿」，嬭就是楚姓羋的本字，所以劉彬徽、徐少華都認為匿銘所稱的上鄀公，應該是楚滅鄀之後所封的上鄀公，為羋姓的楚人，不是允姓的鄀人，此匿與年代稍後的鄀公匿蓋應該都是楚器。不過，黃盛璋認為鄀的曆法用鄀正，不用周正，必為周異姓所建的邦國，根據上鄀公匿銘文，正可以證明鄀本為羋姓，《路史》的記載並不可靠。由於鄀國何時為楚國所滅，史書未見明確記載，因此這兩件器的國別問題，目前仍然難以定案。參閱劉彬徽〈考述〉，頁 255～256；劉彬徽〈上鄀府簠及楚滅鄀問題簡論〉，《中原文物》1988 年 3 期，頁 56～57；徐少華〈鄀國銅器及其歷史地理研究〉，《江漢考古》1987 年 3 期，頁 58；黃盛璋〈鄀國銅器——銅器分國大系考釋之一〉，《文博》1986 年 2 期，頁 20。

〔註 103〕此鼎據說是在湖北天門縣出土，銘文字體奇特難解。劉彬徽根據器形與紋飾比對，將年代定在春秋中期，並且認為此時天門應屬楚國管轄，推論此鼎可能是楚器。劉彬徽這個說法，獲得黃錫全贊同採用。但因春秋戰國時期各國往來頻仍，出土地未必就是鑄造地，而且鼎銘字體與習見的楚國文字並不相似，因而筆者對於上述說法深感懷疑。參閱劉彬徽〈湖北出土的兩周金文之國別與年代補記〉，《古文字研究》第 19 輯（1992），頁 185；黃錫全《輯證》，頁 123～125。

〔註 104〕此鼎現藏日本書道博物館，器、蓋同銘，器銘首字作「」，蓋銘首字作「」。李零釋為「析」，認為析君是楚國析邑的封君，鼎是春秋中晚期的楚器。黃盛璋釋為「朴」，認為朴君是春秋時期濮國之君。茲核對器、蓋銘文，首字都是從「卜」不從「斤」，所以此字應從黃盛璋之說，釋為「朴」，讀為「濮」。《左傳》昭公 19 年（前 523）云：「楚子為舟師以伐濮」，證明濮國在春秋晚期尚未滅亡。此鼎銘文書體纖長秀麗，正是春秋時期楚系文字風格。器主自稱為「朴（濮）君」，黃盛璋核

276	春中	罪子戈	集成 17.11253	〔註105〕
277	春中	章子戈	集成 17.11295	
278	春中	王子反戈	江漢考古 1989.4.95	〔註106〕
279	春晚	䣄鐘	淅川 M10：66	〔註107〕
280	春晚	䣄鐘	淅川 M10：70、67、69	
281	春晚	䣄鐘	淅川 M10：68、71	
282	春晚	䣄鐘	淅川 M10：72	
283	春晚	䣄鐘	淅川 M10：83	
284	春晚	䣄鐘	淅川 M10：84	
285	春晚	䣄鐘	淅川 M10：73	
286	春晚	䣄鐘	淅川 M10：74	
287	春晚	䣄鐘	淅川 M10：75	

對春秋稱君之器，發現器主皆為國君，因此「朴（濮）君」應該是濮國國君，不太可能是楚國縣邑的封君。參閱李零〈匯釋〉，頁 376～377；黃盛璋〈朴君述鼎國別、年代及其相關問題〉，《江漢考古》1987 年 1 期，頁 91～95；黃盛璋〈濮國銅器新發現—濮國地望、遷徙及其與西南諸民族關係新考〉，《文物研究》第 7 輯（1991），頁 319～320。

〔註105〕 罪子戈江陵出土，章子戈湖北省枝江縣收購所得，黃錫全都考定為春秋中期的楚國器。參閱黃錫全〈湖北出土兩件銅戈跋〉，《江漢考古》1993 年 4 期，頁 67；楊寶成、黃錫全《湖北考古發現與研究》（武漢：武漢大學出版社，1995），頁 219。

〔註106〕 此戈是山東省滕州市博物館在廢品收購站揀選出來的，戈銘的「王子反」，王恩田考證為楚國公子側，年代屬於春秋中期後段。何浩不同意這個說法，認為王子反與公子側輩份不同，不會是同一個人。反、返是古今字，《說文》：「返，還也。」反、還字義相通，符合古人命名取字的原則，筆者認為王子反有可能是的周景王時的王子還（詳見《左傳》昭公 22 年），假若鄙說成立，此戈應該是東周兵器。參閱王恩田〈跋楚國兵器王子反戈〉，《江漢考古》1989 年 4 期，頁 85～86；何浩〈「王子某」、「楚子某」與楚人的名和字〉，《江漢論壇》1993 年 7 期，頁 64。

〔註107〕 發掘報告認為䣄鐘屬於呂國，器主與楚成王是同代人，年代當在春秋中期前段，而出土這套編鐘的淅川 M10 年代為春秋晚期後段，所以䣄並不是墓主人。李零與劉彬徽都不贊同此說，他們主張鑄器年代當在楚成王之後（春秋中期後段）。劉彬徽認為作器者的身份，應該是楚滅呂後「入事楚成王的某呂國貴族的後代」。茲據鐘銘所云，器主自稱為「余呂王之孫、楚成王之盟僕，男子之䣄」，「余」字應該是其下三個並列名詞片語的共同主語。所謂的「楚成王的盟僕」，應該是指器主本人，而不是指其父祖先人。器主既然以楚成王的盟僕自居，表示呂國此時尚未滅亡，但情勢已岌岌可危，所以才會有下文器主誠惶誠恐地宣稱「余不貳在天之下，余臣兒難得」。假若鑄器之時呂國已亡，器主以亡國之君的後裔入事於楚，似乎沒有仍在楚王面前自誇為「呂王之孫」的道理，更沒資格以「楚成王之盟僕」自居。況且，私人花費巨資鑄造一整套編鐘（至少有 17 件之多），只是為了向其國君輸誠，在兩周金文中也未見類似例子。基於上述考慮，筆者認為發掘報告的意見還是正確的，䣄鐘應該是春秋中期前段呂國的樂器。參閱河南省文物研究所等《淅川》，頁 327；李零〈再論淅川下寺楚墓—讀《淅川下寺楚墓》〉，《文物》1996 年 1 期，頁 50、59；劉彬徽《楚銅》，頁 230～232、318～319。

288	春晚	獸鐘	淅川 M10：76～77	
289	春晚	獸鐘	淅川 M10：78～79	
290	春晚	獸鐘	淅川 M10：80	
291	春晚	王孫歔鼎	第一屆國際訓詁學會 753	〔註108〕
292	春晚	上鄀府匜	集成 9.4613	〔註109〕
293	春晚	鄀兒缶	考古與文物 1988.3.76	
294	春晚	中子賓缶	集成 16.9995	〔註110〕
295	春晚	盅子縈鼎蓋	集成 4.2286	
296	春晚	浴缶	江漢考古 1983.2.8	〔註111〕
297	戰早	盛君縈匜	集成 9.4494	〔註112〕
298	戰早	武陵王戈	武陵新見古兵集錄	〔註113〕

〔註108〕 此鼎自名為「盧鼎」，相同的辭例又見於淅川下寺出土的倗鼎，二者銘文書體風格也相近，所以筆者推測此為春秋中期楚國器，但因目前僅見銘文摹本，器形照片、出土記錄等相關資料均未公佈，筆者的判斷難以獲得證實，只好暫時將之安置在表二。參閱張光裕〈古文字中之「康」與「盧」〉，第一屆國際暨第三屆全國訓詁學學術研討會論文（1997），頁 749～754。

〔註109〕 上鄀府匜與鄀兒缶的國別，有楚國與鄀國兩種說法。年代一般都定在春秋時期，但更明確的時段仍有爭議，詳見「上鄀公匜」條。

〔註110〕 中子賓缶湖北省穀城縣出土，陳千萬考定為春秋晚期楚國器。盅子鼎蓋是武漢市文物商店收集所得，劉彬徽原先考定為春秋中期曾國器，後來主張應是春秋晚期楚國器。以春秋中期楚國勢力已經控制漢陽諸姬的局面推論，上述二器屬於楚國的可能性確實很高，但因「中國」滅亡的年代無法獲得證實，只好暫時安置於表二。參閱陳千萬〈《中子賓缶》初探〉，《江漢考古》1985 年 3 期，頁 56～61；劉彬徽〈考述〉，頁 250；劉彬徽《楚銅》，頁 326～328。

〔註111〕 此缶出土於襄陽山灣楚墓 M23，劉彬徽認為是春秋戰國之交的楚器，確實很有可能，但因缺乏直接證據，只好暫時置於表二。參閱劉彬徽〈考述〉，頁 263。

〔註112〕 此匜出土於湖北隨州擂鼓墩 M2，劉彬徽根據器形紋飾比對，將年代定在戰國早期。匜銘所稱「盛君」的「盛」是指哪個地方？眾說紛紜。劉彬徽、何浩、賓暉與黃盛璋都認為在楚國境內，饒宗頤、黃錫全認為是齊魯之間的郕國，吳郁芳認為是曾國。其中吳郁芳以盛、成音通，成、曾義通，所以盛君就是曾君。此說以義訓說解國名，與慣例不合，難以成立。若就地理位置推測，湖北隨州為古曾國所在地，楚、曾相近，而且往來頻繁，因此「盛」是指楚國郕邑的說法，比起指遠在齊魯之間的郕國，似乎合理一些。但因這兩種說法都缺乏堅強可靠的證據，所以目前還無法論定。參閱饒宗頤〈談盛君簠－隨州擂鼓墩文物展側記〉，《江漢考古》1985 年 1 期，頁 57～59；劉彬徽〈考述〉，頁 261～262；吳郁芳〈擂鼓墩二號墓簠銘「盛君縈」小考〉，《文物》1986 年 2 期，頁 63～64；黃盛璋〈朴君述鼎國別、年代及其相關問題〉，《江漢考古》1987 年 1 期，頁 93～94；何浩、賓暉〈盛君縈及擂鼓墩二號墓墓主的國別〉，見《楚文化研究論集》第 1 集（湖北：荊楚書社，1987），頁 224～234；黃錫全《輯證》，頁 112～113。

〔註113〕 據云此戈出土於湖北荊州，現由張光裕收藏。地名「武陵」，又見於包山簡 169，可是戈銘「陵」字作「陞」形，跟楚國其他「陵」字寫法不盡相同。參閱張光裕、吳振武〈武陵新見古兵三十六器集錄〉（長春：紀念于省吾教授百年誕辰暨中國古

299	戰早	鄘君戈	集成 17.11048	〔註 114〕
300	戰早	鄦之造戈	集成 17.11045	〔註 115〕
301	戰早	番仲戈	集成 17.11261	
302	戰早	旒作□戈	集成 17.11047	〔註 116〕
303	戰早	盧用戈	集成 17.10913	〔註 117〕
304	戰早	左徒戈	集成 17.10971	〔註 118〕
305	戰中	新弨戟	集成 17.11161	〔註 119〕

文字學研討會論文，1996），頁 4。

〔註 114〕此戈出土於隨州曾侯乙墓，銘文首字不識，劉彬徽認為是楚國封君所在地的邑名，戈為楚器，時代應在春秋晚期至戰國早期之間。此戈與析君戟同出，析君戟既是楚國封君之器，此戈當然也有可能是楚國封君之器。但因戈銘本身無法證明自己的國別，而此戈又出自曾侯乙墓，屬於曾國或楚系其他國家的可能性難以完全排除，只好暫時置於表二。參閱劉彬徽〈考述〉，頁 261。

〔註 115〕鄦之造戈與番仲戈的出土地點，分別是在湖北當陽趙家湖 M43 與 M45。黃盛璋考察這兩件戈的時代與國別，認為鄦之造戈是春秋晚期許國器，番仲戈是春秋戰國之際番國器。劉彬徽則認為這兩件戈的時代均在戰國早期，此時許國與番國早已被楚國所滅，所以應該都是楚國器。要解決這兩件戈的國屬問題，必須先釐清戈的鑄造年代，以及許國與番國的滅亡時間。根據何浩的研究，許國滅亡時間可能遲至楚肅王 8 年至 10 年（前 373 至前 371），約當戰國中期前段。番國滅亡時間，史書並未明確記載。《左傳》定公 6 年（前 504）云：「吳太子終累敗楚舟師，獲潘子臣」，《史記·楚世家》記載此次戰事云：「吳復伐楚，取番。」此後番國就不曾見於文獻記載，這說明番國在春秋晚期晚段仍然存在，其滅亡時間有可能遲至戰國早期。這兩件戈的時代，從銘文、形制與紋飾綜合判斷，確實以屬於戰國早期的可能性較高，此時許國可能仍然存在，番國也有可能尚未滅亡，因而國別都很難肯定，但以屬於楚國的可能性較高一些。參閱黃盛璋〈當陽兩戈銘文考〉，《江漢考古》1982 年 1 期，頁 42～45；劉彬徽〈考述〉，頁 260；何浩《楚滅國研究》，頁 283。

〔註 116〕此戈湖北隨縣擂鼓墩曾侯乙墓出土，《集成》將其年代定在戰國早期，黃錫全傾向認定為楚國器。但因此戈既然出於曾國墓葬，器銘本身又無法證明其國屬，因而楚器說仍然難以論定。參閱黃錫全《輯證》，書後所附「湖北出土兩周有銘銅器分國目錄」，頁 202。

〔註 117〕此戈湖南長沙某工區 M1 出土，其上有銘文二字皆加鳥形，《集成》稱為「盧用戈」，年代定在戰國。董楚平認為盧戎在春秋早期已被楚國所滅，此戈年代屬於戰國，可以斷定為楚器，銘文「盧」字表示是盧國遺民所作。然而，戈銘首字是否可以釋為「盧」，仍然值得懷疑，即使確是盧字，是否就代表盧戎也不無疑問，所以此戈的國屬問題仍然有待深入研究。參閱董楚平〈金文鳥篆書新考〉，《故宮學術季刊》12 卷 1 期（1994），頁 67～68。

〔註 118〕此戈出土於山東省莒南縣，《集成》將時代定在春秋時期。劉彬徽認為楚國有左徒之官，所以左徒戈應為楚器，年代在戰國晚期。但若從出土地點、器物形制與銘文辭例考慮，似乎也有可能屬於齊系，且其時代可能是在戰國早中期。參閱劉彬徽《楚銅》，頁 368～369。

〔註 119〕此戟湖北襄陽地區出土，戈的年代，劉彬徽先是定在戰國早期，後來改定在戰國中期。戈的國屬，劉彬徽認為是楚國器，李零認為是越國器。由於銘文「新」、「命」二字的構形與包山簡相同，屬於戰國中期楚國器的可能性比較高。參閱李零〈古

306	戰中	楚王酓璋劍	〈楚王熊璋劍考〉	〔註120〕
307	戰晚	楚高缶	集成 16.9989	〔註121〕
308	戰晚	楚高缶	集成 16.9990	
309	戰晚	中賵王鼎	集成 4.1933	〔註122〕
310	戰晚	敓戟	集成 17.11092	〔註123〕
311	戰晚	次並果戈	文物 1963.9.62	〔註124〕
312	戰晚	王孫袖戈	湖南考古輯刊一.91	〔註125〕
313	戰晚	王作□君劍	湖南考古輯刊四.183	〔註126〕

文字雜識（六篇）〉，《古文字研究》第 17 輯（1989），頁 285～287；劉彬徽〈考述〉，頁 261；劉彬徽《楚銅》，頁 352。

〔註120〕根據李家浩的研究，楚王酓璋就是楚威王熊商（前 339 至前 329），詳見「楚王酓璋戈」條。此劍據說是在湖北江陵出土，現藏台灣，真偽仍有爭議。此外，《金匱論古初集》4.22 也著錄一把楚王酓璋劍，銘文內容與楚王酓璋戈的前半段相同，甚至也自名為「戈」，李學勤認為劍銘可能是模仿楚王酓璋戈銘文偽造。參閱季旭昇〈楚王熊璋劍考〉，見《第七屆中國文字學全國學術研討會論文集》（台北：萬卷樓圖書公司，1996），頁 173～195。李學勤的意見，轉引自季旭昇文。

〔註121〕此缶山東泰安出土，時代大約是在戰國中晚期之間。楊子范認為是楚國器，李學勤、鄭紹宗認為是燕國器，劉彬徽認為是楚國器，但部份銘文有燕文字風格。參閱楊子范〈山東泰安發現的戰國銅器〉，《文物參考資料》1956 年 6 期，頁 65；李學勤、鄭紹宗〈論河北近年出土的戰國有銘青銅器〉，《古文字研究》第 7 輯（1982），頁 129～130；劉彬徽《楚銅》，頁 367～368。

〔註122〕此鼎湖南漵浦縣馬田坪 M26 出土，現藏湖南省博物館，《集成》將時代定在戰國晚期。湯餘惠認定為楚器，但未說明理由。參閱湯餘惠〈楚器銘文八考〉，見《古文字論集（一）》，頁 68。

〔註123〕此戟湖南益陽赫山廟 M4 出土，一般認為是戰國晚期楚器，但李家浩推測可能是南方少數民族之器。參閱李家浩〈楚國官印考釋（兩篇）〉，《語言研究》1987 年 1 期，頁 125。

〔註124〕此戈得自廢銅堆中，現藏上海博物館。戈的內部有巴蜀文字，胡部有巴蜀式虎紋，但援部銘文又與楚系文字相合。孫稚雛認為戈銘既然自稱某某造戈，就不應該是楚人得後加刻，很可能是身居楚地的巴人所造。俞偉超、李家浩認為巴器、楚銘的現象，表示巴蜀地區也使用與楚文字風格相似的漢字，換句話說，他們認為此戈器、銘都是出自巴人之手。參閱沈之瑜〈鄁辺果戈跋〉，《文物》1963 年 9 期，頁 61；孫稚雛〈鄁辺果戈銘釋〉，《古文字研究》第 7 輯（1982），頁 108；俞偉超、李家浩〈論「兵闌太歲」戈〉，見《出土文獻研究》（北京：文物出版社，1985），頁 143。

〔註125〕此戈在湖南收集所得，現藏湖南省博物館，無論形制、紋飾均為巴蜀式，銘文據說為楚系文字。俞偉超、李家浩認為這是巴人領袖贈給楚國官員的禮物，鑄造年代最遲只能到公元前三世紀初，很可能是在公元前 316 年秦滅巴蜀以前。茲因《湖南考古輯刊》照片模糊不清，無法驗證，只好暫時置於表二。參閱俞偉超、李家浩〈論「兵闌太歲」戈〉，見《出土文獻研究》，頁 144。

〔註126〕此戈湖南湘潭易俗河出土，據說劍身近格處有鳥篆銘文四字，劉彬徽考定為戰國晚期楚器。茲因《湖南考古輯刊》照片模糊難辨，無法驗證，只好暫時置於表二。參閱劉彬徽《楚銅》，頁 370。

★314	戰晚	□客之官壺	集成 15.9589	〔註 127〕
★315	戰晚	𩂿旆子壺	集成 15.9516	
★316	戰晚	左旆子壺	集成 15.9538	
★317	戰晚	左旆子壺	集成 15.9539	
★318	戰晚	己旆子壺	集成 15.9540	
★319	戰晚	己旆子壺	集成 15.9541	
★320	戰晚	𡵂君壺	集成 15.9542	
★321	戰國	楚王燈	集成 16.10400	〔註 128〕

【校按】本附錄修訂後，曾以〈楚國金文資料分期彙編〉為題，發表於《興大人文學報》第 33 期，頁 773～826。

〔註 127〕以下七件器物的考證，詳見本論文第六章第三節。

〔註 128〕《集成》此燈，首次著錄，現藏北京故宮博物院。根據銘文「楚王」二字，可知其為楚國器，《集成》將其時代籠統定為戰國時期。

徵引書目

1. 《史記》，點校本，北京：中華書局。

2. 《左傳》，十三經注疏本，台北：藝文印書館。

3. 《玉篇》，索引本，台北：國字整理小組。

4. 《汗簡》，索引本，北京：中華書局。

5. 《周易》，十三經注疏本，台北：藝文印書館。

6. 《周禮》，十三經注疏本，台北：藝文印書館。

7. 《國語》，校注本，台北：里仁書局。

8. 《集韻》，索引本，台北：學海出版社。

9. 《詩經》，十三經注疏本，台北：藝文印書館。

10. 《漢書》，點校本，北京：中華書局。

11. 《爾雅》，十三經注疏本，台北：藝文印書館。

12. 《廣韻》，余迺永校本，台北：聯貫出版社。

13. 《禮記》，十三經注疏本，台北：藝文印書館。

14. 丁福保，《說文解字詁林》，台北：鼎文書局，1983。

15. 于省吾，《甲骨文字釋林》，北京：中華書局，1974。

16. 于省吾，《雙劍誃古器物圖錄》，台北：台聯國風出版社，1976。

17. 于省吾，《商周金文錄遺》，北京：中華書局，1993。

18. 于省吾等，《甲骨文字詁林》，北京：中華書局，1996。

19. 于豪亮，〈論息國和樊國的銅器〉，《江漢考古》1980 年 2 期。

20. 山西省考古研究所等，〈天馬——曲村遺址北趙晉侯墓地第四次發掘〉，《文物》
1994 年 8 期。

21. 中山大學中文系古文字研究室，《戰國楚簡研究》，廣州：中山大學，油印稿，1977。

22. 中山大學中文系古文字研究室，〈戰國楚竹簡概述〉，《中山大學學報》1978 年 4 期。

23. 中國社會科學院考古研究所，《曾侯乙墓》，北京：文物出版社，1989。

24. 天津市文化局文物組，〈天津市新收集的商周青銅器〉，《文物》1964 年 9 期。

25. 孔仲溫，〈論郙陵君三器的幾個問題〉，紀念容庚先生百年誕辰暨中國古文字學學術研討會論文（1994）。

26. 朱濟普，〈楚系官璽例舉〉，《中原文物》1992 年 3 期。

27. 王力，《同源字典》，台北：文史哲出版社，1983。

28. 王輝，〈子湯簠銘文試解〉，《文物研究》第 6 輯（1990）。

29. 王少泉，〈襄樊市博物館收藏的襄陽山灣銅器〉，《江漢考古》1988 年 3 期。

30. 王仲翊，《包山楚簡文字研究》，高雄：中山大學碩士論文，1996。

31. 王光鎬，《楚文化源流新證》，武漢：武漢大學出版社，1988。

32. 王冠英，〈欒書缶應稱名為欒盈缶〉，《文物》1990 年 12 期。

33. 王紅星，〈包山簡牘所反映的楚國曆法問題〉，《包山楚墓》（北京：文物出版社，1991）。

34. 王恩田，〈跋楚國兵器王子反戈〉，《江漢考古》1989 年 4 期。

35. 王振華，《商周青銅兵器》，台北：古越閣，1993。

36. 王國維，《觀堂集林》，台北：世界書局，1983。

37. 史樹青，《長沙仰天湖出土楚簡研究》，上海：群聯出版社，1955。

38. 平心，〈欒書缶銘文略釋〉，《華東師大學報》1958 年 1 期。

39. 白於藍，〈包山楚簡零拾〉，《簡帛研究》第 2 輯（北京：法律出版社，1996）。

40. 皮道堅，《楚藝術史》，武漢：湖北教育出版社，1995。

41. 石泉，《楚國歷史文化辭典》，武昌：武漢大學出版社，1996。

42. 石志廉，〈楚王孫漁銅戈〉，《文物》1963 年 3 期。

43. 安志敏、陳公柔，〈長沙戰國繒書及其有關問題〉，《文物》1963 年 9 期。

44. 朱活，〈蟻鼻新解—兼談建國以來山東出土的楚貝〉，《中國考古學會第二次年會論文集》（北京：文物出版社，1982）。

45. 朱鳳瀚，《古代中國青銅器》，天津：南開大學出版社，1995。

46. 朱德熙、裘錫圭，〈戰國文字研究（六種）〉，《考古學報》1972 年 1 期。

47. 朱德熙等，〈望山一、二號墓竹簡釋文與考釋〉，《望山楚簡》（北京：中華書局，1995）。

48. 朱德熙，《朱德熙古文字論集》，北京：中華書局，1995。

49. 何浩，〈郙陵君與春申君〉，《江漢考古》1985 年 2 期。

50. 何浩，〈羕器、養國與楚國養縣〉，《江漢考古》1989 年 2 期。

51. 何浩，《楚滅國研究》，武漢：武漢出版社，1989。

52. 何浩，〈楚國封君封邑地望續考〉，《江漢考古》1991 年 4 期。

53. 何浩，〈「王子某」、「楚子某」與楚人的名和字〉，《江漢論壇》1993 年 7 期。

54. 何浩、賓暉，〈盛君縈及擂鼓墩二號墓墓主的國別〉，《楚文化研究論集》第 1 集（湖北：荊楚書社，1987）。

55. 何浩、劉彬徽，〈包山楚簡「封君」釋地〉，《包山楚墓》（北京：文物出版社，1991）。

56. 何琳儀，《戰國文字通論》，北京：中華書局，1989。

57. 何琳儀，〈包山竹簡選釋〉，《江漢考古》1993 年 4 期。

58. 吳郁芳，〈擂鼓墩二號墓簠銘「盛君縈」小考〉，《文物》1986 年 2 期。

59. 吳振武，〈釋「受」並論盱眙南窯銅壺和重金方壺的國別〉，《古文字研究》第 14 輯（1986）。

60. 吳振武，〈古文字中的借筆字〉，中國古文字研究會成立十週年學術研討會論文（1988）。

61. 吳振武，〈戰國璽印中的「虞」和「衡鹿」〉，《江漢考古》1991 年 3 期。

62. 吳縣文物管理委員會，〈江蘇吳縣何山東周墓〉，《文物》1984 年 5 期。

63. 李零，〈楚叔之孫倗究竟是誰？〉，《中原文物》1981 年 4 期。

64. 李零，《長沙子彈庫戰國楚帛書研究》，北京：中華書局，1985。

65. 李零，〈楚國銅器銘文編年匯釋〉，《古文字研究》第 13 輯（1986）。

66. 李零，〈楚燕客銅量銘文補正〉，《江漢考古》1988 年 4 期。

67. 李零，〈古文字雜識（六篇）〉，《古文字研究》第 17 輯（1989）。

68. 李零，〈論東周時期的楚國典型銅器群〉，《古文字研究》第 19 輯（1992）。

69. 李零，〈倗子瑚與淅川楚墓〉，《文物天地》1993 年 6 期。

70. 李零，〈再論淅川下寺楚墓——讀《淅川下寺楚墓》〉，《文物》1996 年 1 期。

71. 李瑾，〈楚器「中子化盤」作器年代管窺〉，《殷周考古論著》（河南：河南大學出版社，1992）。

72. 李天虹，〈《包山楚簡》釋文補正〉，《江漢考古》1993 年 3 期。

73. 李孝定，《甲骨文字集釋》，台北：中央研究院歷史語言研究所，1982。

74. 李孝定，《金文詁林讀後記》，台北：中央研究院歷史語言研究所，1982。

75. 李孝定，〈中國文字的原始與演變〉，《漢字的起源與演變論叢》（台北：聯經出版事業公司，1986）。

76. 李孝定，《讀說文記》，台北：中央研究院歷史語言研究所，1992。

77. 李孝定，〈殷商甲骨文字在漢字發展史上的相對位置〉，《中央研究院歷史語言研究所集刊》第 64 本第 4 分（1993）。

78. 李勇、胡援，〈春秋「子蕩」楚器考〉，《東南文化》1993 年 1 期。

79. 李家浩，〈試論戰國時期楚國的貨幣〉，《考古》1973 年 3 期。

80. 李家浩，〈信陽楚簡「澮」字及從「关」之字〉，《中國語言學報》第 1 期（1982）。

81. 李家浩，〈楚國官印考釋（四篇）〉，《江漢考古》1984 年 2 期。

82. 李家浩，〈楚王酓璋戈與楚滅越的年代〉，《文史》第 24 輯（1985）。

83. 李家浩，〈包山楚簡中的旌旆及其他〉，《第二屆國際中國古文字學研討會論文集續編》（香港：中文大學中文系，1995）。

84. 李家浩，〈江陵九店五十六號墓竹簡釋文〉，《江陵九店東周墓》（北京：科學出版社，1995）。

85. 李朝遠，〈上海博物館新獲秦公器研究〉，《上海博物館集刊》第 7 集（1996）。

86. 李運富，〈楚國簡帛文字研究概觀〉，《江漢考古》1996 年 3 期。

87. 李運富，〈楚國簡帛文字叢考（一）〉，《古漢語研究》1996 年 3 期。

88. 李學勤，〈戰國題銘概述〉，《文物》1959 年 7 期。

89. 李學勤，〈論漢淮間的春秋青銅器〉，《文物》1980 年 1 期。

90. 李學勤，〈從新出青銅器看長江下游文化的發展〉，《文物》1980 年 8 期。

91. 李學勤，〈論新都出土的蜀國青銅器〉，《文物》1982 年 1 期。

92. 李學勤，〈楚國夫人璽與戰國時的江陵〉，《江漢論壇》1982 年 7 期。

93. 李學勤，〈論楚帛書中的天象〉，《湖南考古輯刊》第一集（1982）。

94. 李學勤，〈湖南戰國兵器銘文選釋〉，《古文字研究》第 12 輯（1985）。

95. 李學勤，〈楚王酓審盞及有關問題〉，《中國文物報》1990 年 5 月 31 日。

96. 李學勤，〈中國璽印的起源〉，《中國文物報》1992 年 7 月 26 日。

97. 李學勤、鄭紹宗，〈論河北近年出土的戰國有銘青銅器〉，《古文字研究》第 7 輯（1982）。

98. 杜迺松，《中國青銅器發展史》，北京：紫禁城出版社，1995。

99. 沈之瑜，〈鄦盁果戈跋〉，《文物》1963 年 9 期。

100. 汪慶正，《中國歷代貨幣大系·先秦貨幣》，上海：上海人民出版社，1988。

101. 周世榮，〈湖南楚墓出土古文字叢考〉，《湖南考古輯刊》第 1 輯（1982）。

102. 周世榮，〈楚邘客銅量銘文試釋〉，《江漢考古》1987 年 2 期。

103. 周何等，《青銅器銘文檢索》，台北：文史哲出版社，1995。

104. 周法高，《中國古代語法·造句篇（上）》，台北：台聯國風出版社，1972。

105. 周法高，《金文詁林》，香港：中文大學出版社，1974。

106. 周法高，《金文詁林補》，台北：中央研究院歷史語言研究所，1982。

107. 周鳳五，〈《曾牘命案文書》箋釋——包山楚簡司法文書研究之一〉，《台大文史哲學報》第 41 期（1994）。

108. 周鳳五，〈包山楚簡《集著》《集著言》析論〉，《中國文字》新 21 期（1996）。

109. 周曉陸、紀達凱，〈江蘇連雲港市出土襄城楚境尹戈讀考〉，《考古》1995 年 1 期。

110. 季旭昇，〈楚王熊璋劍考〉，《第七屆中國文字學全國學術研討會論文集》（台北：萬卷樓圖書公司，1996）。

111. 岳陽市文物工作隊，〈湖南省岳陽縣鳳形嘴山一號墓發掘簡報〉，《文物》1993 年 1 期。

112. 枝江縣博物館，〈湖北枝江關廟山一號春秋墓〉，《江漢考古》1990 年 1 期。

113. 林澐，《古文字研究簡論》，長春：吉林大學出版社，1986。

114. 林巳奈夫，〈長沙出土戰國帛書考〉，《東方學報》36 冊（1964）。

115. 林巳奈夫，〈長沙出土戰國帛書考補正〉，《東方學報》37 冊（1966）。

116. 林素清，《戰國文字研究》，台北：台灣大學博士論文，1984。

117. 林素清，〈論先秦文字中的「＝」〉，《中央研究院歷史語言研究所集刊》第 56 本第 4 分（1985）。

118. 林素清，〈論戰國文字的增繁現象〉，《中國文字》新 13 期（1990）。

119. 林素清，〈春秋戰國美術字體研究〉，《中央研究院歷史語言研究所集刊》第 61 本第 1 分（1991）。

120. 林素清，〈讀《包山楚簡》札記〉（南京：中國古文字研究會第九屆學術研討會論文，1992）。

121. 林素清，〈探討包山楚簡在文字學上的幾個課題〉，《中央研究院歷史語言研究所集刊》第 66 本第 4 分（1995）。

122. 林清源，《兩周青銅句兵銘文彙考》，台中：東海大學碩士論文，1987。

123. 林清源，〈楚國官璽考釋（五篇）〉，《中國文字》新 22 期（1997），待刊。

124. 武漢市文物商店，〈武漢市文物商店收集的幾件重要的東周青銅器〉，《江漢考古》1983 年 2 期。

125. 河南省文物研究所，《信陽楚墓》，北京：文物出版社，1986。

126. 河南省文物研究所等，《淅川下寺春秋楚墓》，北京：文物出版社，1991。

127. 俞偉超、李家浩，〈論「兵闢太歲」戈〉，《出土文獻研究》（北京：文物出版社，1985）。

128. 施謝捷，〈釋楚器中的人名「赤目」、「墨臂」〉，《江漢考古》1995 年 4 期。

129. 洪家義，《金文選注繹》，南京：江蘇教育出版社，1988。

130. 流火，〈銅龍節〉，《文物》1960 年 8、9 期。

131. 洛陽博物館，〈河南洛陽出土「繁陽之金」劍〉，《考古》1980 年 6 期。

132. 唐蘭，《西周青銅器銘文分代史徵》，北京：中華書局，1986。

133. 孫啟康，〈楚器王孫遺者鐘考辨〉，《江漢考古》1983 年 4 期。

134. 孫詒讓，《古籀拾遺・中》，《金文叢編》（香港：崇基書店，1968）。

135. 孫稚雛，〈郊沚果戈銘釋〉，《古文字研究》第 7 輯（1982）。

136. 孫稚雛，〈金文釋讀中一些問題的探討（續）〉，《古文字研究》第 9 輯（1984）。

137. 容庚，《金文編（三版）》，京都：中文出版社，1981。

138. 容庚，《金文編（四版）》，北京：中華書局，1985。

139. 容庚，《商周彝器通考》，哈佛燕京學社，1941。

140. 容庚、張維持，《殷周青銅器通論》，北京：科學出版社，1958。

141. 徐中舒，《漢語古文字字形表》，成都：四川人民出版社，1980。

142. 徐中舒、唐嘉弘，〈古代楚蜀的關係〉，《文物》1981 年 6 期。

143. 徐少華，《周代南土歷史地理與文化》，武昌：武漢大學出版社，1994。

144. 徐少華，〈郙國銅器及其歷史地理研究〉，《江漢考古》1987 年 3 期。

145. 荊州地區博物館，〈湖北江陵藤店一號墓發掘簡報〉，《文物》1973 年 9 期。

146. 袁國華，〈「包山楚簡」文字考釋〉，《第二屆國際中國古文字學研討會論文集》（香港：中文大學中文系，1993）。

147. 袁國華，《包山楚簡研究》，香港：中文大學博士論文，1994。

148. 馬承源等，《商周青銅器銘文選》，北京：文物出版社，1986～1990。

149. 馬國權，〈樂書缶考釋〉，《藝林叢錄》第 4 編（1964）。

150. 馬國權，〈戰國楚竹簡文字略說〉，《古文字研究》第 3 輯（1980）。

151. 馬國權，〈繆篆研究〉，《古文字研究》第 5 輯（1981）。

152. 高明，《古文字類編》，北京：中華書局，1980。

153. 高明，〈𥁋、簠考辨〉，《文物》1982 年 6 期。

154. 高明，〈楚繒書研究〉，《古文字研究》第 12 輯（1985）。

155. 高明，《中國古文字學通論》，北京：文物出版社，1987。

156. 高明，《古陶文彙編》，北京：中華書局，1990。

157. 高明，《古陶文字徵》，北京：中華書局，1991。

158. 高崇文，〈兩周時期銅壺的形態學研究〉，《考古類型學的理論與實踐》（北京：文物出版社，1989）。

159. 商承祚，〈「楚公豪戈」真偽的我見〉，《文物》1962 年 6 期。

160. 商承祚，〈戰國楚帛書述略〉，《文物》1964 年 9 期。

161. 商承祚，《戰國楚竹簡匯編》，濟南：齊魯書社，1995。

162. 崔永東，《兩周金文虛詞集釋》，北京：中華書局，1994。

163. 常德市文物處，〈湖南常德德山戰國墓出土鳥篆銘文戈〉，《江漢考古》1996 年 3 期。

164. 常德地區文物工作隊等，〈桃源三元村一號楚墓〉，《湖南考古輯刊》第 4 輯（1987）。

165. 張頷，《古幣文編》，北京：中華書局，1986。

166. 張正明，《楚文化志》，武漢：湖北人民出版社，1988。

167. 張光裕，〈論魯台山西周墓的年代及族屬〉，《江漢考古》1984 年 2 期。

168. 張光裕、吳振武，〈武陵新見古兵三十六器集錄〉，第十一屆中國古文字學研討會論文（1996）。

169. 張光裕、袁國華，《包山楚簡文字編》，台北：藝文印書館，1992。

170. 張守中，《包山楚簡文字編》，北京：文物出版社，1996。

171. 張昌平，〈襄陽縣新發現一件銅盞〉，《江漢考古》1993 年 3 期。

172. 張政烺，〈邵王之諻鼎及簋銘考證〉，《中央研究院歷史語言研究所集刊》第 8 本第 3 分（1939）。

173. 張振林，〈試論銅器銘文形式上的時代標記〉，《古文字研究》第 5 輯（1981）。

174. 張涌泉，《漢語俗字研究》，長沙：岳麓書社，1995。

175. 張培瑜，《中國先秦史曆表》，濟南：齊魯書社，1987。

176. 曹定雲，〈古文「夏」字考——夏朝存在的文字見證〉，《中原文物》1995 年 3 期。

177. 曹錦炎，〈甲骨文合文研究〉，《古文字研究》第 19 輯（1992）。

178. 曹錦炎，〈關於先秦貨幣銘文的若干問題〉，《中國錢幣》1992 年 2 期。

179. 曹錦炎，《古璽通論》，上海：上海書畫出版社，1995。

180. 許學仁，《戰國文字分域與斷代研究》，台北：台灣師範大學博士論文，1986。

181. 郭沫若，《兩周金文辭大系圖錄考釋》，北京：科學出版社，1957 修訂本。

182. 郭沫若，〈古代文字之辯證的發展〉，《考古》1972 年 3 期。

183. 郭若愚，《戰國楚竹簡文字編》，上海：上海書畫出版社，1994。

184. 郭德維，《楚系墓葬研究》，武漢：湖北教育出版社，1995。

185. 陳直，〈楚簡解要〉，《西北大學學報》1957 年 4 期。

186. 陳偉，〈浙川下寺二號楚墓墓主及相關問題〉，《江漢考古》1983 年 1 期。

187. 陳偉，《包山楚簡初探》，武昌：武漢大學出版社，1996。

188. 陳千萬，〈《中子賓缶》初探〉，《江漢考古》1985 年 3 期。

189. 陳月秋,《楚系文字研究》,台中:東海大學碩士論文,1992。

190. 陳秉新,〈安徽新出楚器銘文考釋〉,《楚文化研究論集》第 3 集（武漢:湖北人民出版社,1994）。

191. 陳昭容,《秦系文字研究》,台中:東海大學博士論文,1996。

192. 陳昭容,〈秦「書同文字」新探〉,《中央研究院歷史語言研究所集刊》第 68 本第 3 分（1997）。

193. 陳振裕,〈望山一號墓的年代與墓主〉,《中國考古學會第一次年會論文集》（北京:文物出版社,1980）。

194. 陳振裕,〈略論九座楚墓的年代〉,《考古》1981 年 4 期。

195. 陳振裕,〈湖北楚簡概述〉一文,《簡帛研究》第 1 輯（北京:法律出版社,1993）。

196. 陳煒湛,〈釋𠂤〉,《中山大學學報》1982 年 2 期。

197. 彭浩等,〈包山楚簡文字的幾個特點〉,《包山楚簡》（北京:文物出版社,1991）。

198. 湖北省文物考古研究所,《江陵九店東周墓》,北京:科學出版社,1995。

199. 湖北省文物考古研究所等,《望山楚簡》,北京:中華書局,1995。

200. 湖北省荊州地區博物館,〈江陵天星觀一號楚墓〉,《考古學報》1982 年 1 期。

201. 湖北省荊沙鐵路考古隊,《包山楚墓》,北京:文物出版社,1991。

202. 湖北省荊門市博物館,〈荊門郭店一號楚墓〉,《文物》1997 年 1 期。

203. 湖北省博物館,〈襄陽山灣東周墓葬發掘報告〉,《江漢考古》1983 年 2 期。

204. 湖南省文物考古研究所等,〈湖南慈利縣石板村戰國墓〉,《考古學報》1995 年 2 期。

205. 湖南省文物管理委員會,〈長沙仰天湖第 25 號木槨墓〉,《考古學報》1957 年 2 期。

206. 湖南省博物館,《湖南省博物館藏古璽印集》,上海:上海書店,1991。

207. 湯餘惠,〈楚器銘文八考〉,《古文字論集（一）》（西安:考古與文物編輯部,1983）。

208. 湯餘惠,〈戰國貨幣新探（五篇）〉,吉林省貨幣學會首屆會議論文（1983）。

209. 湯餘惠,〈略論戰國文字形體研究中的幾個問題〉,《古文字研究》第 15 輯（1986）。

210. 湯餘惠,〈戰國文字中的繁陽和繁氏〉,《古文字研究》第 19 輯（1992）。

211. 湯餘惠,《戰國銘文選》,長春:吉林大學出版社,1993。

212. 湯餘惠,〈包山楚簡讀後記〉,《考古與文物》1993 年 2 期。

213. 程欣人,〈隨縣涓陽出土楚、曾、息青銅器〉,《江漢考古》1980 年 1 期。

214. 舒城縣文物管理所,〈舒城縣秦家橋戰國楚墓清理簡報〉,《文物研究》第 6 輯（1990）。

215. 費世華,〈湖北陽新出土良金銅錢牌〉,《中國錢幣》1990 年 3 期。

216. 雲惟利,《漢字演進過程中聲化趨勢的研究》,新加坡:南洋大學碩士論文,1973。

217. 馮漢驥,〈關於「楚公𧖟」戈的真偽并略論四川「巴蜀」時期的兵器〉,《文物》1961 年 11 期。

218. 黃文杰,〈睡虎地秦簡文字形體的特點〉,《中山大學學報（社會科學版）》1994 年 2 期。

219. 黃盛璋,〈江陵拍馬山楚墓鳥篆戈銘新釋〉,《楚文化新探》（武漢:湖北人民出版社,1981）。

220. 黃盛璋，〈當陽兩戈銘文考〉，《江漢考古》1982 年 1 期。

221. 黃盛璋，〈䣄國銅器──銅器分國大系考釋之一〉，《文博》1986 年 2 期。

222. 黃盛璋，〈楛君述鼎國別、年代及其相關問題〉，《江漢考古》1987 年 1 期。

223. 黃盛璋，〈鄴器與鄴國地望及與楚之關係考辨〉，《江漢考古》1988 年 1 期。

224. 黃盛璋，〈三晉銅器的國別、年代與相關制度問題〉，《古文字研究》第 17 輯（1989）。

225. 黃盛璋，〈濮國銅器新發現──濮國地望、遷徙及其與西南諸民族關係新考〉，《文物研究》第 7 輯（1991），頁 319～320

226. 黃盛璋，〈古越閣所藏商周青銅兵器擷英〉，《文物研究》第 9 期（1994）。

227. 黃錫全，〈楚器銘文中「楚子某」之稱謂問題辨證〉，《江漢考古》1986 年 4 期。

228. 黃錫全，《汗簡注釋》，武昌：武漢大學出版社，1990。

229. 黃錫全，《湖北出土商周文字輯證》，武昌：武漢大學出版社，1992。

230. 黃錫全，〈湖北出土兩件銅戈跋〉，《江漢考古》1993 年 4 期。

231. 黃錫全，〈楚幣新探〉，《中國錢幣》1994 年 2 期。

232. 黃錫全，〈先秦貨幣文字形體特徵舉例〉，《于省吾教授百年誕辰紀念文集》（長春：吉林大學出版社，1996）。

233. 黃錫全、于炳文，〈山西晉侯墓地所出楚公逆鐘銘文初釋〉，《考古》1995 年 2 期。

234. 黃錫全、劉森淼，〈「救秦戎」鐘銘文新解〉，《江漢考古》1992 年 1 期。

235. 黃靜吟，《楚金文研究》，高雄：中山大學博士論文，1997。

236. 楊寬，《戰國史》，台北：谷風出版社，1986 增訂本。

237. 楊子范，〈山東泰安發現的戰國銅器〉，《文物參考資料》1956 年 6 期。

238. 楊寶成、黃錫全，《湖北考古發現與研究》，武漢：武漢大學出版社，1995。

239. 楊權喜，〈襄陽山灣出土的鄀國和鄧國銅器〉，《江漢考古》1983 年 1 期。

240. 董楚平，〈金文鳥篆書新考〉，《故宮學術季刊》12 卷 1 期（1994）。

241. 裘錫圭，〈從馬王堆一號漢墓「遣冊」談關於古隸的一些問題〉，《考古》1974 年 1 期。

242. 裘錫圭，〈談談隨現曾侯乙墓的文字資料〉，《文物》1979 年 1 期。

243. 裘錫圭，〈戰國璽印文字考釋三篇〉，《古文字研究》第 10 輯（1983）。

244. 裘錫圭，〈淺談璽印文字的研究〉，《中國文物報》1989 年 1 月 20 日。

245. 裘錫圭，《古文字論集》，北京：中華書局，1992。

246. 裘錫圭，《古代文史研究新探》，南京：江蘇古籍出版社，1992。

247. 裘錫圭，〈古璽印考釋四篇〉，《文博研究論集》（上海：上海古籍出版社，1992）。

248. 裘錫圭，《文字學概要》，台北：萬卷樓圖書公司，1994。

249. 裘錫圭、李家浩，〈曾侯乙墓竹簡釋文與考釋〉，《曾侯乙墓》（北京：文物出版社，1989）。

250. 裘錫圭、李家浩，〈談曾侯乙墓鐘磬銘文中的幾個字〉，《古文字論集》（北京：中華書局，1992）。

251. 趙世綱，〈淅川下寺春秋楚墓青銅器銘文考索〉，《淅川下寺春秋楚墓》（北京：文物出版社，1991）。

252. 趙世綱，〈鄬子受鐘與鄀國史跡〉，《故宮文物月刊》12 卷 6 期（1994）。

253. 趙世綱，〈淅川楚王族墓地的發現與研究〉，《故宮文物月刊》12 卷 10 期（1995）。

254. 趙世綱、劉笑春，〈王子午鼎銘文試釋〉，《文物》1980 年 10 期。

255. 趙平安，《隸變研究》，保定：河北大學出版社，1993。

256. 趙平安，〈釋參及相關諸字〉，《語言研究》1995 年 1 期。

257. 趙逵夫，〈楚屈子赤角考〉，《江漢考古》1982 年 1 期。

258. 劉雨，〈信陽楚簡釋文與考釋〉，《信陽楚墓》（北京：文物出版社，1986）。

259. 劉釗，〈釋「𣍘」「𣍨」諸字兼談甲骨文「降永」一辭〉，《殷墟博物苑苑刊》創刊號（1989）。

260. 劉釗，〈楚璽考釋（六篇）〉，《江漢考古》1991 年 1 期。

261. 劉釗，《古文字構形研究》，長春：吉林大學博士論文，1991。

262. 劉釗，〈包山楚簡文字考釋〉，中國古文字研究會第九屆學術研討會論文（1992）。

263. 劉釗，〈釋戰國「右騎將」璽〉，《史學集刊》1994 年 3 期。

264. 劉翔，〈王孫遺者鐘新釋〉，《江漢論壇》1983 年 8 期。

265. 劉節，〈壽縣所出楚器考釋〉，《古史存考》（北京：人民出版社，1958）。

266. 劉信芳，〈從夊之字匯釋〉，紀念容庚先生百年誕辰暨中國古文字學國際學術研討會（1994）。

267. 劉信芳，〈楚簡文字考釋五則〉，《于省吾教授百年誕辰紀念文集》（長春：吉林大學出版社，1996）。

268. 劉彬徽，〈楚國有銘銅器編年概述〉，《古文字研究》第 9 輯（1984）。

269. 劉彬徽，〈湖北出土兩周金文國別年代考述〉，《古文字研究》第 13 輯（1986）。

270. 劉彬徽，〈上鄀府簠及楚滅鄀問題簡論〉，《中原文物》1988 年 3 期。

271. 劉彬徽，〈從包山楚簡紀時材料論及楚國紀年與楚曆〉，《包山楚墓》（北京：文物出版社，1991）。

272. 劉彬徽，〈湖北出土的兩周金文之國別與年代補記〉，《古文字研究》第 19 輯（1992）。

273. 劉彬徽，〈論東周青銅缶〉，《考古》1994 年 10 期。

274. 劉彬徽，《楚系青銅器研究》，武漢：湖北教育出版社，1995。

275. 劉彬徽，〈楚金文和竹簡的新發現與研究〉，《于省吾教授百年誕辰紀念文集》（長春：吉林大學出版社，1996）。

276. 劉彬徽，〈新見楚系金文考述〉，《第三屆國際中國古文字學研討會論文集》（香港：中文大學中國文化研究所、中國語言及文學系），頁 307～315。

277. 劉彬徽等，〈包山二號楚墓簡牘釋文與考釋〉，《包山楚簡》（北京：文物出版社，1991）。

278. 潘慧如，〈欒書缶國別再探〉，第三屆國際中國古文字學研討會論文（1997）。

279. 滕壬生，《楚系簡帛文字編》，武漢：湖北教育出版社，1995。

280. 中國青銅器全集編輯委員會，《中國青銅器全集·第 8 卷·東周（二）》，北京：文物出版社，1995。

281. 中國文物精華編輯委員會，《中國文物精華》，北京：文物出版社，1993。

282. 甌燕，〈欒書缶質疑〉，《文物》1990 年 12 期。

283. 龍宇純，〈廣同形異字〉，《台大文史哲學報》第 36 期（1988）。

284. 龍宇純，《中國文字學（定本）》，台北：五四書店，1994。

285. 戴君仁，〈同形異字〉，《台大文史哲學報》第 12 期（1963）。

286. 顏世鉉，《包山楚簡地名研究》，台北：台灣大學碩士論文，1997。

287. 羅振玉，《增訂殷虛書契考釋》，台北：藝文印書館，1975。

288. 羅運環，〈論楚國金文「月」「肉」「舟」及「止」「止」「出」的演變規律〉，《江漢考古》1989 年 2 期。

289. 羅運環，《楚國八百年》，武昌：武漢大學出版社，1992。

290. 羅運環、楊楓，〈蟻鼻錢發微〉，《中國錢幣》1997 年 1 期。

291. 羅福頤，《古璽文編》，北京：文物出版社，1981。

292. 羅福頤，《古璽彙編》，香港：中華書局，1981。

293. 嚴一萍，〈楚繒書新考〉，《中國文字》第 27 冊（1968）。

294. 饒宗頤，〈談盛君簠——隨州擂鼓墩文物展側記〉，《江漢考古》1985 年 1 期。

295. 饒宗頤、曾憲通，《楚帛書》，香港：中華書局，1985。

圖 版

圖版一　楚公豪鐘　《集成》1.43

圖版二　楚季芈盤　《集成》16.10125

圖版三　楚嬴盤　《集成》16.10148

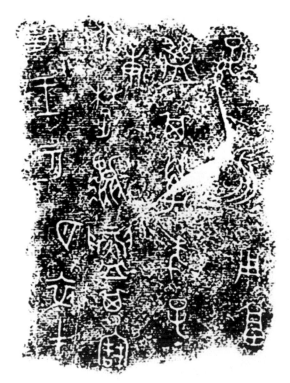

圖版四　申公彭宇匠　《集成》9.4611

圖版五　楚子暇匠　《集成》9.4576

圖版六　以鄧鼎　《淅川》M8：8

圖版七　以鄧匜　《淅川》M8：5

圖版八　倗鼎　《淅川》M2：56

圖版九　倗匜　《淅川》M1：44

圖版十　倗缶　《淅川》M2：61

圖版十一　　王子午鼎　　《淅川》M2：28

圖版十二　　王孫誥鐘　　《淅川》M2：1

圖版十三　王孫誥戟　《淅川》M2：72

圖版十四　楚王頜鐘　《集成》1.53

圖版十五　邵王之諻鼎　《集成》4.2288

圖版十六　玄翏戈　《集成》17.11138

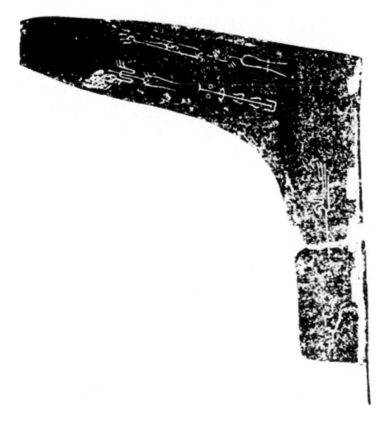

圖版十七　楚王孫漁戈　《集成》17.11152

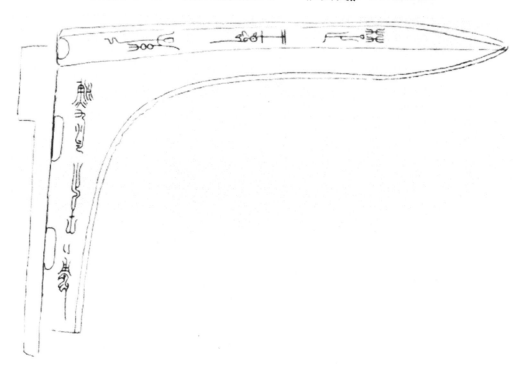

圖版十八　邔君戈　《集成》17.11026

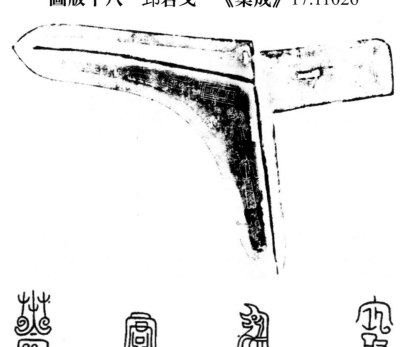

圖版十九　　楚王酓璋戈　　《集成》17.11381

圖版二十　鄂君啓節　《集成》18.12110

圖版二一　陳口戟　《集成》17.11251

圖版二二　繁陽之金劍　《集成》18.11582

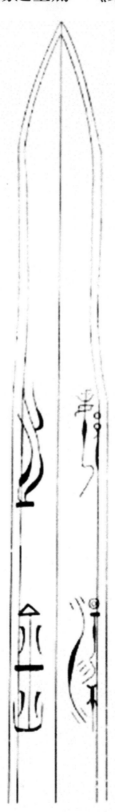

圖版二三　　鄂客問量　　《集成》16.10373

圖版二四　　楚帛書

圖版二五　包山簡

2

圖版二六　上海博物館藏簡

圖版二七　南君戈　《江陵九店東周墓》一五〇：1

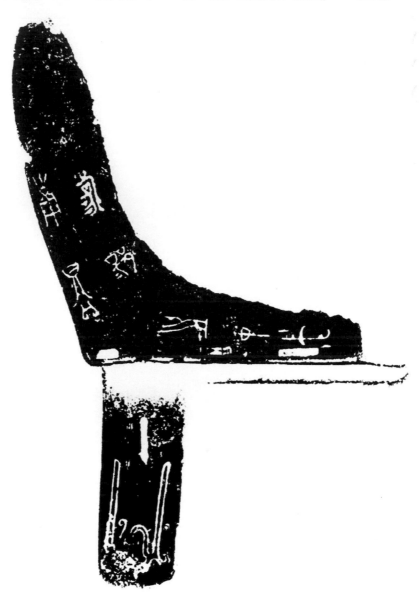

圖版二八　中易鼎　《湖南考古輯刊》第四輯 24 頁

圖版二九　楚王酓肯匜　《集成》9.4551

圖版三十　楚王酓肯盤　《集成》16.10100

圖版三一　大𪾢鎬　《中國青銅器全集》10：59

圖版三二　　鑄客為大句脰官鼎　　《集成》4.2395

圖版三三　鑄客豆　《集成》9.4676

圖版三四　鑄客豆　《集成》9.4680

圖版三五　鄬陵君王子申豆　《集成》9.4695